Diogenes Taschenbuch 23588

Früher war noch mehr Lametta

Hinterhältige Weihnachtsgeschichten sowie drei Gedichte

Herausgegeben von Daniel Kampa

Diogenes

Nachweis am
Schluß des Bandes
Umschlagzeichnung von
Tomi Ungerer

Originalausgabe

Diogenes Verlag AG Zürich
www.diogenes.ch
100/10/44/7
ISBN 978 3 257 23588 3

Inhalt

Loriot	*Weihnacht* 7
Doris Dörrie	*Die Weihnachtsgans* 16
Ingrid Noll	*Mariä Stallwirtschaft* 42
Jonathan Franzen	*Im Kreis der Familie* 51
Raymond Carver	*Ein ernstes Gespräch* 79
Alice Munro	*Putenzeit* 91
Muriel Spark	*Der Seraph und der Sambesi* 123
Joachim Ringelnatz	*Die Weihnachtsfeier des Seemanns Kuttel Daddeldu* 140
Friedrich Dürrenmatt	*Durcheinandertal* 144
Flann O'Brien	*Langweiler* 167
Reiner Zimnik	*Gsangls Beitrag zur Betriebsweihnachtsfeier* 171
Helmut Qualtinger	*Travniceks Weihnachtseinkäufe* 178
Fjodor Dostojewskij	*Weihnacht und Hochzeit* 183
Anton Čechov	*Ein Traum* 200
Erich Kästner	*Verhinderte Weihnachten* 211

Saki *Reginalds weihnachtliche Lustbarkeit* 213
John Updike *Die zwölf Schrecken der Weihnacht* 220
Topor *Zwölf Möglichkeiten, Weihnachten zu entgehen* 226
David Sedaris *Erste Reihe Mitte oder: Der Kleinstadt-Großkritiker* 233
Martin Suter *O du fröhliche* 243
Alfred Komarek *Der gefallene Weihnachtsengel* 246
Tomi Ungerer *Romantische Weihnacht* 255
Urs Widmer *Weihnachten bei 42°* 261
Robert Gernhardt *Die Geburt* 265
Siegfried Lenz *Risiko für Weihnachtsmänner* 266
Italo Calvino *Die Söhne des Weihnachtsmanns* 275

Nachweis 291

Loriot

Weihnacht

Vati und Opa Hoppenstedt schmücken den Weihnachtsbaum, an dem bereits schiefe Elektrokerzen hängen. Mutti Hoppenstedt hat viele große, rote Äpfel vor sich auf dem Wohnzimmertisch und knotet Fäden an die Stiele. Jeden fertigen Apfel reicht sie an Opa weiter, der ihn Vater Hoppenstedt übergibt. Dicki, das Kind, ist acht Jahre alt und etwas rundlich.

OPA ... Früher war mehr Lametta!

VATI Dieses Jahr bleibt der Baum grün ... naturgrün ...

MUTTI ... Mit frischen natürlichen Äpfeln ...

VATI Naturfrisch und umweltfreundlich ...

OPA ... Und wann kriege ich mein Geschenk?

VATI Jetzt wird erst mal der Baum fertig geschmückt, dann sagt Dicki sein Gedicht auf, dann holen wir die Geschenke rein, dann sehen wir uns die Weihnachtssendung im Dritten Programm an, dann wird ausgepackt, und dann machen wir's uns gemütlich...

MUTTI Nein, Walter, erst holen wir die Geschenke rein, dann sagt Dicki sein Gedicht auf und wir packen die Geschenke aus, dann machen wir erst mal Ordnung, dabei können wir fernsehen, und dann wird's gemütlich...

OPA ... Und wann kriege ich mein Geschenk?

VATI ... Oder wir sehen uns erst die Weihnachtssendung im Ersten Programm an, packen dabei die Geschenke aus und machen es uns dann gemütlich... *(der Baum fällt um)*

DICKI *(steht mit rausgestreckter Zunge in der Zimmertür)*

MUTTI Dicki, wirst du wohl in deinem Zimmer bleiben, sonst wird der Weihnachtsmann ganz böse! *(steht auf und verläßt mit Dicki das Zimmer)*

OPA *(richtet mit Vati den Baum auf)* Früher war mehr Lametta!

VATI ... Und dieses Jahr ist der Baum grün und umweltfreundlich.

MUTTI *(kommt mit festlichen Paketen herein, die sie auf zurechtgestellten Tischen ablegt)* Fröhliche Weihnachten! So, Kinder, es geht los... Opa hilft mir jetzt ein bißchen, und Vati knipst den Baum an... *(verläßt mit Opa das Zimmer)*

VATI *(kriecht an die Steckdose)* Ja doch ... *(der Baum leuchtet)*

MUTTI *(bringt mit Opa weitere Arme voller Pakete ins Zimmer)* Fröhliche Weihnachten...

OPA Was?

MUTTI Fröhliche Weihnachten!

VATI Fröhliche Weihnachten... *(verläßt das Zimmer)*

MUTTI Dicki, wo steckst du denn?

DICKI *(tritt mürrisch ins Zimmer)*

MUTTI Fröhliche Weihnachten, mein Schatz!

VATI *(kommt mit weiteren Paketen)* Fröhliche Weihnachten ... *(stellt den Fernseher an, auf dem ein Weihnachtsbaum erscheint. Stimmungsvolle Weihnachtsmusik mit Kinderchor)*

MUTTI Dicki möchte uns ein Gedicht aufsagen... *(Vati, Mutti und Opa sehen erwartungsvoll auf Dicki)*

DICKI Zicke-Zacke Hühnerkacke...

OPA *(kichert und verläßt das Zimmer)*

MUTTI Nein, das nicht!

VATI ...Und jetzt wird ausgepackt! *(Vati,*

Mutti und Dicki beginnen auszupakken)

OPA *(setzt sich im Flur eine rote Zipfelmütze auf, zieht Fausthandschuhe und einen roten Bademantel an, hängt sich einen weißen Bart um, wirft sich einen Sack über die Schulter, nimmt eine Rute und klopft an die Wohnzimmertür)*

MUTTI Ja, wer mag denn das wohl sein?

VATI Herein!

OPA *(kommt schweren Schrittes als Weihnachtsmann herein und bleibt vor Dicki stehen)* Na, Dicki...

DICKI *(hält sich die Augen zu und streckt die Zunge raus)*

VATI Dicki!

MUTTI Schau mal, wer da ist!

DICKI Opa...

OPA *(reißt sich die Mütze vom Kopf und den Bart ab)* Ich will jetzt mein Geschenk haben...

VATI *(gereizt)* Hier ist dein Geschenk, Opa, und nun sei ein bißchen gemütlich! *(Die Familie packt hastig aus. Es wächst ein Berg von Kartons, Weihnachtspapier, Packpapier, Klarsichtfolie, Holzwolle, Styropor, Bindfäden, Glückwunschkar-*

ten, bunten Bändern, Goldschnüren, Tannenzweigen und Wellpappe)

MUTTI Schau mal, Walter, ein Heinzelmann-Saugblaser, originalverpackt!

VATI ... Eine Krawatte! *(zeigt eine styroporverpackte Krawatte, die er zu vielen anderen styroporverpackten Krawatten legt)*

DICKI *(spielt mit Kartons)*

OPA *(läuft zwischen den Auspackenden hin und her und zeigt sein Geschenk)* Guck mal, ein Plattenspieler!

MUTTI Damit du deine Lieblingsplatte immer schön in deinem Zimmer spielen kannst! Kinder, seht euch den Baum an ...

OPA Früher war da mehr ... na ... Dings ...

VATI Schau mal, eine Krawatte! *(legt sie zu den anderen)*

OPA *(den Plattenspieler mit der Platte in der Hand, zieht den Stecker für die Elektrokerzen heraus; es wird dunkel)*

VATI Ach nee, Opa ...

OPA Ich will meine Platte spielen ...

VATI Du suchst dir sofort eine andere Steckdose ... *(Der Weihnachtsbaum geht wieder an)*

OPA Seid doch nicht so ungemütlich ... *(bläst*

sich einen Marsch und geht mit dem Plattenspieler zu einer anderen Steckdose)

VATI *(hebt eine weitere Krawatte hoch)* Schau mal, eine Krawatte!

MUTTI ... Kinder, ist das gemütlich bei uns ...!

OPA *(hat den Plattenspieler in Gang gesetzt und stößt zu schmetternder Marschmusik seine Faust rhythmisch in die Luft)*

VATI *(gegen die Musik anschreiend und ein weiteres Krawattenpaket öffnend)* Ach nee ... Opa! Sei jetzt gemütlich, und guck in den Fernseher!

OPA Ja ... ja ... ja ... ja ... ja ... *(schaltet den Plattenspieler ab und setzt sich vor den Fernseher)*

MUTTI Opa, guck dir doch lieber mal den Baum an!

OPA *(vor dem Bildschirm)* Tu ich ja ...

MUTTI Spielt Vati jetzt wohl mit Dicki das schöne neue Spiel?

VATI *(geht zu Dicki)* ... Schau mal, Dicki! ... *(hebt den Deckel des Spieles hoch)* Wir bauen uns ein Atomkraftwerk! Das sind Bäume, Häuser, Kühe und Menschen ... die möchten gern ein schönes Atomkraftwerk haben ... und da bauen wir es hin ... *(Vati beginnt zu bauen)*

MUTTI Entzückend, die beiden ... Ach, wenn doch jeden Tag Weihnachten wäre ...!

VATI *(mit der Spielanleitung in der Hand die einzelnen Teile zusammensetzend)* ... Das ist der kleine Neutronen-Beschleuniger und das Kühlsystem ... Schau doch mal, Dicki, ist das nicht niedlich? Dicki! ... Guck doch mal! ... Also spielst du nun mit oder nicht ... Dicki, ich rede mit dir ... sieh mal ... das ist die Brennkammer ... *(Dicki stößt mit dem Finger an eine Kuh)* Nicht die Kuh umwerfen! Schäm dich, Dicki ... Du hast die Kuh umgeworfen! *(stellt Kuh wieder auf)* ... Und jetzt stecken wir diesen winzigen Uranstab ganz vorsichtig in die Brennkammer und setzen die Sicherheitskuppel oben drauf ... fertig!

MUTTI *(kniet sich dazu)* Darf Mutti auch mal zugucken?

VATI Wenn wir irgendwas falsch gemacht haben, dann soll es jetzt »Puff« machen ...

MUTTI Wieso »Puff«?

VATI Mein Gott, es macht eben »Puff« ...

dann fallen alle Häuser um und alle Kühe und Menschen...

MUTTI Phantastisch!

VATI Aber es macht *nicht* »Puff« ...! *(Das kleine Atomkraftwerk explodiert und durchschlägt den Fußboden. Durch das Loch sieht man im darunter liegenden Stockwerk ein älteres Ehepaar beim Essen sitzen)*

VATI Es hat »Puff« gemacht!

MUTTI Entzückend!

VATI *(durch das Loch nach unten)* Familie Hoppenstedt wünscht frohe Feiertage...

EHEMANN *(mit Nachdruck heraufrufend) Muß*... das... sein?!

VATI *(durch das Loch)* Jawohl, es *muß* sein! Das ist nämlich ein Kinderspiel, und Weihnachten ist das Fest des Kindes... guten Abend... *(richtet sich auf, zur Familie)* Kommt, wir legen was drüber... *(legt mit Mutti Weihnachtspapier über das Loch)* Ich habe keine Lust, mich Heiligabend mit diesen Spießern rumzuärgern!

MUTTI So, Kinder, jetzt machen wir's uns gemütlich!

VATI ...Erst wird aufgeräumt ... *(lädt sich*

einen Haufen Kartons auf die Arme und verläßt das Zimmer)

MUTTI ...Und du gehst jetzt ins Bett, Dicki... wenn's am schönsten ist, soll man aufhören! *(Sie ergreift Verpackungsabfälle und geht zu Vati in den Flur)*

OPA *(marschiert zu den Klängen der Marschmusik durchs Zimmer, tritt in das abgedeckte Loch und bleibt mit einem Bein bis zur Hüfte darin stecken)*

VATI *(beladen im Flur)* Wir stellen einfach alles ins Treppenhaus... mal sehen, ob die Luft rein ist ... *(öffnet vorsichtig die Wohnungstür. Eine Lawine von Verpackungsmüll stürzt in den Flur und begräbt Vati und Mutti unter sich. Ein Weihnachtschor mischt sich mit anschwellender Marschmusik)*

Doris Dörrie

Die Weihnachtsgans

Ein dürrer Weihnachtsbaum steht vor der Station. Die Krankenschwester, die mich zu meinem Zimmer führt, trägt schwarze Strümpfe und weiße, orthopädische Sandalen. Sie öffnet wortlos die Tür, mein Vater geht als erster hinein, stellt sich ans Fenster, schiebt den Vorhang zur Seite und starrt aus dem Fenster, während ich mich ausziehe. Seine Brille hängt schief auf seiner Nase, ich habe sie ihm zerbrochen, als sie mich ins Auto geschleppt haben. Seine dünnen, langen Haare hängen schlapp und müde über seinen Mantelkragen. Ich flehe ihn an, sie sich endlich abzuschneiden, er sähe mit kurzen Haaren so viel besser aus.

Meine Mutter gibt mir mein Nachthemd. Zwei Zimmer weiter hat Imo gelegen, sagt sie zu niemand Bestimmtem, warum bricht das alles über uns herein? Warum? Kann mir das mal jemand sagen?

Mein Vater antwortet nicht. Er tritt in seinen Cowboystiefeln von einem Bein aufs andere.

Mir ist kalt. Mir ist jetzt immer so kalt. Ich steige

ins Bett unter die Decke und lege meine Hände in meine Bauchkuhle wie in eine Schublade. Sie wollen, daß ich einen Bauch bekomme. Sie wollen nichts mehr, als daß ich einen fetten, schwabbeligen Bauch bekomme. Meine Mutter hängt meine Jeans und meinen Pullover über einen Stuhl. Die Hosenbeine sind kaum breiter als die Ärmel. Darauf bin ich stolz. Das werden sie nie kapieren. Sie wollen, daß ich niemals wieder in diese Jeans passe.

Meine Mutter legt meinem Vater die Hand auf die Schulter. Mensch, sagt er zum Fenster hinaus, soweit sind wir jetzt schon.

Die Schwester schiebt den Tropf ins Zimmer. Meine Mutter nimmt ihren Mantel und ihre Handtasche. Sie beugt sich über mein Bett. Sie riecht nach Chanel No 19. An ihrem Hals ist ein Pickel. In ihren Augen stehen Tränen. Sie überlegt es sich anders und küßt mich nicht.

Sorry, sage ich zu meinem Vater und deute auf seine Brille.

Brillen kann man ersetzen, sagt er. Seine Stimme klingt belegt. Er räuspert sich.

Die Schwester steht neben dem Tropf und wartet. Meine Eltern nicken ihr zu, dann gehen sie.

Die Schwester rollt den Tropf mit der Nährlösung an mein Bett und nimmt meinen Arm wie einen Stock in die Hand. Und das an Weihnachten, sagt sie kopfschüttelnd, wo es so gute Sachen zu essen gibt.

Wenn mir meine Jeans nicht mehr passen, nehme ich mir das Leben.

Von der Weihnachtsgans mochte ich immer am liebsten das Füllsel: Äpfel mit Nüssen und Rosinen, sie dampften noch, wenn Imo sie aus der Gans herausholte wie aus einer großen Schüssel. Meine Großmutter wurde von allen Imo genannt, seit ich als kleines Kind Omi in Imo verdrehte.

Als kleines Kind. Das ist so weit weg wie der Mond. Als kleines Kind warst du so süß, sagt meine Mutter oft, und dann könnte ich ihr glatt die Fresse polieren.

Die letzte Weihnachtsgans gab es vor zwei Jahren. Danach war nichts mehr wie vorher. Meine Mutter glaubt, daß ich seit Imos Tod nichts mehr esse.

Am Weihnachtsmorgen vor zwei Jahren weckte Imo mich um sieben Uhr früh. Sie trug noch ihr Nachthemd, ein enges, langes mit Sonnenblumen bedrucktes T-Shirt. Ihr Körper war weich und rund unter dem Stoff, in Imos Umarmungen sank man wie in ein großes Kissen.

Du brauchst nicht aufzustehen, Anna, flüsterte sie.

Ich will aber, sagte ich.

Sie drückte mich, und ich roch den schwachen Lavendelduft ihres Nachthemds. Nichts sträubte sich in mir, wie bei meiner Mutter. Warum? Ich weiß noch, wie ich dachte, warum ertrage ich es nicht, wenn Wally mich umarmt? Warum wird mein Körper unwillkürlich steif wie ein Brett? Warum ertrage ich ihre Haut nicht, ihren Atem, ihr Fleisch? Manchmal gebe ich mir wirklich Mühe, weil ich sehe, wie sehr sie sich danach sehnt, aber es geht nicht. Es geht einfach nicht.

Imo verließ das Zimmer, ich stand auf und stellte mich auf die Waage, noch halb im Schlaf. Ich wog achtzig Gramm weniger als am Vortag. Dieser Tag fing gut an, ohne Schuldgefühle und schlechtes Gewissen. Ich hatte meine eigene Waage mitgebracht, fremden Waagen traue ich nicht. Ich weiß noch genau, wieviel ich wog an dem Tag, an dem Imo mich zum letzten Mal umarmte.

Ich wiege mich jeden Tag. Wenn ich nicht zugenommen habe, trinke ich 0,2 l Milch, exakt abgewogen, mit einem Teelöffel, Schlückchen für Schlückchen. Feste Nahrung esse ich nur noch mit chinesischen Stäbchen, die ich immer dabeihabe, auch hier im Krankenhaus. Ich finde es, ehrlich gesagt, ganz schön, in Lebensgefahr zu sein.

Ich fühle mich leicht und elegant. Ich bin zu dünn für diese Welt, ich brauche mich nicht mit ihr abzugeben.

Schämst du dich nicht? fragt mich Ma. Schämst du dich nicht, dich absichtlich zu Tode zu hungern, wenn anderswo die Menschen verhungern?

Ich sehe zu Boden und frage mich, warum sie sich angesichts all des Elends dieser Welt nicht schämt zu essen. Warum schämen sie sich nicht, mir diese Fragen zu stellen?

Ich gehöre schon lange nicht mehr zu ihnen, ich mache sie nur unglücklich.

Wir alle dachten, Imo mache es glücklich, wenn wir Weihnachten bei ihr verbrächten. Wir dachten, wir tun es ihr zuliebe.

Als wir vor zwei Jahren an Heiligabend bei meinen Großeltern eintrafen, saßen alle schon in der Küche und sangen Weihnachtslieder, meine Tante Charlotte, mein Onkel Robert, meine kleinen Vettern, selbst meine Kusine Lena.

Damals hatte Lena noch ihre Glatze. Sie schimmerte weiß in der dunklen Küche. Auf den Hinterkopf hatte sie sich eine Spinne tätowieren lassen. Sie verdrehte die Augen, als ich hereinkam, und sang *Vom Himmel hoch, da komm ich her.*

Als ich klein war, konnte man kurz vor der Bescherung aus dem Küchenfenster den Weihnachtsmann hinten durch den Garten auf einem Esel davonreiten sehen. Knecht Ruprecht führte den Esel, der Weihnachtsmann hatte einen spitzen Hut auf und hielt einen großen leuchtenden Stern in der Hand. Er sah, wenn ich es genau bedenke, eigentlich eher aus wie Nikolaus, aber ich konnte die beiden sowieso nie recht auseinanderhalten.

Ich muß fünf oder sechs gewesen sein, da fand ich im Badezimmer ein wenig Watte unterm Waschbecken, und auf dem Beckenrand lag eine offene Tube Uhu. Ich dachte mir nichts dabei, aber dann, während wir in der Küche die Weihnachtslieder sangen, fiel mir auf, daß Onkel Robert und Alfred, der Bruder von Imo, plötzlich nicht mehr in der Küche waren. Ich erschrak. Ein großes schwarzes Loch tat sich vor mir auf und drohte mich zu verschlucken. Ganz allein auf der Welt war ich mit einem Mal; da nahm Imo Lena und mich an der Hand und führte uns zum Fenster. Mal sehen, sagte sie wie jedes Jahr, ob wir zufällig den Weihnachtsmann entdecken.

Als er dann pünktlich wie immer vorbeikam, sah ich nicht zu ihm, sondern auf Imo. Sie sah aus dem Fenster, die Falten in ihrer Haut sahen aus wie Schlittenspuren im Schnee. Zum ersten Mal in meinem Leben fand ich sie alt.

Oh, sagte ich aus meinem schwarzen Loch heraus zu ihr, da! Guck doch! Der Weihnachtsmann! Und ich sah, wie ein Lächeln über das Gesicht meiner Großmutter wanderte wie ein Lichtstrahl. Sie drückte Lena und mich an sich.

Ja, flüsterte sie, da haben wir aber Glück gehabt. Wir haben ihn tatsächlich gesehen!

Keiner außer Imo hat damals irgendeine Veränderung an mir bemerkt. Ma behauptete später, sie habe alles genau registriert, habe aber nicht mit mir darüber sprechen wollen, um es nicht noch schlimmer zu machen.

An diesem Weihnachten, vor zwei Jahren, bekam ich von ihr einen grünen Angorapullover, und da ich ihr eine Freude machen wollte, zog ich ihn sofort an. Er kratzte. Ich weiß noch, wie ich dort in der Küche saß und mir nicht wohl war in meiner Haut, wie ich mich zwar wunderbar dünn fühlte, stark und schön, aber auch einsam, weit entfernt von allen anderen, selbst von Imo. Meine ganze Familie saß dort, winzig klein, weit weit weg in der Küche, wie in einem Gehäuse aus Glas. Ich hätte das Gehäuse mit meiner ganzen Familie darin in die Hand nehmen können, um es zu schütteln, und es hätte darin geschneit.

Ich fror, wie ich jetzt immer fror, seit ich kaum

noch was aß, und der Angorapullover schabte auf meiner Haut, als sei er aus Roßhaar.

Ich weiß noch, daß meine Großmutter ein elegantes, kaffeebraunes Kleid trug und eine zweireihige Perlenkette, sie hatte sich zur Feier des Tages geschminkt und sah besser aus als alle anderen. Sie wirkte vollkommen eins mit sich, während wir anderen mit dem einen oder anderen Makel behaftet waren. Meine Mutter hatte einen großen roten Pickel am Hals, der sich beim Singen bewegte, direkt über dem Kragen ihres teuren Kostüms. Sie hatte jetzt öfter Pickel durch die Hormonumstellung. Sie erklärte mir, was in ihrem Körper vor sich ging, sie sagte: Für dich fängt jetzt all das an, was für mich aufhört.

Tante Charlotte war zu fett, wie immer. Sie trug ein lila Kostüm, das ihr zu eng war, und eine geblümte Bluse und sang voller Inbrunst. Lena findet sie unmöglich, aber wenn es nach mir ginge, könnten wir gern die Mütter tauschen. Charlotte ist vielleicht spießig, aber friedfertig. Sie paßt überhaupt nicht zu ihrem Mann Robert, der für teure Anzüge schwärmt und immer, wenn ich ihn sehe, seinen Walkman dabeihat und altmodischen Kram hört, die Rolling Stones oder Bob Dylan oder so. Wie mein Vater. Selbst er quält sich an Weihnachten in einen Anzug, trägt aber Cowboystiefel dazu und keinen Schlips. Seine dünnen langen Haare hatte er ordentlich zurückgebürstet, ich stand hinter ihm und konnte sie riechen. Die Männer sangen bei den Weihnachtsliedern nie mit, sie grinsten verschämt vor sich hin und starrten auf ihre Schuhspitzen. Imo ging an ihnen vorbei und tätschelte beiden die Wange. Sie lächelte vielleicht auffällig viel an diesem Abend, ich weiß es nicht. Später hat Ma behauptet, Imos gekünstelte Fröhlichkeit sei ihr gleich aufgefallen. Ich fand, alle waren gekünstelt an diesem Abend außer Imo.

Sie freute sich wirklich über den Lavendelbadeschaum, den ich ihr schenkte, das konnte ich sehen. Und sie schenkte mir, was ich mir gewünscht hatte: *Das große Dr. Oetker-Schulkochbuch.* Dann bekoch uns mal schön, sagte sie zu mir, und plötzlich kniff sie mir in die Rippen, daß ich einen kleinen Luftsprung machte vor Schmerz, aber denk dran, Anna: Nur eine dicke Köchin ist eine gute Köchin. Sie lachte. Ihr Lachen klang ganz normal. Wie immer.

Wenn erst die Geschenke ausgepackt sind, fühlt man sich, als hätte man sich überfressen. Man ist immer noch hungrig, obwohl der Bauch voll ist.

In der Küche war es kalt. Imo gab mir eine Tasse Tee. Wir tranken schweigend. Die beiden nackten Gänse lagen in ihrem Blut auf den Tellern, schwarze Löcher zwischen den Beinen.

Imo sah mich an. In ihrem Nachthemd, die grauen Haare noch nicht aufgesteckt, sondern lang herunterhängend, wirkte ihr altes Gesicht wie ein Versehen. Ich sah sie plötzlich, wie sie gewesen sein mußte, als sie jung war. Es schien nicht so lang her, wie ich immer geglaubt hatte. Das machte mir angst.

Sie stellte ihre Tasse ab. O Gott, sagte sie leise, ich habe keine Lust. Ich habe einfach keine Lust mehr. Jedes Jahr dasselbe. Alles wiederholen. Immer wieder und wieder. Als ginge es nur noch um die Wiederholung. Als wüßten wir nicht, daß sich alles verändert.

Sie sah mich scharf an. Dir kann ich das ja sagen, nicht?

Ich nickte und fühlte mich geehrt.

Ich hasse Wiederholungen, flüsterte sie. Ganz langsam verzog sich ihr Gesicht zu einem müden Lächeln. Na dann, sagte sie laut und stand auf.

Draußen wurde der Himmel stahlgrau.

Energisch fuhren ihre Hände in die Gänse und kamen wie mit roten Handschuhen überzogen wieder heraus. Ich hielt ihr einen kleinen Teller hin, und sie legte das Herz und die Leber darauf. Das Gänseherz hatte wirklich eine gleichmäßige Herzform und war blaßrosa. Es sah hübsch aus, wie ein Anhänger.

Um Punkt zehn Uhr würde ich es in Butter braten und zusammen mit der Leber meinem Großvater als Weihnachtsfrühstück ans Bett bringen.

Er würde sich lächelnd aufsetzen, wie er es immer tat, wenn er mich mit dem Teller neben seinem Bett stehen sah, er würde sich die spärlichen weißen Haare aus der Stirn streichen und mir ›Schöne Weihnachten‹ wünschen.

Was würde er tun, wenn es keine Wiederholung mehr gäbe?

Ich gab ihm das Tablett. Er lächelte mich an. Seine Schlafanzugjacke stand offen. Seine Brusthaare waren weiß und gekräuselt wie bei einem Lamm. Er soll früher ein Frauenheld gewesen sein. Ich stellte mir Frauenhände in seinem Lammfell vor.

Er stach die Gabel in das Gänseherz. In der Butter schwammen kleine Blutstropfen.

Ma kam in die Küche geschlurft. Sie sah verquollen aus, die Augen so schmal wie Schlitze. Ihr Hintern bewegte sich wie eine große Glocke unter dem dünnen Nachthemd. Sie haßt ihren Hintern, sie behauptet, daß sie ihn von Imo hat.

Jeder in der Familie kennt die Geschichte, wie mein Vater ihr, als sie noch nicht verheiratet waren, ein Abendkleid geschenkt hat; nachtblau mit meergrünen Pailletten, ein Kleid wie aus dem Märchen, und wie er einen Tisch in einem sündhaft teuren Restaurant reserviert hatte, um dort mit meiner Mutter in dem neuen Kleid essen zu gehen. Aber sie kam nicht. Sie kam den ganzen Abend nicht, und er meinte, sie habe es sich vielleicht anders überlegt und wolle ihn nie wieder sehen.

Aber meine Mutter saß heulend zu Hause, weil sie nicht in das Kleid paßte. Ihr Hintern war zu fett.

Ma schenkte sich einen Kaffee ein und sah auf die beiden bleichen Gänse. Meinst du, die werden rechtzeitig gar, Imo? Sie ließ sich schwer auf einen Stuhl fallen.

Natürlich, erwiderte Imo und drehte mir den Rücken zu. Einen Moment lang war es still.

Ma legte das Gesicht in die Hände. Ich habe fast überhaupt nicht geschlafen, sagte sie. Das sagt sie fast jeden Morgen. Seit meiner Geburt hat sie Schlafstörungen, sie war deshalb schon einmal in einer Schlafklinik, aber es hat nichts genützt.

Ich schnitt die Äpfel klein und gestattete mir selbst eine hauchdünne Scheibe. Der Geschmack überwältigte mich fast, ich bekam weiche Knie, so süß war dieser Apfel. Du mußt höllisch aufpassen, wenn dir das passiert. Sekunden später siehst du dir zu, wie du dir alles in den Mund stopfst wie im

Rausch, und wenn du dich dann nicht erbrechen kannst, weil sie dich beobachten, ist das wie Folter. Ich fühle mich gut und stark, wenn ich fast nichts esse. Gelangt auch nur eine Kalorie zuviel in meinen Körper, gerate ich in Panik, überfällt mich beinahe Todesangst, als hätte ich Gift geschluckt, versagt, alles verloren. Mein Fleisch fühlt sich dann fett und quallig an, es verrät mich, es tut, was es will, ein Haufen dummes, fettes Fleisch. Jeder Tag ist ein neuer Kampf gegen diesen Quallenkörper. Er hat immer Hunger. Ich betrüge ihn, indem ich von morgens bis abends Tee trinke. Aber er revanchiert sich. In schwachen Momenten gaukelt er mir vor, daß er mein bester Freund ist.

In Gedanken notierte ich zehn Kalorien für diese Apfelscheibe. Ich vermischte die Äpfel mit Rosinen, streute Zucker und Zimt über sie und stopfte sie in die Gänse. Es ist erstaunlich, wieviel in so eine Gans hineinpaßt. Imo gab mir eine dicke Nadel und Faden und zeigte mir, wie man die Gänse zunäht.

Ich stach in das weiße Fett unter ihrer kalten, pickligen Haut. Bei jedem Stich gab es einen kleinen schmatzenden Ton. Ich möchte, daß meine Haut sich wie Stoff über meine Knochen spannt, ohne ekelerregendes Fett, ohne diese wabbelige, willenlose Masse.

Meine Mutter redete mit Imo über Charlotte. Charlotte fällt doch auf jeden Käse rein, sagte Ma, sie sieht keinen Millimeter dünner aus.

Aber sie hat keine Kopfschmerzen mehr, sagte meine Großmutter. Sie breitete Zeitungspapier auf dem Tisch aus und gab mir ein Messer zum Gemüseputzen. Die reine Beschäftigungstherapie, sagt meine Mutter, mit gesunder Ernährung hat das nichts zu tun.

Es ist nicht so schwierig, wie es klingt, erklärte Imo, man gewöhnt sich dran. Du trennst Eiweiße von Kohlehydraten, du ißt eben kein Fleisch mehr mit Kartoffeln, kein Müsli mit Milch, kein Wurstbrot...

Und keine Weihnachtsgans mit Knödeln, unterbrach meine Mutter.

Es gibt dieses Jahr keine Knödel, sagte Imo kühl, sondern Reis.

Keine Knödel? Meine Mutter war fassungslos. Imo, das kannst du uns nicht antun! Das ist doch gar keine richtige Weihnachtsgans ohne Knödel. Mit Reis! Das paßt doch gar nicht, Reis zur Weihnachtsgans.

Charlotte hat sich's so gewünscht. Sie ißt dann eben nur den Reis.

Wegen ihrer blöden Trennkost sollen wir alle Reis essen?

Imo antwortete nicht.

Ich weiß nicht, sagte meine Mutter mit ihrem eifersüchtigen Herzen, könnte meine Schwester sich vielleicht mal mit etwas Vernünftigerem beschäftigen als mit ihrer Gesundheit?

Oh, sagte Imo, sie zieht ihre Kinder groß.

O Gott, stöhnte meine Mutter, jetzt geht das wieder los.

Imo stand wortlos auf und legte die zugenähten Gänse auf ein Blech.

Meine Mutter rührte in ihrem Kaffee. Sie lachte auf. Wie du das sagst: Sie zieht ihre Kinder groß. Warum werde ich seit über vierzig Jahren das Gefühl nicht los, daß du alles, was Charlotte tut, automatisch gut findest, und alles, was ich tue, automatisch schlecht.

Imo schob das Blech mit den Gänsen in den Ofen. Als sie sich aufrichtete, zitterten die Sonnenblumen auf ihrem T-Shirt. Sie ließ die Arme hängen und sah meine Mutter an. Ich weiß es nicht, sagte sie leise. Ich weiß es einfach nicht. Ich habe mich immer bemüht, euch beide genau gleich zu lieben.

Meine Mutter schwieg einen Moment, dann sagte sie: Darf Charlotte vom Füllsel essen?

Ja, erwiderte meine Großmutter, das ist ja kein Eiweiß.

Schade, sagte meine Mutter, vom Füllsel ist immer zu wenig da.

Charlotte kam in die Küche. Sie trug Imos Bademantel, ihre Haare waren noch naß. Sie nahm sich eine geschälte Karotte und streute ein wenig Salz drauf. Schöne Weihnachten, sagte sie.

Du könntest schon mal das Silberbesteck zum Putzen holen, sagte Imo zu meiner Mutter.

Na, sagte Charlotte, über wen habt ihr gerade gelästert?

Über dich, sagte Ma und aß jetzt auch eine Karotte, über dich und deine Trennkostdiät.

Du solltest sie ausprobieren, grinste Charlotte, sie hilft gegen Schlaflosigkeit. Und Depressionen.

Meine Mutter sah meine Großmutter erstaunt an. Imo zuckte die Schultern, sammelte die Karotten ein und haute Charlotte, die nach einer weiteren Karotte griff, auf die Finger.

Ich bin froh, daß ihr alle da seid, sagte sie.

An dieses Wort erinnere ich mich genau: Depressionen. Es klingt nicht wie das, was es bedeutet. Es klingt scharf und schnell, wie etwas, das vorbeifliegt. Wenn ich heute an diesen Tag zurückdenke, kommt es mir vor, als sähe ich durch ein langes dunkles Rohr. Ganz am Ende ein Lichtfleck, in dem sitzen meine Mutter und meine Tante, und neben ihnen steht Imo. Alles ist gut.

Du hast Depressionen? fragt meine Mutter meine Tante.

Ja, sagt Charlotte, stell dir vor.

Sie zieht eine Schachtel Zigaretten aus der Bademanteltasche und zündet sich eine an.

Wenn ihr rauchen wollt, geht raus, sagt Imo.

Meine Mutter nimmt sich ebenfalls eine Zigarette. Charlotte bietet mir eine an.

Anna! sagt meine Mutter.

Es ist schließlich Weihnachten, sagt Charlotte.

Ich rauche mit den beiden. Ich bin wie sie. Ich möchte sein wie sie, aber ich möchte nie werden wie sie. Diese beiden Gefühle schmecken wie Zucker und Salz gleichzeitig auf der Zunge.

Ich habe mich nicht mehr aus dem Haus getraut. Ich kam mir häßlich vor, unnütz und alt, sagt Charlotte und grinst verlegen. Ich hatte Angst. Einfach so. Ohne jeden Grund.

Blödsinn, sagt meine Mutter, ich könnte dir tausend Gründe nennen, warum ich an deiner Stelle deprimiert wäre.

Das kann ich mir denken, sagt Charlotte, du glaubst, ich hätte als Hausfrau mein Leben verpfuscht.

Imo steht mit dem Rücken zu uns an der Arbeitsplatte und schneidet die Karotten in hauchdünne Scheiben.

Ich war bei einer Kinesiologin, fährt Charlotte fort, sie lacht auf, die legte Farbtafeln auf dem Boden aus, und ich sollte auf die Farbe treten, die mein Gefühl am besten beschreibt. Sie macht eine Pause.

Welche war das? frage ich. Sie sehen mich an, als hätten sie vergessen, wer ich bin.

Oh, sagt Charlotte, schwarz. Sie lacht. Ich wollte die Kinesiologin nicht enttäuschen. Sie kostet viel Geld und reibt sich die Hände mit teurer Creme ein, während man ihr was von seinen Problemchen erzählt.

Was hast du ihr denn erzählt? fragt meine Mutter.

Charlotte zuckt die Schultern. Ich weiß nicht mehr. – Ich glaube, wir erzählen alle dasselbe … von unseren kleinen, langweiligen Leben. In ihrem Wartezimmer habe ich von dieser Trennkostdiät gelesen, und seit ich sie mache, habe ich keine Depressionen mehr. So einfach ist das. Sie drückt die Zigarette aus.

Imo geht aus der Küche. Wir sehen ihr nach. Weißt du, was mir gerade einfällt, sagt meine Mutter und steckt sich eine neue Zigarette an, als Imo damals ins Krankenhaus mußte und wir bei Lilli an der Ostsee waren, hat sie mir einen Brief geschrieben. *Du bist mein Lieblingskind,* hat sie geschrieben. Ich wollte dir das eigentlich nie sagen…

Charlotte lächelt. Ich dir auch nicht, sagt sie, dasselbe hat sie mir nämlich auch geschrieben.

An Imos silberne Kuchenlöffel mit ihrem Monogramm erinnere ich mich. An den beißenden Geruch des Silberputzmittels. An die zu Schwänen gefalteten weißen Servietten und das weiße Tischtuch. Die roten Weihnachtssterne als Tischdekoration. Die Kerzenleuchter. Die verschieden geformten Löffel für die Soße, das Füllsel, die Knödel. Die immer gleiche Sitzordnung. Die Ungeduld, wann wird endlich gegessen?

Imo zog sich immer erst um, wenn alles vorbereitet war. Dann lief sie ins Badezimmer, und manchmal folgte ich ihr. Im Badezimmer war es ruhig, eine kleine Oase, warm und dampfig feucht von all denen, die bereits geduscht hatten. Ich sah ihr von einem kleinen Hocker aus zu, wie sie ihr Nachthemd auszog, ihre Haut wie ein zerknittertes Tuch, zart und empfindlich, ihr Körper alt, aber nicht abstoßend. Sie wusch sich mit zwei verschiedenfarbigen Waschlappen, einem für oben und einem für unten. Ihre Seife bestand immer aus zusammengeklebten Seifenresten, in die ein rundes Stück Metall gedrückt war, an dem die Seife an einem Magnet neben dem Waschbecken hing. Sie trocknete sich mit wenigen, sehr exakten Bewegungen ab, dann bürstete sie ihr langes, graues Haar und schlang es kunstvoll zu einer Rolle, die sie mit Haarnadeln auf ihrem Hinterkopf festpinnte. Sie fuhr sich mit dem Deostift unter die Achseln, stieg in ihren Unterrock, und dann durfte ich ihr vom Hocker aus das Kleid zuknöpfen. Zum Abschluß schminkte sie sich die Lippen, preßte sie aufeinander, um die Farbe besser zu verteilen, legte ihre Perlenkette um, dann war sie fertig.

All ihre Bewegungen in diesem Badezimmer liefen mit der Präzision und der Eleganz von Ballettübungen ab, nichts war zufällig, fahrig, unkonzentriert wie bei meiner Mutter, die in einem fort flucht, sich über ihr Aussehen beschwert, fortlaufend Dinge sucht, sich stößt, verbrüht, schneidet, die mit sich selbst und der Welt auf Kriegsfuß steht.

Bei ihr hätte ich es verstanden. Niemals bei Imo. So wie Imo, dachte ich immer, so will ich mal sein.

An diesem letzten Weihnachten kam ich nicht mit ins Badezimmer, aus Gewohnheit trottete ich hinter ihr her, und erst kurz vor der Tür drehte ich plötzlich ab. Ich war plötzlich zu alt geworden, um meine Großmutter nackt zu sehen.

Ich half ihr, das Essen hereinzutragen. Alle saßen schon, mein Großvater schenkte den Wein ein, die Kinder hatten noch blütenweiße Kragen, Lena gähnte, ohne sich die Hand vor den Mund zu halten, sie sah ungewaschen aus, Robert und Charlotte wandten gleichzeitig den Blick von ihr ab.

Ma trug ein rotes Strickkleid, das weiß ich noch. Ich weiß auch noch, wie ich mit den Reisschüsseln ins Zimmer kam und erstaunt war, wie hübsch meine Mutter aussah, ihr Gesicht rosig, lächelnd. Sie legte ihre Hand auf die Hand meines Vaters auf dem weißen Tischtuch.

In der Küche streiften Imo und ich den Gänsen die weißen Papiergamaschen über die braungebratenen Beine. Ich sah Schweißtropfen auf Imos Stirn, rote Flecken an ihrem Hals. Sie sah auf die Uhr. Geschafft, sagte sie. Es war nur wenige Minuten nach eins. Über die Uhrzeit wurde später viel gesprochen.

Geh du voran, sagte sie zu mir. Sie ging dicht hinter mir. Ich spürte ihren Atem im Nacken. Alle klatschten beim Anblick der Gänse.

Vogel piep, sagte der kleine Jakob, und alles lachte.

Ich saß neben Lena. Sie roch nach Schweiß und trug ein unförmiges schwarzes T-Shirt über ihren dicken Brüsten. Ihre Glatze glänzte. Ich arrangierte in Gedanken meinen Teller. Zwei Löffel Reis und drei Karotten würde ich essen, vom Fleisch würde ich mir zwar nehmen, um blöde Fragen zu vermeiden, aber essen würde ich es auf gar keinen Fall. Ich legte meine Stäbchen neben meinen Teller.

Imo tranchierte die Gans.

Alle – außer Lena – versuchten anfangs noch, sich zu beherrschen, Manieren zu zeigen. Aber als dann die Fleischplatte herumging, und das dampfende Füllsel, luden sie sich die Teller voll, als hätten sie wochenlang gehungert. Sie widerten mich an mit ihrer Gier. Ich betrachtete sie angeekelt und spürte gleichzeitig entsetzt, daß mein Körper immer mehr Macht über mich gewann, mich schließlich überwältigte.

Das letzte, was ich sah, war der erstaunte Blick meiner Eltern, weil ich ausnahmsweise ohne Stäbchen aß. Danach nahm ich nichts mehr wahr. Keinen mehr von ihnen. Ich aß. Ich hörte ihre dummen Geschichten von ihren Reisen und Berufen und Problemen mit ihren Häusern und Kindern nicht mehr. Ich aß. Ich fraß.

Imo tranchierte die zweite Gans. Sie saß immer auf dem Platz neben der Tür. Selbst aß sie kaum etwas, weil sie keine Zeit dazu hatte. Dauernd war sie auf dem Sprung. Mehr Reis. Mehr Soße. Mehr Gans. Mehr Weihnachten.

Keiner vermißte sie. Ich erinnere mich an die

Farben auf meinem Teller, an das strahlende Weiß vom Reis, die orangeroten Möhren, die hellgrünen Erbsen, das dunkelbraune Gänsefleisch, wie eins von diesen Küchenfotos meiner Mutter.

Manchmal stelle ich mir vor, wie verhungernde Kinder in Afrika ein altes Heft von *Schöner Essen* aus dem Mülleimer eines Hotels ziehen und sich die Fotos meiner Mutter ansehen, und dann wird mir sofort übel. Ich werde nie verstehen, wie meine Mutter es schafft, drei Viertel dieser Welt ständig zu verdrängen. Vielleicht ist es einfach zu viel für ihr armes Gehirn. Alles ist zu viel für sie. Manchmal finde ich sie deshalb richtig süß und manchmal einfach zum Kotzen.

Keiner konnte sich mehr bewegen, so viel hatten wir gegessen. Lena hatte ihre Hose aufgeknöpft. Alle können sich noch daran erinnern, daß Jakob hereingewackelt kam und rief: Imo sssläft! Und daß wir alle lachten. Mit meinem dicken Bauch, schläfrig, vollgefressen, ein bißchen betrunken, mochte ich meine Familie sogar. Sie fühlte sich jetzt an wie ein großes Wasserbett.

Endlich, als alle von der Tafel aufbrachen, um sich ins Wohnzimmer zu setzen und einen Kognak zu trinken, ging ich die Treppe hinauf in den ersten Stock. Ich schloß mich im Badezimmer ein, löste ein wenig Seife im Wasserglas auf, trank es, legte mir ein Handtuch schalldämmend über den Kopf und beugte mich über die Kloschüssel. Ich versuchte, so leise wie möglich zu sein. Mein Körper zuckte wie unter Stromschlägen, als ich mich erbrach.

Es tat mir leid um die Gans, um all die Arbeit von Imo und von mir, aber es machte mich glücklich, meinen Körper auszuleeren wie ein Faß. Danach fühlte ich mich leer, leicht und frisch, wie ein besserer Mensch, ich hatte alles wieder unter Kontrolle.

Mit ein wenig Zahnpasta spülte ich mir den Mund aus, kämmte mir die Haare. Ich sah mein gelblich fahles Gesicht im Spiegel. Die Angst macht mich müde. Angst vor dem Dickerwerden, Angst vor dem Hunger, Angst vor der Gier.

Mir wurde plötzlich so schwindlig, daß ich in die Knie ging.

Auf allen vieren kroch ich den Flur entlang zum Schlafzimmer meiner Großeltern. Die Tür war nur leicht angelehnt. Die Vorhänge waren zugezogen, es brannte kein Licht. Imo lag auf dem breiten Ehebett, die Hände auf dem Bauch gefaltet, die Augen geschlossen. Ich kletterte hinein, legte mich dicht neben sie und schlief mit ihrem Lavendelduft in meiner Nase sofort ein.

Ich träumte, ich sei in Italien in einer Kirche.

Ich sollte heiraten, aber wußte nicht wen. Ich trug ein schwarzes Kleid und ging langsam zu wunderschöner Musik auf den Altar zu. Der Pfarrer hielt eine Hostie in der Hand. Ich machte den Mund auf.

Hast du deine Stäbchen dabei? fragte er mich. Ich klappte meine Handtasche auf, dort lagen sie, weiß und unschuldig. Du hast das falsche Kleid an, flüsterte er. Ich wurde in eine Zelle geführt, und dort auf dem Bett lag ein Abendkleid, nachtblau, mit meergrünen Pailletten. Ich zog mich aus, und als ich nackt war, sah ich an mir herunter, und mein Körper war riesengroß und fett. Meine Brüste hingen wie große Säcke bis zum Bauchnabel, mein Bauch war so dick, daß ich mich vorbeugen mußte, um meine Füße zu sehen. Ich fing an zu weinen.

Ich wachte auf, das Gesicht an den Arm meiner Großmutter gepreßt. Ein wenig Spucke war aus meinem Mund auf ihren Arm getröpfelt. Ich wischte sie ab, da fiel mir erst auf, wie kalt ihre Haut war. Eiskalt.

Ich weiß noch, wie ich gezögert habe, die anderen zu rufen. Sie wirkte so glücklich.

Als ich sie im Krankenhaus wiedersah, kamen Schläuche überall aus ihrem Körper wie die Arme einer Krake, die von ihr Besitz ergriffen hatte. Meine Mutter saß neben ihrem Bett und hatte den Kopf auf die Decke gelegt.

Charlotte legte Weintrauben auf den Nachttisch. Die Männer standen herum und schuffelten unruhig mit den Füßen

Warum? fragte meine Mutter wie ein kleines Kind, warum tut sie uns das an?

Ingrid Noll

Mariä Stallwirtschaft

Schon als Teenager wünschte ich mir einen Stall voller Kinder. Ich war eine begehrte Babysitterin. Bei Rebekka, Miriam, Anna, Deborah, Sarah und Hannah habe ich die Kleinen gehütet; ich erschien pünktlich, war eine zuverlässige Aufpasserin, eine geduldige Krankenpflegerin und eine liebevolle Spielkameradin. Die Kinder rissen sich um mich, die Mütter empfahlen mich weiter. Zur Belohnung erhielt ich zwar keine Silbermünzen, sondern Naturalien – drei Ellen rosagrün gemusterten Kattun, frische Feigen und Granatäpfel, ein wenig Haschisch oder Sorbet, Bergamotte-Öl oder Sandalen aus Ziegenleder. Ich sah übrigens mit zwölf Jahren sehr niedlich aus, meine Eltern waren sicher, daß sie einen gesalzenen Brautpreis verlangen konnten. Auf keinen Fall wollten sie diese wichtige Angelegenheit dem Zufall überlassen.

Als ich dreizehn wurde, wußte ich aber bereits genau: Ich wollte nicht heiraten, ich mochte keine

Männer. Nein, ich war keineswegs lesbisch, das nun auch nicht. Aber es bereitete mir Unbehagen, wenn ich beim Kinderbetreuen die abgeschirmten Doppelbetten sah, wenn ich Geräusche von nebenan hörte, die mich ängstigten, wenn ich mir vorstellte, was passieren mußte, bevor ein Kind auf die Welt kam.

Meine Eltern lächelten, wenn sie mich hörten. Sie glaubten, ich sei noch zu jung für die Liebe, und waren der festen Meinung, ich würde früh genug meine trotzige Haltung aufgeben.

Eigentlich will ich nicht über die Zeit meiner Pubertät reden. Es war ein einziges Aufbegehren gegen die Pläne meiner Eltern, ein Kampf um meine Selbstbestimmung. Kinder wollte ich zwar, aber keinen Mann. Vater und Mutter hoben die Hände gen Himmel über meine Unvernunft.

»Herr erhöre uns«, beteten sie, »damit unsere geliebte, aber störrische Tochter endlich ein Einsehen hat!«

Es ist hinlänglich bekannt, daß man nicht ihre, sondern meine Bitte erhört hat. Ich wurde schwanger, ohne mich in ein eheliches Lager begeben zu müssen. Höheren Ortes war man schon lange auf der Suche nach einer geeigneten Leihmutter, wie mir ein geheimnisvoller Bote mitteilte, der sich im übrigen ziemlich nebulös ausdrückte. Es mag auch sein, daß ich vor Aufregung nur die Hälfte seines Angebots verstand.

Ganz ohne Kompromisse ging es natürlich nicht: Um einen Skandal zu vermeiden, wurde mir der alte Joseph an die Seite gestellt, der keinen müden Silbersekel besaß. Mein Vater erhielt keinen Brautpreis, ich zur Strafe keine Aussteuer, obwohl ich mir bloß einfache assyrische Alltagskeramik wünschte. Joseph ist mit meinen Eltern ein sogenanntes Gentleman's Agreement eingegangen: Im Tausch gegen die Josephsehe zahlte man ihm eine bescheidene Altersversorgung.

Nun, der Joseph war gar keine so schlechte Wahl, wenn er bloß nicht so unpraktisch wäre. Alles muß man ihm dreimal sagen. In seiner großen Güte wird er beim Krämer beschissen, läßt sich das klapprigste Kamel andrehen und gibt jedem Bettler ein Almosen, wo wir doch selbst nichts als Linsen zu essen haben. Unsere Wohnung in Nazareth verdient diesen Namen kaum.

Joseph hat in den felsigen Boden eine Höhle gehauen, in der es von oben tropft, von vorne zieht und der Boden völlig uneben ist. Die Haustür aus

Zedernholz hat sich so verzogen, daß unser Esel den Kopf durch die Ritzen stecken kann. Jede Kerze geht aus, alle Bettdecken werden klamm, das Essen schimmelt. Die Nachbarn haben es immerhin geschafft, daß das Wasser abfließt und gute, trockene Luft einströmt. Ach Joseph! Angeblich soll er auf Zimmermann studiert haben, aber von einem Geodreieck hat er noch nie etwas gehört.

Wenn ich auch eine Volkszählung bloß wegen der blöden Steuererhebung für völlig überflüssig hielt, so war mir die Reise nach Bethlehem in Judäa nicht unwillkommen, denn ich hatte absolut keine Lust, in diesem feuchten Loch meine Tochter zu bekommen. Ein hübsches Hotel mit Bedienung war ganz nach meinem Gusto. Hebammen gibt es schließlich überall. Ja, nun ist es heraus. Ich rechnete selbstverständlich mit einer Tochter. Susanne sollte sie heißen. Mit Jungs konnte ich nie viel anfangen, ihre dämlichen Kriegsspiele mit hölzernen Streitäxten sind mir verhaßt. Kleine Mädchen kann man so viel hübscher anziehen, ägyptisches Leinen in blauem und rotem Purpur oder Karmesin zu winzigen Tuniken verarbeiten! Mit Mädchen kann man Safrantörtchen und Sesamkringel backen, Puppenkleider weben und Blumenkränzchen flechten. Die lästige Beschneidung entfällt. In meiner damaligen Naivität kam ich gar nicht darauf, daß sich ein höherer Herr als erstgeborenes Kind auf keinen Fall ein Mädchen wünscht.

Als wir nach Bethlehem aufbrachen, bereitete ich unser übliches Frühstück aus Oliven und Brot und ließ die Zwiebeln weg, die mir angesichts meines hochgewölbten Leibes nicht mehr bekamen. Joseph kleckerte noch Öl auf die Strohmatte, aber das war mir egal. Dann wurde ich auf den Esel gepackt, und schon war die Katastrophe vorhersehbar. Wieviel komfortabler wäre ein Maultier gewesen! Unser Esel – er heißt Tobias – ist ein Musterexemplar an Dummheit. Bisher hatte er einzig als Lasttier gedient, nun mußte er es sich gefallen lassen, daß ich von Joseph hinaufgehievt wurde. Er warf mich einfach ab – man bedenke, wie gefährlich das war! Ich war schließlich im achten Monat. Wäre Joseph nicht ganz so tölpelhaft gewesen, er hätte mit dem Vieh geübt bis zur Perfektion.

Der Ritt auf dem schwankenden Esel auf holprigen Karawanenwegen, mein ständiger Durst, die fortgeschrittene Schwangerschaft – das alles führte dazu, daß ich häufig trinken oder ein Gebüsch aufsuchen mußte. »Joseph, ich muß mal!« waren auf dieser Reise meine häufigsten Worte.

Nie gehorchte er sofort. Hier könne man

schlecht anhalten, da sei kein Schatten oder es wüchse kein einziger Busch in der Nähe. »Warte bis zur nächsten Quelle, der Esel muß dringend getränkt werden!«

Abends wurde gekocht. Wer, wenn nicht ich, hat Feuer gemacht und Wasser geholt? Joseph – zugegebenermaßen mußte er zu Fuß gehen – war immer derart erschöpft, daß er zu keinem Handgriff mehr fähig war. Wenn er kochen sollte, kramte er aus der Satteltasche ein paar Datteln heraus, und das war's. In dieser Hinsicht bedauerte ich es schon, daß man mir keinen jüngeren Kerl verordnet hatte.

Und dann kam die Pleite mit den Herbergen. Alles belegt, und bei mir setzten die Wehen vorzeitig ein. Kein Wunder, wenn man täglich acht Stunden lang auf einem Esel geritten ist! Bethlehem, dieses Kaff mit kaum 1000 Einwohnern, liegt 770 m über dem Meeresspiegel, die letzte Strecke war eine Tortur.

Es war ja noch ein Glück, daß wir auf den Stall stießen, denn ich befürchtete schon, das Kind auf dem Esel kriegen zu müssen, und das ausgerechnet am Heiligen Abend! Ich warf mich aufs Stroh, stöhnte und kommandierte gleichzeitig den Joseph herum. »Feuer machen, Wasser aufsetzen, Krippe putzen, den fremden Ochsen anbinden!« Unser

Esel schrie übrigens viel lauter als ich, er fürchtete sich vor dem Ochsen.

Mein Gott, wenn die Hirten nicht gekommen wären, Joseph hätte es nie allein geschafft. Immerhin waren sie erfahrene Geburtshelfer – auf veterinärem Sektor – und hatten schon mal das Wort »abnabeln« gehört. Aber keiner war auf die Idee gekommen, seine Frau zu holen, von einer Hebamme mit Mohnkapsel ganz zu schweigen. Sicherlich, es war gut gemeint, ein paar Geschenke mitzubringen. Aber mußten es ausgerechnet lebendige Lämmer sein! Geschlachtet und ausgenommen, besser noch, gekocht oder gebraten, wären sie viel nützlicher gewesen. Auf die Idee, daß man Weihnachten ganz gern eine Gans essen würde, kam auch keiner. Und ist es nicht naheliegend, ein paar Meter gewebten Wollstoff mitzubringen statt eines Bergs ungesponnener Rohware? Stundenlang wurde mit Joseph über die Reiseroute und das Alter des Esels debattiert, anstatt rasch ein Mutterschaf zu melken. Und wie sie alle den Stern anglotzten! Natürlich verdanke ich jenem Stern auch den Besuch der Heiligen Drei Könige. Ich will es mir ersparen, über ihre Geschenke herzuziehen, immerhin kann man sie bei Gelegenheit verkaufen. Jedenfalls war keine einzige Windel dabei.

Anfangs habe ich von einem Stall voller Kinder gesprochen, aber der Stall war natürlich nicht wörtlich gemeint. Leider ist es insofern fast wahr geworden, als ich in einem Stall hause, wenn auch mit einem einzigen Kind. Wahrscheinlich wird das geniale Arrangement der Jungfernzeugung kein zweites Mal zustande kommen, und ich werde nie ein Mädchen kriegen. Die Männerwirtschaft wird also kein Ende nehmen; ich werde weiterhin alle bedienen müssen, ohne Tochter, die mir auf meine alten Tage zur Hand geht.

Mein kleiner Junge heißt Jesus. Dieser Name wurde ebenfalls von oben angeordnet, obwohl mir persönlich David besser gefallen hätte. Über meinen Sohn läßt sich eigentlich nichts Negatives sagen, obwohl er an all der Aufregung schuld ist. Er ist – Gott sei Dank – relativ pflegeleicht.

Wenn ich an die vielen Kleinkinder denke, die ich als Babysitterin betreut habe, dann schneidet er gut ab. Wenig Geschrei, guter Appetit, fester Schlaf. Auch Joseph sollte mehr als zufrieden sein. Aber, wie alte Männer halt sind, ständig gibt es was zu meckern. Er zeigte sich noch nicht einmal dazu bereit, das Kindlein zu wiegen – er habe Gichtknoten an den Händen, war seine windige Entschuldigung.

Als Jesus zwei Wochen alt war, wurde ein Fest gefeiert. Die Könige hatten – als ob sie nicht schon genug Überflüssiges mitgeschleppt hätten – ein Fäßchen Wein dabei. Einer der Hirten spielte ganz nett auf seiner Doppelrohrflöte.

Es braucht sich nicht unbedingt herumzusprechen, aber ganz unter uns, muß ich es einmal sagen: Es kam zu einem regelrechten Besäufnis. Und der empfindliche Joseph, der doch seinen Schlaf so dringend brauchte, war die ganze Nacht der Lauteste von allen. Nicht etwa daß man mit Esel, Weinfaß und Flöte ein Stück weitergezogen wäre, nein – direkt im Stall wurde gefeiert. Man behauptete, mich und den Kleinen nicht allein lassen zu können. In Wahrheit waren sie zu faul, und bald waren sie auch zu torkelig. Anfangs sangen sie noch ganz hübsche Weihnachtslieder, aber schon bald ging es in solches Gegröle über, daß mein Jesulein brüllte.

Nein, so ein rücksichtsloser Typ soll mein Sohn niemals werden. Ich werde ihn ganz anders erziehen und dafür sorgen, daß er kein Macho wird. Und wenn er selbst einmal Vater ist und mich zur Großmutter macht, dann wird er sehr wohl seine Kindlein wiegen. Das werden wir ja sehen!

Jonathan Franzen

Im Kreis der Familie

Nicht nur ihren Freundinnen, sondern allen ihren Bekannten in St. Jude, einschließlich ihres Schlachters, ihres Börsenmaklers und ihres Briefträgers, erzählte Enid, daß ihr Enkel Jonah sie zu Weihnachten besuchen komme. Natürlich war sie enttäuscht, daß Gary und Jonah nur drei Tage bleiben und schon am Fünfundzwanzigsten mittags wieder abreisen wollten, doch auch in drei Tagen konnte man eine ganze Menge Schönes unterbringen. Sie hatte Karten für die Weihnachtsland-Lichtershow und den *Nußknacker;* außerdem standen Weihnachtsbaumschmücken, Schlittenfahren, Singen und ein Gottesdienst am Heiligen Abend auf dem Programm. Sie kramte Plätzchenrezepte hervor, nach denen sie zwanzig Jahre lang nicht gebacken hatte. Sie deckte sich mit Eierflip ein.

Am Sonntag vor Weihnachten wachte sie um 3 Uhr 05 auf und dachte: *Sechsunddreißig Stunden.* Vier Stunden später stand sie auf und dachte: *Zwei-*

unddreißig Stunden. Spät am Tag ging sie mit Alfred zur Weihnachtsfeier des Nachbarschaftsvereins bei Dale und Honey Driblett, plazierte Alfred neben Kirby Root, wo er sicher war, und rief ihren Nachbarn in Erinnerung, daß ihr Lieblingsenkel, der sich *schon das ganze Jahr* auf Weihnachten in St. Jude freue, morgen nachmittag ankommen werde. Sie spürte Alfred in der Driblettschen Gästetoilette auf und hatte wegen seiner angeblichen Verstopfung unerwartet Streit mit ihm. Sie nahm ihn mit nach Hause und brachte ihn zu Bett, löschte den Streit aus ihrem Gedächtnis und setzte sich ins Eßzimmer, um ein weiteres Dutzend Weihnachtskarten aus dem Ärmel zu schütteln.

Der Weidenkorb für die hereinkommende Weihnachtspost enthielt bereits einen zehn Zentimeter dicken Packen mit Karten von alten Freundinnen wie Norma Greene und neuen Freundinnen wie Sylvia Roth. Mehr und mehr Absender schickten vervielfältigte oder am Computer erstellte Grüße, doch davon wollte Enid nichts wissen. Selbst wenn es bedeutete, daß sie nicht rechtzeitig fertig wurde, hatte sie sich vorgenommen, einhundert Karten per Hand zu schreiben und knapp zweihundert Umschläge per Hand zu adressieren. Neben ihrem zwei Absätze langen Standardgruß und ihrem vier Absätze langen ausführlichen Gruß hatte sie noch einen speziellen Kurzgruß in petto:

Unsere Herbstfarben-Kreuzfahrt entlang der Küste von New England und Kanada war herrlich. Al nahm ein unerwartetes »Bad« im Golf von St. Lawrence, fühlt sich aber schon wieder »seetüchtig«! Denise' superelegantes neues Restaurant in Phila. wurde ausführlich in der NY *Times* gewürdigt. Chip arbeitet weiterhin bei seiner Anwaltsfirma in NYC und befaßt sich mit Investitionen in Osteuropa. Wir hatten eine unvergeßliche Zeit mit Gary und unserem »Wunderknaben« Jonah hier bei uns. Hoffe, daß die ganze Familie über Weihnachten nach St. Jude kommt – eine himmlische Freude für mich! Alles Liebe Euch allen –

Es war schon zehn Uhr, und sie schüttelte gerade einen Krampf in ihrer Schreibhand aus, als Gary aus Philadelphia anrief.

»Wie schön, euch beide in siebzehn Stunden hier zu sehen!« sang Enid ins Telefon.

»Schlechte Nachrichten«, sagte Gary. »Jonah hat sich übergeben und fiebert. Ich glaube nicht, daß ich ihn mit ins Flugzeug nehmen kann.«

Das Kamel der Enttäuschung scheute vor dem

Nadelöhr von Enids Bereitschaft, das Gehörte zu begreifen.

»Warte ab, wie es ihm morgen geht«, sagte sie. »Kinder haben doch manchmal solche Vierundzwanzig-Stunden-Infekte, bestimmt ist er morgen wieder auf dem Damm. Zur Not kann er sich im Flugzeug ausruhen und früh ins Bett gehen und am Dienstag lange schlafen!«

»Mutter.«

»Wenn er wirklich krank ist, Gary, dann verstehe ich, daß er nicht kommen kann. Aber wenn er kein Fieber mehr hat –«

»Glaub mir, wir alle sind enttäuscht. Vor allem Jonah.«

»Wir müssen ja nicht sofort eine Entscheidung treffen. Morgen ist auch noch ein Tag.«

»Ich will dich nur vorwarnen, daß ich wahrscheinlich allein kommen werde.«

»Na schön, Gary, aber morgen früh kann die Welt schon ganz, ganz anders aussehen. Warte doch einfach ab, und dann entscheidest du und überraschst mich. Bestimmt wird alles gut!«

Es war die Jahreszeit der Freude und Wunder, und Enid ging voller Hoffnung ins Bett.

Sehr früh am nächsten Morgen weckten – belohnten! – sie das Klingeln des Telefons, der Klang von Chips Stimme, die Nachricht, daß er innerhalb der nächsten achtundvierzig Stunden aus Litauen nach Hause kommen werde und die Familie am Weihnachtsabend somit vollzählig sei. Sie summte vor sich hin, während sie die Treppe hinunterstieg und eine weitere Miniatur an den Adventskalender heftete, der an der Haustür hing.

Solange irgend jemand zurückdenken konnte, hatten die Damen vom Dienstagskreis der Kirche Geld für den Klingelbeutel eingenommen, indem sie Adventskalender bastelten. Und zwar nicht, wie Enid sich stets zu erklären beeilte, solche billigen, in Zellophan eingeschweißten Pappangelegenheiten mit Fensterchen, die es für fünf Dollar überall zu kaufen gab. Nein, diese Kalender waren wunderhübsch von Hand genäht und wieder verwendbar. Ein grüner Filzweihnachtsbaum prangte auf einem Viereck aus gebleichtem Stramin, dessen oberer und unterer Rand mit jeweils zwölf numerierten Taschen bestickt war.

Jeden Morgen in der Adventszeit durften die Kinder eine Miniatur aus einer der Taschen holen – ein winziges Schaukelpferd aus Filz und Ziermünzen, eine gelbe Filzschildkröte oder einen mit Ziermünzen geschmückten Spielzeugsoldaten – und sie an den Filzbaum heften. Selbst jetzt, wo ihre Kinder alle erwachsen waren, ließ Enid es sich nicht nehmen, die Miniaturen jedes Jahr am 30. November zu mischen und auf die Taschen zu verteilen. Nur in der vierundzwanzigsten Tasche steckte immer dasselbe: ein klitzekleines Christkind aus Plastik in einer golden besprühten Walnußschale. Obwohl es Enid in ihren christlichen Überzeugungen sonst erheblich an Eifer gebrach, war sie, was diese Miniatur betraf, geradezu fromm. Es war für sie nicht bloß die Ikone des Herrn, sondern auch die Ikone ihrer eigenen drei Babys und aller anderen süßen, nach Baby riechenden Babys auf der Welt. Dreißig Jahre lang hatte sie die vierundzwanzigste Tasche bestückt, sie wußte ganz genau, was sich darin verbarg, und doch konnte ihr der Gedanke, sie zu öffnen, immer noch den Atem rauben.

»Ist es nicht herrlich, daß Chip kommt?« fragte sie Alfred beim Frühstück.

Alfred schaufelte seine Hamsterkügelchen Kleie in sich hinein und trank seinen morgendlichen Becher heißer, mit Wasser verdünnter Milch. Sein Ausdruck war der einer perspektivischen Regression hin zu einem Fluchtpunkt des Leids.

»Chip kommt *morgen«,* wiederholte Enid. »Ist das nicht herrlich? Freust du dich nicht?«

Alfred beriet sich mit der durchweichten Kleie auf seinem wandernden Löffel. »Na ja«, sagte er. »Wenn er denn kommt.«

»Er hat gesagt, er ist morgen nachmittag hier«,

sagte Enid. »Wenn er nicht zu müde ist, kann er vielleicht mit in den *Nußknacker* gehen. Ich habe immer noch sechs Karten.«

»Ich bin skeptisch«, sagte Alfred.

Daß seine Bemerkungen sich tatsächlich auf ihre Fragen bezogen – daß er trotz der Unendlichkeit, die in seinem Blick lag, an einem endlichen Gespräch teilnahm –, entschädigte sie dafür, daß er ein so säuerliches Gesicht machte.

Draußen vor dem Küchenfenster schwebten Schneeflocken aus einem schaurig blau bewölkten Himmel durch die Zweige des kümmerlichen Hartriegels, der (so alt war er also) einst von Chuck Meisner gepflanzt worden war. Enid knetete und formte einen falschen Hasen, stellte ihn in den Kühlschrank, um ihn später zu braten, und fabrizierte einen Zitronenwackelpudding mit Bananen, hellen Weintrauben, Dosenananas und Marshmallows. Beides gehörte, neben zweimal gebackenen Kartoffeln, zu Jonahs offiziellen St.-Jude-Leibgerichten und stand für heute abend auf dem Speiseplan.

Monatelang hatte sie sich vorgestellt, wie Jonah am Morgen des Vierundzwanzigsten das Christkind an den Adventskalender heften würde.

Von ihrer zweiten Tasse Kaffee beflügelt, ging sie nach oben und kniete sich neben Garys alte

Kirschbaumholz-Kommode, in der sie Geschenke und Mitbringsel aufbewahrte. Seit Wochen war sie mit ihren Weihnachtseinkäufen fertig, doch das einzige, was sie für Chip erstanden hatte, war ein stark herabgesetzter braun-roter Wollbademantel der Marke Pendleton. Chip hatte sich ihren guten Willen eigentlich verscherzt, als er ihr, ein paar Jahre zuvor, ein gebraucht wirkendes Kochbuch zu Weihnachten geschenkt hatte, *Die marokkanische Küche*, in Aluminiumfolie gewickelt und mit Aufklebern verziert, auf denen rot durchgestrichene Kleiderbügel abgebildet waren. Jetzt aber, wo er extra aus Litauen nach Hause zurückkehrte, wollte sie ihn belohnen, indem sie ihr Geschenke-Budget voll ausschöpfte. Das folgendermaßen aussah:

Alfred: kein fester Betrag
Chip, Denise: jeweils $ 100 plus Grapefruit
Gary, Caroline: jeweils $ 60 höchstens plus Grapefruit
Aaron, Caleb: jeweils $ 30 höchstens
Jonah (nur dieses Jahr): kein fester Betrag

Da der Bademantel $ 55 gekostet hatte, brauchte sie für Chip noch weitere Geschenke im Wert von $ 45. Sie wühlte in den Kommodenschubladen. Sie verwarf die Vasen aus Hongkong in ihren angestaubten Schachteln, die vielen Bridgekarten und -blöcke, die vielen mit schönen Motiven bedruckten Papierservietten, die ebenso hübschen wie entbehrlichen Kugelschreiber-und-Bleistift-Sets, die vielen Reisewecker, die sich auf besondere Art zusammenklappen ließen oder einen besonderen Weckton hatten, den Schuhlöffel mit Teleskopgriff, die unerklärlich stumpfen koreanischen Steakmesser, die bronzenen Untersetzer mit Korkböden und Lokomotivengravur, den 10 x 15-Bilderrahmen aus Keramik, auf dem in lavendelfarbener, lasierter Schrift das Wort »Erinnerungen« stand, die kleinen Onyx-Schildkröten aus Mexiko und die raffiniert verpackte Schleifen- und Geschenkpapierschachtel mit dem schönen Namen »Die Gabe des Schenkens«. Sie überlegte, ob sich die zinnerne Dochtschere und der Salzstreuer-Pfeffermühlen-Ständer eignen würden. Chips spärliche Wohnungseinrichtung vor Augen, kam sie zu dem Ergebnis, daß die Dochtschere und der Salzstreuer-Pfeffermühlen-Ständer genau das richtige seien.

In der Jahreszeit der Freude und Wunder, während sie die Geschenke einpackte, vergaß sie das nach Urin riechende Labor und die widerwärtigen Grillen. Sie konnte darüber hinwegsehen, daß Alfred den Weihnachtsbaum mit einer zwanzigprozentigen Neigung aufgestellt hatte. Es gelang ihr zu glauben, daß Jonah sich heute morgen genauso gesund fühlte wie sie. Als sie mit dem Einpacken fertig war, hatte das Licht am winterlichen Möwenfedernhimmel einen mittäglichen Einfallswinkel und Helligkeitsgrad. Sie ging in den Keller, wo sie die Tischtennisplatte, wie ein mit Hopfen zugewuchertes Chassis, unter grünen Lichterketten begraben fand und Alfred mit Isolierband, Schere und Verlängerungskabeln auf dem Boden.

»Diese verdammten Lichter!« sagte er.

»Was machst du denn da auf dem Boden, Al?«

»Diese verdammten, billigen neuen Lichter!«

»Reg dich doch nicht so auf, Al. Laß gut sein. Das können Gary und Jonah machen. Komm nach oben, das Essen ist fertig.«

Das Flugzeug aus Philadelphia sollte um halb zwei landen. Gary hatte gesagt, er werde sich ein Auto mieten und gegen drei Uhr da sein, und Enid wollte, daß Alfred vorher schlief, denn heute nacht würde sie Verstärkung haben. Wenn er heute nacht aufstand und herumirrte, war sie nicht als einzige im Dienst.

Nach dem Essen war die Stille im Haus von einer solchen Dichte, daß beinahe die Uhren stehenblieben. Die letzten Stunden des Wartens wären perfekt geeignet gewesen, noch ein paar Weihnachtskarten zu schreiben, eine Zwei-Fliegen-miteiner-Klappe-Situation, in der die Minuten nicht nur wie im Flug vergangen wären, sondern Enid auch eine Menge Arbeit hätte erledigen können; doch die Zeit ließ sich so nicht überlisten. Als Enid mit einem Kurzgruß begann, war es, als zöge sie ihren Stift durch Melasse. Sie verlor den Faden ihrer Wörter, schrieb *nahm ein unerwartetes »Bad« in einem unerwarteten »Bad«* und mußte die Karte wegwerfen. Sie ging in die Küche, um auf die Uhr zu sehen, und stellte fest, daß erst fünf Minuten verstrichen waren, seit sie zuletzt nachgeschaut hatte. Sie arrangierte eine Auswahl von Plätzchen auf einem lackierten hölzernen Weihnachtsteller. Legte ein Messer und eine riesengroße Birne auf ein Schneidebrett. Schüttelte einen Karton Eierflip. Belud die Kaffeemaschine, für den Fall, daß Gary Kaffee trinken wollte. Dann setzte sie sich wieder hin, um einen Kurzgruß zu schreiben, und sah in dem leeren Weiß der Karte ihre Gedanken gespiegelt. Sie trat ans Fenster und blickte auf den bleichen Zoysia-Rasen. Der Briefträger, mit weihnachtlichen Volumen kämpfend, kam den Weg herauf, einen dicken Packen im Arm, den er in drei Stößen durch den Schlitz schob. Sie stürzte sich auf die Post und trennte Spreu von Weizen, doch um die Briefe zu öffnen, war sie zu nervös. Sie ging zum blauen Sessel hinunter.

»Al«, rief sie, »ich glaube, du mußt aufstehen!«

Er setzte sich auf, mit Heuhaufenhaar und leerem Blick. »Kommen sie?«

»Jede Minute. Vielleicht willst du dich noch frisch machen.«

»Wer kommt?«

»Gary und Jonah, es sei denn, Jonah ist zu krank.«

»Gary«, sagte Alfred. »Und Jonah.«

»Willst du nicht *duschen*?«

Er schüttelte den Kopf. »Ich dusche nicht.«

»Wenn du nachher unbedingt in der Wanne festsitzen willst –«

»Ich denke, nach all der Arbeit steht mir ein Bad zu.«

Im unteren Badezimmer war eine schöne Duschkabine, aber Alfred hatte sich nie gern im Stehen gewaschen. Da Enid sich neuerdings weigerte, ihm aus der Wanne im oberen Badezimmer zu helfen, saß er dort manchmal eine Stunde, das Wasser kalt und an seinen Hüften seifengrau, bevor er es fertigbrachte, sich irgendwie selbst herauszuhieven: So starrköpfig war er.

Er ließ sich gerade ein Bad einlaufen, als das lang ersehnte Klopfen endlich kam.

Enid eilte zur Haustür und öffnete sie der Erscheinung ihres allein auf der Veranda stehenden, gutaussehenden älteren Sohns. Er trug seine Kalbslederjacke und hatte in der einen Hand einen kleinen Koffer und in der anderen eine Einkaufstüte aus Papier. Sonnenlicht, flach und polarisiert, hatte sich, wie so oft gegen Ende eines Wintertages, an den Wolken vorbeigemogelt. Die Straße war von jenem widernatürlich goldenen Licht aus den Häusern überflutet, mit dem ein weniger begabter Maler die Teilung des Roten Meers illuminieren mochte. Die Backsteine des Personsschen Hauses und die blauen und purpurroten Winterwolken und die dunkelgrünen harzigen Sträucher, all das war so unecht lebendig, daß es nicht einmal hübsch, sondern bloß fremd und unheilvoll aussah.

»Wo ist Jonah?« rief Enid.

Gary kam herein und stellte sein Gepäck ab. »Er hat immer noch Fieber.«

Enid ließ sich einen Kuß geben. Da sie einen Augenblick brauchte, um sich zu fassen, forderte sie Gary auf, doch gleich auch seinen anderen Koffer hereinzuholen.

»Ich habe nur diesen«, erklärte er ihr mit einer Art Amtsstimme.

Sie starrte auf seine winzige Tasche. »Mehr hast du nicht mit?«

»Hör zu, ich weiß, daß du wegen Jonah enttäuscht bist –«

»Wie hoch war sein Fieber?«

»Achtunddreißig fünf heute morgen.«

»Achtunddreißig fünf ist doch kein hohes Fieber!«

Gary seufzte und schaute weg, wobei er den Kopf zur Seite neigte, um ihn mit der Achse des schiefen Weihnachtsbaums auf Linie zu bringen. »Hör zu«, sagte er. »Jonah ist enttäuscht. Ich bin enttäuscht. Du bist enttäuscht. Können wir es dabei belassen? Wir alle sind enttäuscht.«

»Es ist ja bloß – ich habe alles für ihn vorbereitet«, sagte Enid. »Ich habe sein Lieblingsessen gekocht –«

»Ich hatte dich extra vorgewarnt –«

»Und für heute abend habe ich Karten für den Waindell-Park!«

Gary schüttelte den Kopf und marschierte zur Küche. »Dann gehen wir da auch hin«, sagte er. »Und morgen kommt Denise.«

»Und Chip!«

Gary lachte. »Was, aus Litauen?«

»Er hat heute morgen angerufen.«

»Na, das glaub ich erst, wenn ich's sehe«, sagte Gary.

Die Welt in den Fenstern sah weniger wirklich aus, als es Enid lieb war. Der Scheinwerferkegel der Sonne, der durch die Wolkendecke nach drinnen fiel, war das Traumlicht keiner gewohnten Stunde des Tages. Enid hatte das dunkle Gefühl, daß die Familie, die sie zusammenzubringen versuchte, nicht mehr die Familie war, an die sie sich erinnerte – daß dieses Weihnachten überhaupt nicht so sein würde wie die Weihnachten früher. Aber sie tat ihr Bestes, um sich auf die neue Realität einzustellen. Auf einmal freute sie sich *sehr* auf Chip. Und da Jonahs Päckchen nun mit Gary auf die Reise nach Philadelphia gehen würden, mußte sie noch ein paar Wecker und Kugelschreiber-und-Bleistift-Sets für Caleb und Aaron einwickeln, damit ihre unterschiedlich große Gebefreudigkeit nicht so ins Auge stach. Das konnte sie tun, solange sie auf Denise und Chip wartete.

»Ich hab so viele Plätzchen gebacken«, sagte sie zu Gary, der sich an der Spüle in der Küche penibel die Hände wusch. »Da ist eine Birne, die ich dir schneiden kann, und ein bißchen von diesem schwarzen Kaffee, den ihr jungen Leute so gern trinkt.«

Gary roch an ihrem Küchenhandtuch, bevor er sich damit abtrocknete.

Alfred brüllte von oben ihren Namen.

»Ach, Gary«, sagte sie, »er kommt mal wieder nicht aus der Wanne. Geh du rauf und hilf ihm. Ich tu's nicht mehr.«

Gary trocknete sich überaus gründlich die Hände ab. »Warum benutzt er nicht die Dusche, wie wir es besprochen haben?«

»Er sagt, er setzt sich lieber hin.«

»Tja, Pech für ihn«, meinte Gary. »Er ist doch derjenige, dessen Evangelium das selbstverantwortliche Handeln ist.« Alfred brüllte Enids Namen erneut.

»Geh schon, Gary, hilf ihm«, sagte sie. Mit einer Ruhe, die nichts Gutes verhieß, glättete und richtete Gary das gefaltete Geschirrhandtuch auf der Stange. »Hier sind die Grundregeln, Mutter«, sagte er und mit der Amtsstimme. »Hörst du mir zu? Hier sind die Grundregeln. In den nächsten drei Tagen werde ich alles tun, was du möchtest, nur nicht Dad aus Situationen retten, in denen er nicht sein müßte. Wenn er auf eine Leiter steigen und runterfallen will, werde ich ihn auf der Erde liegen lassen. Wenn er verblutet, verblutet er. Wenn er nicht ohne Hilfe aus der Badewanne kommt, kann er Weihnachten in der Badewanne verbringen. Habe ich mich klar und verständlich ausgedrückt? Abgesehen davon werde ich alles tun, was du möchtest. Und am Morgen des Fünfundzwanzigsten setzen du und er und ich uns an einen Tisch und über –«

»ENID.« Alfreds Stimme war erstaunlich laut. *»DA IST JEMAND AN DER TÜR!«*

Enid seufzte schwer und stellte sich an den Fuß der Treppe. »Das ist *Gary*, Al.«

»Kannst du mir helfen?« rief er.

»Gary, sieh mal nach, was er möchte.«

Gary stand mit verschränkten Armen im Eßzimmer. »Hab ich dir nicht gerade meine Grundregeln erklärt?«

Enid erinnerte sich jetzt an Eigenschaften ihres älteren Sohnes, die sie gern vergaß, solange er nicht in der Nähe war. Langsam, darauf bedacht, eine schmerzende Verspannung aus ihrer Hüfte zu lösen, stieg sie die Stufen hinauf.

»Al«, sagte sie, als sie das Badezimmer betrat, »ich kann dir nicht aus der Wanne helfen, das mußt du schon selbst schaffen.«

Er saß mit ausgestreckten Armen und flatternden Fingern in fünf Zentimeter tiefem Wasser. »Gib das her«, sagte er.

»Was?«

»Die Flasche da.«

Seine Flasche Schneeweiß-Shampoo, zum Haarebleichen, war auf den Boden gefallen. Vorsichtig, ihre Hüfte schonend, ging Enid auf der Badematte in die Hocke und drückte ihm die Flasche in beide Hände. Er strich kraftlos darüber, als überlege er, sie zu kaufen, oder versuche sich angestrengt zu erinnern, wie man sie öffnete. Seine Beine waren unbehaart, seine Hände fleckig, aber seine Schultern kräftig wie eh und je.

»Verflixt und zugenäht«, sagte er und grinste die Flasche an.

Jede Wärme, die das Wasser gehabt haben mochte, war in dem dezemberkühlen Raum verflogen. Es roch nach Dial-Seife und, ein wenig schwächer, nach Alter. Zigtausendmal hatte Enid an genau dieser Stelle gehockt, um ihren Kindern die Haare zu waschen und ihnen, mit heißem Wasser aus einem Eineinhalb-Liter-Kochtopf, den sie extra dafür aus der Küche geholt hatte, die Köpfe zu spülen. Sie beobachtete, wie ihr Mann die Shampooflasche in den Händen drehte.

»Ach, Al«, sagte sie, »was sollen wir nur tun?«

»Hilf mir hierbei.«

»Na schön. Ich helfe dir.«

Es klingelte an der Tür.

»Da ist es wieder.«

»Gary«, rief Enid, »sieh mal nach, wer das ist!« Sie drückte ein wenig Shampoo in ihre offene Hand. »Du solltest wirklich lieber duschen.«

»Nicht sicher genug auf den Beinen.«

»Hier, mach dir die Haare naß.« Sie rührte, um Alfred auf die Sprünge zu helfen, mit einer Hand im lauwarmen Badewasser. Er spritzte sich ein bißchen davon aufs Haar. Sie hörte Gary mit einer ihrer Freundinnen sprechen, irgendeiner vergnügt zwitschernden Frau aus St. Jude, Esther Root vielleicht.

»Wir könnten doch einen Hocker für die Dusche besorgen«, sagte sie, während sie Alfred die Haare einseifte. »Und einen stabilen Griff anbringen, damit du dich festhalten kannst, so, wie Dr. Hedgpeth es uns geraten hat. Das könnte Gary morgen erledigen.«

Alfreds Stimme vibrierte in seinem Schädel und bis in ihre Finger hinein: »Gary und Jonah gut angekommen?«

»Nein, nur Gary«, sagte Enid. »Jonah hat ganz, ganz hohes Fieber und übergibt sich unentwegt. Der arme Junge, er ist viel zu krank, um im Flugzeug zu sitzen.«

Alfred zuckte vor Mitleid zusammen.

»Beug dich vor, damit ich das Shampoo ausspülen kann.«

Falls Alfred sich vorzubeugen versuchte, deutete lediglich ein Zittern in seinen Beinen darauf hin; seine Haltung änderte sich nicht.

»Du mußt dich *viel* häufiger dehnen und strekken«, sagte Enid. »Hast du dir das Blatt von Dr. Hedgpeth überhaupt je angesehen?«

Alfred schüttelte den Kopf. »Hat nichts genützt.«

»Vielleicht kann Denise dir zeigen, wie man die Übungen macht. Das wäre doch schön.«

Sie griff nach dem Wasserglas, das hinter ihr am Waschbeckenrand stand. Ein ums andere Mal hielt sie es unter den Badewannenhahn, um ihrem Mann heißes Wasser über den Kopf laufen zu lassen. Mit seinen fest zusammengekniffenen Augen hätte man ihn für ein Kind halten können.

»Jetzt sieh mal zu, wie du da rauskommst«, sagte sie. »Ich helfe dir nicht.«

»Ich habe meine eigene Methode«, sagte er.

Unten im Wohnzimmer kniete Gary auf dem Boden, um den Weihnachtsbaum gerade hinzustellen.

»Wer war das eben, an der Tür?« fragte Enid.

»Bea Meisner«, sagte er, ohne aufzublicken. »Auf dem Kaminsims liegt ein Geschenk von ihr.«

»Bea Meisner?« Eine späte Flamme der Scham flackerte in Enid auf. »Ich dachte, die Meisners wären über Weihnachten in Österreich.«

»Nein, sie sind noch einen Tag hier und fliegen dann nach La Jolla.«

»Da leben Katie und Stew. Hat sie dir irgendwas für mich gegeben?«

»Auf dem Sims«, sagte Gary. Das Geschenk von Bea war eine weihnachtlich verpackte Flasche, bestimmt etwas Österreichisches.

»Sonst nichts?« fragte Enid.

Gary klatschte sich Tannennadeln von den Händen und warf ihr einen scheelen Blick zu. »Hattest du noch was anderes erwartet?«

»Nein, nein«, antwortete sie. »Ich hatte sie gebeten, mir eine dumme kleine Sache aus Wien mitzubringen, aber das hat sie sicher vergessen.«

Garys Augen verengten sich. »Was denn für eine dumme kleine Sache?«

»Ach, nichts, weißt du, nichts.« Enid betastete die Flasche, um zu sehen, ob etwas daran befestigt war. Sie hatte ihre Schwärmerei für Aslan heil überstanden, sie hatte getan, was nötig war, um den Löwen zu vergessen, und sie war alles andere als sicher, ob sie ihn wiedersehen wollte. Aber der Löwe besaß immer noch Macht über sie. Eine alte Empfindung regte sich in ihr, eine lustvolle Vorfreude auf die Rückkehr eines Geliebten. Plötzlich vermißte sie, wie sehr sie früher Alfred vermißt hatte.

»Warum hast du sie nicht hereingebeten?« schimpfte sie.

»Chuck hat draußen im Jaguar gewartet«, sagte Gary. »Wahrscheinlich machen sie ihre Runde.«

»Na ja.« Enid wickelte die Flasche aus – es war halbtrockener österreichischer Sekt –, um sicherzugehen, daß da nicht doch irgendwo ein kleines Päckchen versteckt war.

»Sieht nach was ziemlich Süßem aus«, sagte Gary.

Sie bat ihn, ein Feuer anzuzünden. Dann stand sie da und staunte, wie ihr tüchtiger grauhaariger Sohn festen Schrittes zum Holzstapel ging, mit einer Ladung Scheite im Arm zurückkehrte, sie geschickt im Kamin aufeinanderschichtete und gleich beim ersten Versuch ein Streichholz zum Brennen bekam. Der ganze Vorgang dauerte fünf Minuten. Gary tat nichts anderes, als zu funktionieren, wie ein Mann funktionieren sollte, und doch, im Vergleich zu dem Mann, mit dem Enid zusammenlebte, schienen seine Fähigkeiten göttlich. Noch die geringste seiner Bewegungen war prachtvoll anzusehen.

Ihre Erleichterung darüber, ihn im Haus zu haben, wurde gleich wieder gedämpft, als ihr einfiel, wie kurz er bleiben würde.

Alfred, in einem sportlichen Blazer, ließ sich kurz im Wohnzimmer blicken und plauderte, bevor er im Arbeitszimmer verschwand, um sich eine stark dezibelhaltige Dosis Lokalnachrichten zu verpassen, eine Minute mit Gary. Sein Alter und sein krummer Rücken hatten ihn, bis vor kurzem noch genauso groß wie sein Sohn, um fünf bis sechs Zentimeter schrumpfen lassen.

Während Gary, mit ausgezeichneter Körperbeherrschung, die Lichterketten in den Baum hängte, saß Enid am Kamin und packte die Spirituosenkartons aus, in denen sie den Weihnachtsbaumschmuck aufbewahrte. Wohin sie auch gereist war, stets hatte sie den Löwenanteil ihres Taschengelds für Baumschmuck ausgegeben. Während Gary die einzelnen Stücke aufhängte, reiste sie in Gedanken zurück in ein Schweden, das von Stroh-Rentieren und kleinen roten Pferden bevölkert war, ein Norwegen, dessen Einwohner echt lappländische Rentierhaut-Stiefel trugen, ein Venedig, in dem alle Tiere aus Glas waren, ein Puppenhaus-Deutschland der Weihnachtsmänner und Weihnachtsengel aus glasiertem Holz, ein Österreich der Holzsoldaten und winzigen Alpenkirchen. In Belgien waren die Friedenstauben aus Schokolade gemacht und dekorativ in Folie eingeschlagen, in Frankreich hatten die *gendarme*-Püppchen und *artiste*-Püppchen makellose Kostüme an, und in der Schweiz klingelten die Bronzeglöckchen über ultrareligiösen Minikrippen. Ganz Andalusien zwitscherte vor grellbunten Vögeln; ganz Mexiko schepperte vor bemalten Blechfiguren. Auf den Hochebenen Chinas der lautlose Galopp einer Herde von Seidenpferden. In Japan das Zen-Schweigen lackierter Ornamente.

Gary hängte jedes Stück genau dorthin, wo Enid

es haben wollte. Er wirkte verändert auf sie – ruhiger, souveräner, bedächtiger –, bis sie ihn bat, am nächsten Tag eine Kleinigkeit für sie zu erledigen.

»Einen Haltegriff in der Dusche anzubringen ist keine ›Kleinigkeit‹«, sagte er. »Vor einem Jahr hätte das vielleicht Sinn gehabt, aber jetzt nicht mehr. Dad kann noch ein paar Tage die Badewanne benutzen, bis wir das mit dem Haus geklärt haben.«

»Wir fliegen erst in vier Wochen nach Philadelphia«, sagte Enid. »Ich möchte, daß er sich ans Duschen gewöhnt. Ich möchte, daß du morgen einen Hocker kaufst und einen Griff anbringst, damit das erledigt ist.«

Gary seufzte. »Glaubst du im Ernst, daß ihr in diesem Haus bleiben könnt, Dad und du?«

»Wenn Korrektal ihm hilft –«

»Mutter, sie prüfen gerade, ob er an Demenz leidet. Glaubst du allen Ernstes –«

»An Demenz, die *nicht* von seinen Medikamenten kommt.«

»Hör zu, ich will ja deine Seifenblase nicht zerstechen –«

»Denise hat alles arrangiert. Wir müssen es versuchen.«

»Schön, und was dann?« sagte Gary. »Dad wird wie durch ein Wunder geheilt, und ihr lebt hier glücklich bis ans Ende eurer Tage?«

Das Licht in den Fenstern war vollends erloschen. Enid verstand nicht, warum ihr lieber, zuverlässiger ältester Sohn, mit dem sie sich seit seiner Geburt so eng verbunden fühlte, ausgerechnet jetzt, wo sie sich in Not an ihn wandte, derart *zornig* wurde. Sie wickelte eine Styroporkugel aus, die er im Alter von neun oder zehn mit Stoff und Münzen beklebt hatte.

»Kennst du die noch?«

Gary nahm die Kugel in die Hand. »Die haben wir damals bei Mrs. Ostriker gemacht.«

»Du hast sie mir geschenkt.«

»Ja?«

»Du hast gesagt, du wirst morgen alles tun, worum ich dich bitte«, sagte Enid. »Nun, das ist es, worum ich dich bitte.«

»Schon gut! Schon gut!« Gary warf die Hände in die Luft. »Ich kaufe den Hocker! Ich bringe den Griff an!«

Nach dem Abendessen holte er den Olds aus der Garage, und zu dritt machten sie sich auf den Weg ins Weihnachtsland.

Vom Rücksitz aus konnte Enid die Unterseite der Wolken städtisches Licht einfangen sehen; die wolkenlosen Stellen am Himmel waren dunkler und mit Sternen durchsiebt. Gary manövrierte den Wagen durch enge Vorstadtstraßen bis zu den

Kalksteintoren des Waindell-Parks, vor denen schon eine stattliche Anzahl Autos, Lieferwagen und Kleinbusse auf Einlaß wartete.

»Guckt euch all die Wagen an«, sagte Alfred ohne eine Spur seiner früheren Ungeduld.

Mit dem Eintritt, der für das Weihnachtsland verlangt wurde, trug die Kreisverwaltung einen Teil der Kosten dieser alljährlichen Extravaganz. Ein Parkwächter der Kreisverwaltung nahm ihre Tickets entgegen und forderte Gary auf, nur das Standlicht eingeschaltet zu lassen. Der Olds kroch in einer Schlange abgedunkelter Fahrzeuge vorwärts, die, alle zusammen, in ihrer demütigen Prozession durch den Park Tieren niemals ähnlicher gewesen waren als jetzt. Die meiste Zeit des Jahres war Waindell ein verwahrlostes Gelände mit verbrannten Wiesen, braunen Tümpeln und schmucklosen Kalksteinpavillons. Im Dezember, bei Tag, sah es hier am schlimmsten aus. Dicke Kabel und Starkstromleitungen verliefen kreuz und quer über den Rasenflächen. Die Aufbauten und Gerüste offenbarten sich in ihrer ganzen Zerbrechlichkeit, ihrer Vorläufigkeit, der metallenen Knotigkeit ihrer Gelenke. Hunderte von Bäumen und Sträuchern verschwanden unter Lichterketten, und die Äste hingen durch, als prassele ein eisiger Regen aus Glas und Plastik auf sie nieder.

Am Abend wurde der Park zum Weihnachtsland. Scharf sog Enid die Luft ein, als der Olds im Schneckentempo über einen Lichthügel und durch eine hell erleuchtete Landschaft rollte. So wie die wilden Tiere am Heiligen Abend angeblich zu sprechen begannen, schien die natürliche Ordnung der Vororte hier auf den Kopf gestellt, das normalerweise dunkle Land lebendig vor Licht, die normalerweise lebendige Straße dunkel vor stockendem Verkehr.

Die sanft ansteigenden Hänge und die Vertraulichkeit zwischen ihren Kammlinien und dem Himmel waren typisch mittelwestlich, fand Enid. Genauso wie der Gleichmut und die Geduld der Fahrer; genauso wie die vereinzelten, eng zusammengewachsenen Grenzgemeinschaften der Eichen und Ahornbäume. Die letzten acht Weihnachten hatte sie im Exil, im fremden Osten, verbracht, und nun fühlte sie sich endlich zu Hause. Sie stellte sich vor, in dieser Landschaft begraben zu werden. Sie war glücklich bei dem Gedanken, daß ihre Gebeine einst an einem Hang wie diesem ruhen würden.

Weiter ging's mit funkelnden Pavillons, leuchtenden Rentieren, Riesenanhängern und -halsketten aus gebündelten Photonen, elektropointillistischen Weihnachtsmanngesichtern, einer aus turmhohen, glitzernden Zucker-Spazierstöcken gebildeten Schneise.

»Steckt eine Menge Arbeit drin«, bemerkte Alfred.

»Tja, nun tut es mir doch leid, daß Jonah nicht mitkommen konnte«, sagte Gary, als hätte es ihm bislang nicht leid getan.

Das Schauspiel war nichts anderes als Licht in der Dunkelheit, aber Enid verschlug es die Sprache. So oft wurde einem Gutgläubigkeit abverlangt, so selten konnte man sie aufbringen, doch hier im Waindell-Park schaffte sie es. Irgend jemand hatte sich vorgenommen, alle, die kamen, zu begeistern, und Enid war hell begeistert. Und morgen waren auch Denise und Chip da, morgen würden sie in den *Nußknacker* gehen, und Mittwoch würden sie das Christkind aus seiner Tasche nehmen und die Walnußwiege an den Filzbaum heften: Es gab so vieles, auf das sie sich freuen konnte.

Raymond Carver

Ein ernstes Gespräch

Veras Auto stand da, sonst keines, und Burt war dankbar dafür. Er bog in die Einfahrt und hielt neben der Torte, die er am Abend zuvor hatte fallen lassen. Sie lag immer noch da, mit der Aluminiumform nach oben und mit einem Hof von Kürbisfüllung ringsherum auf dem Pflaster. Es war der Tag nach Weihnachten.

Er war am Weihnachtstag gekommen, um seine Frau und seine Kinder zu besuchen. Vera hatte ihn im voraus gewarnt. Sie hatte ihm erklärt, wie die Dinge standen. Sie hatte gesagt, daß er um sechs wieder weg sein müsse, denn ihr Freund und dessen Kinder kämen zum Abendessen.

Sie hatten im Wohnzimmer gesessen und feierlich die Geschenke ausgepackt, die Burt mitgebracht hatte. Sie hatten seine Päckchen aufgemacht, während andere Päckchen, in festliches Papier eingeschlagen, aufgestapelt unter dem Weihnachtsbaum lagen und auf die Zeit nach sechs Uhr warteten.

Er hatte zugesehen, wie die Kinder ihre Geschenke auspackten, und gewartet, als Vera das Seidenband von ihrem Päckchen löste. Er sah zu, wie sie das Papier abstreifte, den Deckel hob, den Kaschmirpullover herausnahm.

»Hübsch«, sagte sie. »Vielen Dank, Burt.«

»Probier ihn an«, sagte seine Tochter.

»Zieh ihn an«, sagte sein Sohn.

Burt sah seinen Sohn an; er war ihm dankbar für die Unterstützung.

Sie probierte ihn tatsächlich an. Vera ging ins Schlafzimmer und kam in dem Pullover heraus.

»Hübsch«, sagte sie.

»Hübsch an *dir*«, sagte Burt und spürte ein Überfließen in seiner Brust.

Er packte seine Geschenke aus. Von Vera bekam er einen Geschenkgutschein von Sondheim's, dem Herrenbekleidungsgeschäft. Von seiner Tochter einen Kamm und eine Bürste, die zusammenpaßten. Von seinem Sohn einen Kugelschreiber.

Vera reichte Erfrischungsgetränke, und sie unterhielten sich ein bißchen. Aber hauptsächlich betrachteten sie den Baum. Dann stand seine Tochter auf und fing an, im Eßzimmer den Tisch zu decken, und sein Sohn ging fort, in sein Zimmer.

Aber Burt gefiel es da, wo er war. Es gefiel ihm,

vor dem Kamin zu sitzen, ein Glas in der Hand, in seinem Haus, seinem Zuhause.

Dann ging Vera in die Küche.

Ab und zu kam seine Tochter ins Eßzimmer und brachte etwas für den Tisch. Burt sah ihr zu. Er sah zu, wie sie die Leinenservietten faltete und in die Weingläser steckte. Er sah zu, wie sie eine schlanke Vase in die Mitte des Tisches stellte. Er sah zu, wie sie, ganz vorsichtig, eine Blume in die Vase tat.

Ein kleiner Klotz aus Wachs und Sägemehl brannte auf dem Rost im Kamin. Eine Schachtel mit fünf weiteren lag griffbereit auf dem Sims. Er stand vom Sofa auf und legte sie alle in den Kamin. Er sah zu, wie sie in Flammen aufgingen. Dann trank er sein Glas aus und ging zur Terrassentür. Auf dem Weg dorthin sah er, aufgereiht auf der Anrichte, die Torten. Er stapelte sie auf seinen Arm, alle sechs, eine für jeweils zehn Male, die sie ihn betrogen hatte.

Draußen in der Einfahrt ließ er im Dunkeln eine fallen, als er ungeschickt an der Autotür hantierte.

Die Haustür war seit der Nacht, in der er seinen Schlüssel im Schloß abgebrochen hatte, ständig verschlossen. Er ging außen herum zum hinteren Eingang. An der Tür hing ein Weihnachtskranz. Er klopfte an die Glasscheibe. Vera war im Bademantel. Sie sah zu ihm hinaus und runzelte die Stirn. Sie öffnete die Tür einen Spalt.

Burt sagte: »Ich wollte mich für gestern abend entschuldigen. Ich möchte mich auch bei den Kindern entschuldigen.« Vera sagte: »Sie sind nicht da.«

Sie stand in der Tür, und er stand im Garten, gleich neben dem Philodendron. Er zupfte an einer Faser an seinem Ärmel.

Sie sagte: »Ich halte das nicht mehr aus. Du hast beinahe das Haus in Brand gesteckt.«

»Hab ich nicht.«

»Doch, hast du. Alle hier haben es mit angesehen.«

Er sagte: »Kann ich reinkommen und was dazu sagen?«

Sie zog den Bademantel oben am Hals zusammen und ging zurück nach drinnen.

Sie sagte: »Ich muß in einer Stunde weg.«

Er sah sich um. An dem Baum gingen die Lichter an und aus. Buntes Seidenpapier und glänzende Schachteln stapelten sich am einen Ende des Sofas. Ein Truthahngerippe lag auf einer Platte in der Mitte des Eßzimmertischs, die ledrigen Reste in einem Petersilienbett wie in einem schaurigen Nest. Ein kegelförmiger Berg Asche füllte den Kamin. Auch ein paar leere Shasta-Cola-Dosen lagen darin. Eine Spur von Rauchflecken zog sich an den Ziegelsteinen zum Kaminsims hinauf, wo das Holz, das den Rauch aufgehalten hatte, schwarz versengt war.

Er drehte sich um und ging wieder in die Küche.

Er sagte: »Wann ist denn dein Freund gestern abend gegangen?«

Sie sagte: »Wenn du damit anfängst, kannst du gleich gehen.«

Er zog einen Stuhl heraus und setzte sich an den Küchentisch vor den großen Aschenbecher. Er schloß die Augen und machte sie wieder auf. Er schob die Gardine zur Seite und blickte in den Garten hinaus. Er sah ein Fahrrad ohne Vorderrad, das umgekehrt dastand. Er sah Unkraut, das überall an dem Redwoodzaun wuchs.

Sie ließ Wasser in einen Kochtopf laufen. »Erinnerst du dich an Thanksgiving?« sagte sie. »Damals hab ich gesagt, das war der letzte Feiertag, den du uns verdorben hast. Statt Truthahn gab es abends um zehn Speck und Eier.«

»Ich weiß«, sagte er. »Ich hab gesagt, es tut mir leid.«

»Leid? Das reicht nicht.«

Die Zündflamme war wieder ausgegangen. Sie stand am Herd und versuchte das Gas unter dem Topf anzumachen.

»Verbrenn dich nicht«, sagte er. »Paß auf, daß du nicht Feuer fängst.«

Er stellte sich vor, wie ihr Bademantel Feuer fing, und wie er vom Tisch aufsprang, sie auf den Fußboden warf und rollte und immer weiter rollte, ins Wohnzimmer, wo er sie mit seinem Körper bedecken würde. Oder sollte er ins Schlafzimmer laufen und eine Decke holen?

»Vera?«

Sie sah ihn an.

»Hast du was zu trinken da? Ich könnte heute morgen einen Drink gebrauchen.«

»Im Tiefkühlfach ist noch etwas Wodka.«

»Seit wann bewahrst du Wodka im Tiefkühlfach auf?«

»Frag lieber nicht.«

»Gut, gut«, sagte er. »Ich frag nicht.«

Er holte den Wodka heraus und goß sich etwas in eine Tasse, die er auf der Arbeitsfläche fand.

Sie fragte: »Willst du das etwa so trinken, aus der Tasse?« Sie sagte: »Gott im Himmel, Burt. Worüber willst du eigentlich reden? Ich hab dir gesagt, ich muß weg. Ich habe um ein Uhr Flötenstunde.«

»Nimmst du immer noch Flötenunterricht?«

»Hab ich gerade gesagt. Was ist? Sag mir, was du loswerden willst, und dann muß ich mich fertig machen.«

»Ich wollte dir sagen, daß es mir leid tut.«

Sie sagte: »Das hast du schon gesagt.«

Er sagte: »Wenn du etwas Saft hättest, irgendwas, könnte ich mir was davon in den Wodka tun.«

Sie machte den Kühlschrank auf und schob einige Sachen herum.

»Hier ist Preiselbeersaft«, sagte sie.

»Das ist gut«, sagte er.

»Ich geh jetzt ins Bad«, sagte sie.

Er trank die Tasse Preiselbeersaft mit Wodka aus. Er zündete sich eine Zigarette an und warf das Streichholz in den großen Aschenbecher, der immer auf dem Küchentisch stand. Er untersuchte die Kippen darin. Manche waren von Veras Sorte und manche nicht. Manche waren sogar lavendelfarben. Er stand auf und leerte alles in den Eimer unter der Spüle.

Der Aschenbecher war eigentlich gar kein Aschenbecher. Es war ein großer Steingutteller, den sie bei einem bärtigen Töpfer an der Haupteinkaufsstraße in Santa Clara gekauft hatten. Er spülte ihn und trocknete ihn ab. Er stellte ihn wieder auf den Tisch. Und dann drückte er seine Zigarette darin aus.

Das Wasser auf dem Herd fing an zu kochen, und im selben Augenblick klingelte das Telefon.

Er hörte, wie sie die Badezimmertür aufmachte

und durchs Wohnzimmer nach ihm rief. »Geh du ran! Ich wollte gerade duschen.«

Das Küchentelefon stand auf der Arbeitsfläche in einer Ecke hinter dem Bratentopf. Er schob den Topf beiseite und nahm den Hörer ab.

»Ist Charlie da?« fragte die Stimme.

»Nein«, sagte Burt.

»Okay«, sagte die Stimme.

Während er nach dem Kaffee sah, klingelte das Telefon wieder.

»Charlie?«

»Nicht hier«, sagte Burt.

Diesmal legte er den Hörer nicht auf.

Vera kam wieder in die Küche, sie hatte Jeans an und einen Pullover und war dabei, sich die Haare zu bürsten.

Er löffelte Kaffeepulver in die Tassen mit heißem Wasser und schüttete dann ein bißchen Wodka in seine. Er trug die Tassen zum Tisch hinüber.

Sie nahm den Hörer und horchte. Sie sagte: »Was soll das? Wer war dran?«

»Niemand«, sagte er. »Wer raucht denn hier bunte Zigaretten?«

»Ich.«

»Hab ich gar nicht gewußt.«

»Tu ich aber.«

Sie saß ihm gegenüber und trank ihren Kaffee. Sie rauchten und benutzten den Aschenbecher.

Es gab allerlei, was er sagen wollte, traurige Dinge, tröstliche Dinge, eben solche Dinge.

»Ich rauche zur Zeit drei Päckchen am Tag«, sagte Vera. »Ich meine, wenn du wirklich wissen willst, was hier los ist.«

»Allmächtiger«, sagte Burt.

Vera nickte.

»Dazu bin ich nicht hergekommen, um das zu hören«, sagte er.

»Was wolltest du denn hören, warum bist du gekommen? Willst du hören, daß das Haus abgebrannt ist?«

»Vera«, sagte er. »Es ist Weihnachten. Deshalb bin ich gekommen.«

»Es ist der Tag nach Weihnachten«, sagte sie. »Weihnachten war da und ist vorbei«, sagte sie. »Ich möchte nie wieder eins erleben.«

»Und ich?« sagte er. »Glaubst du, ich freu mich auf Feiertage?«

Das Telefon klingelte wieder. Burt nahm den Hörer ab.

»Jemand, der Charlie sprechen will«, sagte er.

»Was?«

»Charlie«, sagte Burt.

Vera nahm das Telefon. Sie kehrte ihm den Rükken zu, während sie sprach. Dann drehte sie sich zu ihm um und sagte: »Ich möchte im Schlafzimmer telefonieren. Würdest du bitte auflegen, wenn ich drüben den Hörer abgenommen hab? Ich merke es, also häng bitte auf, wenn ich es sage.«

Er nahm den Hörer. Sie ging aus der Küche. Er hielt den Hörer ans Ohr und horchte. Er hörte nichts. Dann hörte er, wie ein Mann sich räusperte. Dann hörte er, wie Vera am anderen Telefon den Hörer abnahm. Sie rief: »Okay, Burt! Ich hab's jetzt, Burt!«

Er legte den Hörer auf und stand da und starrte darauf. Er zog die Besteckschublade auf und schob Dinge darin hin und her. Er zog eine andere Schublade auf. Er blickte ins Spülbecken. Er ging ins Eßzimmer und nahm das Tranchiermesser. Er hielt es unter heißes Wasser, bis das Fett Risse bekam und ablief. Er wischte die Klinge an seinem Ärmel ab. Er ging zum Telefon, schlang die Leitung um seine Hand und säbelte sie ohne Mühe durch. Er sah die beiden Enden der Leitung prüfend an. Dann schob er das Telefon wieder in die Ecke hinter dem Bratentopf.

Sie kam in die Küche. Sie sagte: »Die Leitung war plötzlich tot. Hast du was mit dem Telefon gemacht?« Sie sah nach dem Telefon, und dann nahm sie es von der Arbeitsfläche.

»Du Scheißkerl!« schrie sie. Sie schrie: »Raus, raus mit dir, geh zum Teufel!« Sie schüttelte das Telefon vor ihm. »Jetzt reicht's! Ich beantrage jetzt eine einstweilige Verfügung, ja, das mache ich!«

Das Telefon machte *ding*, als sie es auf die Arbeitsfläche knallte.

»Ich geh nach nebenan und ruf die Polizei, wenn du hier nicht auf der Stelle verschwindest!«

Er nahm den Aschenbecher in die Hand. Er hielt ihn am Rand. Er posierte damit wie ein Mann, der im Begriff ist, Diskus zu werfen.

»Bitte«, sagte sie. »Das ist unser Aschenbecher.«

Er ging durch die Terrassentür hinaus. Er war sich nicht sicher, aber er glaubte, daß er etwas bewiesen hatte. Er hoffte, daß er etwas klargemacht hatte. Die Sache war die, daß sie bald ein ernstes Gespräch führen mußten. Es gab einiges zu besprechen, wichtige Dinge, die diskutiert werden mußten. Sie würden wieder miteinander reden. Vielleicht wenn die Feiertage vorbei waren und alles wieder seinen normalen Gang ging. Er würde ihr sagen, daß der gottverdammte Aschenbecher ein gottverdammter Teller war. Zum Beispiel. In der Einfahrt machte er einen Bogen um die Torte und stieg wieder in sein Auto. Er ließ den Motor an und schaltete in den Rückwärtsgang. Es war gar nicht so leicht zu lenken, bis er den Aschenbecher aus der Hand legte.

Alice Munro

Putenzeit

Mit vierzehn bekam ich in der Weihnachtszeit einen Job auf der Truthahnfarm. Ich war noch zu jung, um Arbeit als Verkäuferin oder Aushilfskellnerin zu finden. Außerdem war ich zu nervös.

Ich mußte die Puten ausnehmen. Außer mir arbeiteten Lily, Marjorie und Gladys auf der Truthahnfarm; auch sie nahmen Truthähne aus; Irene und Henry rupften sie; Herb Abbott, der Vorarbeiter, beaufsichtigte das Ganze und sprang ein, wo er benötigt wurde. Morgan Elliott war der Besitzer und Boss. Er und sein Sohn Morgy übernahmen das Schlachten.

Morgy kannte ich von der Schule. Ich hielt ihn für dumm und verachtenswert. Der Gedanke, ihm in einer neuen, möglicherweise höheren Position als Sohn des Chefs wieder zu begegnen, bereitete mir Unbehagen. Doch sein Vater behandelte ihn so schlecht, er schrie und schimpfte ständig mit ihm, daß er kaum mehr als der niedrigste Arbeiter zu sein schien. Auch Gladys war mit dem Besitzer verwandt. Sie war seine Schwester. In ihrem Fall schien es eine Art privilegierte Position zu geben. Sie arbeitete langsam und ging nach Hause, wenn sie sich nicht wohl fühlte; Lily und Marjorie behandelte sie nicht freundlich, mich allerdings ein wenig. Sie hatte lange in Toronto bei einer Bank gearbeitet, war aber nun zurückgekommen, um bei Morgan und seiner Familie zu leben. An solche Arbeit war sie nicht gewöhnt. Wenn sie nicht in der Nähe war, redeten Lily und Marjorie über sie und erzählten, sie habe einen Nervenzusammenbruch gehabt. Sie sagten, Morgan zwinge sie, sich ihren Lebensunterhalt durch Arbeit auf der Truthahnfarm zu verdienen. Ohne sich über den Widerspruch Gedanken zu machen, behaupteten sie, Gladys habe die Arbeit angenommen, weil sie hinter einem Mann her sei. Dieser Mann sei Herb Abbott.

Wenn ich in den ersten Nächten nach der Arbeit dort die Augen schloß, sah ich nichts als Truthähne. Ich sah sie an den Beinen aufgehängt, gerupft und steif, blaß und kalt mit schlaffen Köpfen und Hälsen, Augen und Schnäbel verkrustet von dunklem Blut; die wenigen übriggebliebenen Federn – auch sie dunkel und blutig – ließen mich an eine Krone denken. Ich sah sie nicht mit Abscheu, sondern dem Gefühl endloser Arbeit.

Herb Abbott zeigte mir, was ich zu tun hatte. Man legte den Truthahn auf den Tisch und trennte den Kopf mit einem Hackmesser ab. Dann zog man die lose Haut am Hals zurück, bis der Kropf auftauchte, der zwischen Gurgel und Luftröhre lag.

»Spürst du die Körner?« fragte Herb aufmunternd. Er forderte mich auf, die Finger um den Kropf zu legen. Dann zeigte er mir, wie ich mit der Hand dahinter greifen sollte, um ihn zusammen mit der Gurgel und der Luftröhre herauszuschneiden. Die Wirbel zerschnitt er mit einer Schere.

»Knirsch, knirsch«, sagte er beruhigend, »jetzt faß mit der Hand hinein.«

Das tat ich. Im dunklen Innern der Pute war es tödlich kalt.

»Paß auf Knochensplitter auf.«

Ich arbeitete vorsichtig im Dunkeln, um das Gewebe zu lösen.

»Hops«, Herb drehte den Vogel herum und beugte ihm die Beine. »Hoch das Bein, Mutter Braun. So!« Er nahm ein schweres Messer, setzte es direkt an die Kniegelenke und schnitt die Beine ab. »Sieh dir die Würmer an.«

Aus den Beinen quollen perlweiße Fäden hervor und bewegten sich hin und her.

»Das sind die Sehnen, die sich zusammenziehen. Jetzt kommt der schöne Teil!«

Er schlitzte den Vogel am Bauch auf, und ein fauliger Geruch verbreitete sich.

»Bist du gebildet?«

Ich wußte nicht, was ich sagen sollte.

»Wonach riecht das?«

»Nach Schwefelwasserstoff.«

»Gebildet«, seufzte Herb, »also gut. Jetzt greifst du mit den Fingern herum und löst die Innereien. Langsam, langsam. Halte die Finger zusammen und dreh die Handfläche nach innen. Mit dem Handrücken spürst du die Rippen. Fühlst du, wie die Innereien in deine Handflächen passen? Fühlst du es? Weiter. Zerreiß die Bänder ... so viel du kannst. Weiter. Spürst du einen harten Brocken? Das ist der Muskelmagen. Einen weichen Klumpen? Das ist das Herz, o. k.? O. k., greif mit den Fingern um den Magen. Vorsichtig. Jetzt fängst du an, in diese Richtung zu ziehen. So ist es gut. So ist es gut. Jetzt zieh es heraus.«

Es war keineswegs leicht. Ich wußte nicht einmal genau, ob ich den Magen gefunden hatte. Ich hatte eine kalte Masse in der Hand.

»Zieh«, sagte er, und ich brachte glänzendes, leberartiges Zeug heraus.

»Prima. Weißt du, was das ist? Die Lunge. Das hier ist das Herz und das der Magen. Hier ist die Galle. Du darfst niemals die Galle beim Herausziehen verletzen, denn sonst schmeckt die ganze Pute danach.« Taktvoll schabte er alles heraus, was mir entgangen war, auch die Hoden, die wie zwei weiße Trauben aussahen.

»Ein hübsches Paar Ohrringe«, erklärte Herb.

Herb Abbott war ein großer, kräftiger, rundlicher Mann. Seine dünnen schwarzen Haare kämmte er glatt vom spitzen Haaransatz nach hinten. Seine Augen schienen leicht schräg zu sitzen, wodurch er wie ein blasser Chinese oder wie der Teufel auf Bildern wirkte. Allerdings hatte er ein glattes Gesicht und war gütig. Alles, was er auf der Truthahnfarm tat – zum Beispiel Ausnehmen wie jetzt, das Beladen des Lastwagens oder das Aufhängen der geschlachteten Tiere –, geschah schnell, fröhlich, mit geübten, ökonomischen Bewegungen. »Ist dir schon aufgefallen ... Herb läuft immer, als schwanke ein Schiff unter ihm«, sagte Marjorie, und es stimmte. Herb arbeitete vom Frühjahr bis zum Herbst als Koch auf einem der Schiffe, die die großen Seen befuhren. Dann ging er bis nach Weihnachten zu Morgan. Den Rest der Zeit half er im Billardlokal aus, machte Hamburger, fegte aus und beendete Schlägereien, ehe es ernst wurde. So sah sein Leben aus. Er wohnte in einem Zimmer über dem Billardlokal an der Hauptstraße.

Bei allem, was auf der Truthahnfarm vorging,

schien Herb stets die reibungslose Abwicklung und die Ehre der Firma im Auge zu haben. Bei ihm liefen alle Fäden zusammen. Wenn man sah, wie er sich im Hof mit Morgan unterhielt – ein kleiner dicker Mann mit rotem Gesicht, ein unberechenbarer Tyrann –, hielt man selbstverständlich Herb für den Boss und Morgan für einen Arbeiter. Doch so war es nicht.

Ich glaube, ohne Herb, der mir das Ausnehmen zeigte, hätte ich es nie gelernt. Meine Hände waren ungeschickt, und ich hatte mich deshalb schon so oft schämen müssen, daß das leiseste Anzeichen von Ungeduld des Einweisenden mich zum Zittern gebracht und völlig gelähmt hätte. Ich konnte es nicht ertragen, wenn mir ein anderer als Herb bei der Arbeit zusah. Schon gar nicht, wenn Lily und Marjorie in meiner Nähe standen. Diese beiden Schwestern mittleren Alters waren beim Ausnehmen sehr flink, geschickt und ehrgeizig. Sie sangen bei der Arbeit und führten mit den toten Puten sehr intime und obszöne Gespräche.

»Leg mich ja nicht rein, du alter Lustmolch!«

»Du hast nichts als Scheiße im Bauch!«

Ich hatte noch nie Frauen so reden hören.

Gladys arbeitete nicht sehr schnell, obwohl sie nicht ungeschickt sein konnte, denn sonst hätte Herb anders mit ihr gesprochen. Sie sang nie und fluchte nicht. Ich hielt sie für ziemlich alt, obwohl sie jünger als Lily und Marjorie war. Sie muß über dreißig gewesen sein. Sie schien alles als Beleidigung zu empfinden, und sie vermittelte einem das Gefühl, als verkneife sie sich ständig bittere Bemerkungen. Ich versuchte nie, mich mit ihr zu unterhalten. Aber eines Tages sprach sie mich im kleinen kalten Waschraum hinter dem Schuppen an. Sie legte flüssiges Make-up auf. Die Schminke unterschied sich im Farbton so sehr von ihrer Haut, daß es wirkte, als überstreiche sie eine weiße, rauhe Wand mit Orange.

Sie wollte wissen, ob ich von Natur aus wellige Haare habe. Ich bejahte es.

»Du mußt dir keine Dauerwellen legen lassen?«

»Nein.«

»Hast du Glück. Ich muß meine Haare jeden Abend aufrollen. Ich bin so empfindlich, daß ich keine Dauerwelle vertrage.«

Frauen reden unterschiedlich über ihr Aussehen. Manche Frauen machen deutlich, daß alles, was sie tun, um sich zu pflegen, wegen Sex und der Männer geschieht. Andere wie Gladys sehen darin so etwas Ähnliches wie Haushaltspflichten, auf deren Schwierigkeiten sie stolz sind. Gladys war vornehm. Ich konnte sie mir in der Bank vorstellen, im marineblauen Kleid mit einem abnehmbaren

Kragen, den man abends waschen kann. Bestimmt benahm sie sich korrekt, aber blieb dabei immer mürrisch.

Ein anderes Mal sprach sie mit mir über ihre Periode, die schmerzhaft war und bei der sie viel Blut verlor. Sie wollte wissen, wie es mir erging. Aus ihrem Gesicht sprachen Verlegenheit, Prüderie und Erregung. Irene, die gerade auf der Toilette saß, rettete mich. Sie rief: »Mach es wie ich, dann bist du eine Weile alle Probleme los.« Irene war nur ein paar Jahre älter als ich, aber hochschwanger und hatte vor kurzem – weil sie mußte – geheiratet.

Gladys überhörte die Bemerkung und ließ sich kaltes Wasser über die Hände laufen. Wir hatten von der Arbeit alle rote und aufgesprungene Hände. »Ich vertrage diese Seife nicht. Wenn ich sie benutze, bekomme ich sofort einen Ausschlag«, erklärte Gladys. »Wenn ich meine eigene Seife mitbringe, kann ich mir nicht leisten, sie andere Leute benutzen zu lassen, weil sie sehr teuer ist... es ist eine Spezialseife für sehr empfindliche Haut.«

Ich glaube, die Behauptung, die Lily und Marjorie aufstellten – Gladys sei hinter Herb Abbott her –, entsprang ihrer Überzeugung, daß Unverheiratete so oft wie möglich geärgert und in Verlegenheit gebracht werden sollen, und aus ihrem eigenen Interesse an Herb, das sie in dem Gefühl bestärkte, jemand müsse hinter Herb her sein. Sie machten sich über ihn Gedanken: Wie kann ein Mann so wenig wollen? Keine Frau, keine Familie, kein Haus. Die Einzelheiten seines Alltags, seine kleinen Vorlieben waren für sie interessant. Wo war er aufgewachsen? (Hier und da und überall.) Wie weit war er in der Schule gekommen? (Weit genug.) Wo war seine Freundin? (Man weiß es nicht.) Trank er lieber Kaffee oder Tee? (Kaffee.)

Wenn sie davon sprachen, daß Gladys hinter ihm her sei, mußten sie in Wirklichkeit das Bedürfnis gehabt haben, über Sex zu sprechen – was er suchte und was er bekam. Sie müssen wie ich eine sinnliche, lüsterne Neugier empfunden haben. Er erweckte dieses Gefühl durch seine Zurückhaltung. Er verzichtete auf Witze, die manche Männer machten. Doch er war dabei keineswegs prüde oder zu vornehm. Manche Männer hätten mir die Truthahnhoden gezeigt, als sei bereits das Vorhandensein dieser Hoden ein Witz auf meine Kosten – etwas, womit man ein Mädchen aus der Fassung bringen konnte. Ein anderer Mann wäre verlegen gewesen und hätte geglaubt, er müsse mich vor Verlegenheit bewahren. Ein Mann, der weder das eine noch das andere zu empfinden schien, war etwas Merkwürdiges – für die älteren Frauen vermutlich ebensosehr wie für mich. Doch was mir so sehr an Herb gefiel, beunruhigte sie. Sie wollten ihn aufrütteln. Sie wollten sogar, daß Gladys ihn aufrüttelte, wenn sie konnte.

Damals ahnte man nicht – zumindest nicht Ende der vierziger Jahre in Logan, Ontario –, daß Homosexualität sich nicht an eng gezogene Grenzen hält. Die Frauen glaubten zweifellos, sie sei sehr selten und eindeutig. Es gab Homosexuelle in der Stadt. Wir kannten sie: ein eleganter Tapezierer mit welligen Haaren und heller Stimme, der sich Innenarchitekt nannte; der verwöhnte einzige Sohn der Pfarrerswitwe, der sogar so weit ging, an Backwettbewerben teilzunehmen, und der eine Tischdecke gehäkelt hatte; ein hypochondrischer Kirchenorganist und Musiklehrer, der den Kirchenchor und seine Schüler durch hysterische Wutanfälle in Zucht und Ordnung hielt. War jemand erst einmal abgestempelt, brachte man ihm weitgehend Toleranz entgegen; und das Talent zum Dekorieren, Häkeln und auf musikalischem Gebiet wurde geschätzt – besonders von den Frauen. »Der arme Kerl«, sagten sie, »er ist harmlos.« Sie – die Frauen – schienen wirklich zu glauben, die Neigung zum Backen oder zur Musik sei der ausschlaggebende Faktor, und diese Aktivität mache den Mann zu dem, was er war – nicht irgendwelche Abwege, auf die er sich begab oder begeben wollte. Der Wunsch, Geige zu spielen, galt als größere Abweichung vom Männlichen, als Frauen zu meiden. Dahinter stand die Vorstellung, jeder Mann würde Frauen am liebsten meiden; doch die meisten ließen sich in einem Moment der Unvorsichtigkeit ein für alle Mal überlisten.

Ich möchte mich nicht mit der Frage beschäftigen, ob Herb homosexuell war oder nicht, denn diese Definition bedeutet für mich nichts. Vermutlich war er es, vielleicht aber auch nicht. (Ich glaube das, selbst wenn ich daran denke, was später geschah.) Er, Herb, ist kein Rätsel, das sich so abstrakt lösen läßt.

Irene rupfte zusammen mit Henry Streets, einem unserer Nachbarn, die Puten. Es gab an ihm nichts Bemerkenswertes, außer der Tatsache, daß er achtundsechzig Jahre alt war und immer noch, wie er selbst sagte, wie ein Teufel arbeitete. In seiner Thermosflasche befand sich Whiskey, und im Laufe des Tages trank er immer wieder einmal einen Schluck daraus. Henry hatte in unserer Küche zu mir gesagt: »Du solltest dich auf der Truthahnfarm um einen Job bemühen. Sie suchen noch jemanden zum Ausnehmen.« Mein Vater bemerkte darauf sofort: »Nicht sie, Henry. Sie hat zehn Daumen.« Und Henry erwiderte, er habe nur Spaß gemacht – es sei schmutzige Arbeit. Aber ich war bereits entschlossen, es zu versuchen – ich hatte das starke Bedürfnis, mir zu beweisen, daß ich einen solchen Job bewältigen konnte. Weil ich bei manuellen Arbeiten so ungeschickt war, kam ich mir beinahe vor wie ein Erwachsener, der nicht Lesen gelernt hat. Für jeden, den ich kannte, bedeutete Arbeit, Dinge zu tun, die ich nicht tun konnte; die Leute waren stolz auf ihre Arbeit und maßen sich gegenseitig daran. (Selbstverständlich galten Dinge, die ich beherrschte, etwa Schulwissen, als suspekt, oder man verachtete sie einfach.) Deshalb überraschte es mich und erfüllte mich dann mit Triumph, daß man mir nicht kündigte und es mir gelang, Puten in durchaus annehmbarer Geschwindigkeit sauber auszunehmen. Ich weiß nicht, ob ich wirklich begriff, wie sehr Herb Abbott dazu beitrug, aber manchmal sagte er: »Tüchtiges Mädchen«, oder er tätschelte mir die Taille und sagte: »Du wirst noch gut im Ausnehmen ... du wirst es weit bringen.« Und wenn ich die flüchtige, freundliche Berührung durch den dicken Pullover und die blutige Arbeitsschürze hindurch spürte, glühte mein Gesicht, und ich hätte mich am liebsten an ihn gelehnt, solange er hinter mir stand. Ich wollte meinen Kopf an seine breite, weiche Schulter legen.

Abends vor dem Einschlafen legte ich mich auf die Seite, schmiegte meine Wange in das Kissen und stellte mir vor, es sei Herbs Schulter.

Es interessierte mich, wie er mit Gladys sprach, wie er sie ansah oder ihre Anwesenheit zur Kenntnis nahm. Dieses Interesse hatte nichts mit Eifersucht zu tun. Ich glaube, ich wünschte, zwischen den beiden würde es zu etwas kommen. Ich bebte ebenso vor neugieriger Erwartung wie Lily und Marjorie. Wir alle wollten das Aufflackern der Sexualität in ihm sehen, in seiner Stimme hören, aber nicht, weil wir glaubten, es würde ihn den anderen Männern ähnlicher machen, sondern weil wir wußten, bei ihm würde es ganz anders sein. Er war freundlicher und geduldiger als die meisten Frauen, und in gewisser Weise ebenso streng und kühl wie jeder andere Mann. Wir wollten sehen, wie man an ihn herankommen konnte.

Wenn Gladys das ebenfalls wünschte, dann ließ sie es sich nie anmerken. Bei Frauen wie ihr kann ich unmöglich sagen, ob sie tatsächlich so kalt und abweisend sind, wie sie sich geben, und nur darauf warten, andere ärgern und verspotten zu können, oder ob in ihnen ein düsteres Feuer glüht und sie an sinnlosen Leidenschaften ersticken.

Marjorie und Lily sprachen über die Ehe. Sie wußten nicht viel Gutes darüber zu sagen, obwohl sie der Ansicht waren, die Ehe sei eine Einrichtung, der sich niemand entziehen darf. Marjorie erzählte, kurz nach ihrer Hochzeit sei sie mit der Absicht in den Holzschuppen gegangen, E 605 zu schlucken.

»Ich hätte es auch getan«, erklärte sie, »aber in dem Moment kam der Lebensmittelhändler mit seinem Wagen, und ich mußte hinaus und einkaufen. Damals lebten wir noch auf der Farm.«

Zu jener Zeit behandelte ihr Mann sie grausam. Aber später hatte er einen Unfall – er überschlug sich mit dem Traktor und wurde zum Invaliden. Sie zogen in die Stadt, und jetzt führte Marjorie das Regiment.

»Vor ein paar Tagen beschwert er sich doch über das Abendessen. Ich packte einfach sein Handgelenk und hielt es fest. Er hatte Angst, ich würde ihm den Arm umdrehen. Er wußte, ich würde es tun. Ich fragte: ›Also *was* ist?‹ Und er antwortet: ›Ich eß ja schon.‹«

Sie sprachen über ihren Vater. Er war ein Mann aus altem Schrot und Korn. Er hatte ein Seil mit einer Schlinge im Holzschuppen (nicht der E 605-Schuppen, sondern ein anderer, auf einer anderen Farm), und wenn die Kinder ihm auf die Nerven fielen, ließ er sie antreten und drohte, sie aufzuhängen. Lily, die Jüngste, zitterte, bis sie zu Boden stürzte. Der Vater sorgte dafür, daß Marjorie einen seiner Kumpane heiratete, als sie gerade sechzehn war. Dieser Mann trieb sie dann zum E 605. Ihr Vater verheiratete sie, weil er verhindern wollte, daß sie in Schwierigkeiten geriet.

»Heißblütig«, sagte Lily.

Ich war entsetzt und fragte: »Weshalb bist du nicht davongelaufen?«

»Sein Wort war Gesetz«, erklärte Marjorie.

Sie sagten, das sei das Problem mit den Kindern heute – die Kinder hatten das Sagen. Das väterliche Wort sollte Gesetz sein.

Sie erzogen ihre Kinder streng, und bisher war keines aus der Art geschlagen. Als Marjories Sohn das Bett näßte, drohte sie ihm, sein Pimmelchen mit dem Fleischermesser abzuschneiden. Das half.

Sie sagten, neunzig Prozent der jungen Mädchen heutzutage würden trinken, fluchen und die Beine breit machen. Sie hatten keine Töchter, doch wenn sie welche hätten und sie bei so etwas erwischten, würden sie sie blutig schlagen. Irene, so erzählten sie, sei früher mit aufgetrennten Skihosen, ohne etwas darunter, zu den Hockeyspielen gegangen, um es hinterher im Schnee einfacher zu haben. Schrecklich.

Ich wollte auf ein paar Widersprüche hinweisen. Auch Marjorie und Lily tranken und fluchten;

und was war an dem unerbittlichen Vater so wundervoll, der dafür sorgte, daß seine Kinder ihr Leben lang unglücklich wurden? (Ich begriff damals nicht, daß Marjorie und Lily überhaupt nicht unglücklich waren – es wegen ihres Gefühls für Ansehen, Stolz und Lebensart nicht sein konnten.) Damals machte mich die mangelnde Logik in den Gesprächen der meisten Erwachsenen wütend – sie beharrten auf ihren Behauptungen, gleichgültig, welche Beweise man ihnen lieferte. Wie konnten die Hände dieser Frauen so geschickt, talentiert und zart sein – denn ich wußte, sie würden ein Dutzend anderer Arbeiten ebenso gut erledigen wie das Ausnehmen von Truthähnen; sie konnten Steppdecken nähen, stopfen, malen, tapezieren, Teig kneten und kleine Pflanzen setzen –, wenn sie in ihrem Denken so oberflächlich, so unbeholfen waren, daß man aus der Haut fahren konnte?

Lily erklärte, sie lasse ihren Mann nie an sich heran, wenn er getrunken habe. Marjorie erzählte, seit sie an einer Blutung beinahe gestorben sei, lasse sie ihren Mann nie mehr an sich heran. Punktum! Lily beeilte sich hinzuzufügen, ihr Alter würde es nur versuchen, wenn er getrunken habe. Ich begriff, es war eine Frage von Stolz, den Ehemann nicht ›an sich herankommen‹ zu lassen. Aber ich konnte nicht recht glauben, daß ›an sich herankommen lassen‹ bedeutete, ›Sex zu haben‹. Die Vorstellung, daß Marjorie und Lily zu diesem Zweck gewählt werden könnten, erschien mir grotesk. Sie besaßen schlechte Zähne, schlaffe Bäuche und stumpfe, fleckige Gesichter. Ich beschloß, ›herankommen‹ wörtlich zu nehmen.

Zwei Wochen vor Weihnachten wurde es auf der Truthahnfarm hektisch. Ich ging eine Stunde vor der Schule, nach der Schule und am Wochenende zur Arbeit. Wenn ich mich morgens dorthin auf den Weg machte, brannten die Straßenlaternen noch, und die Sterne funkelten am Himmel. Die Truthahnfarm lag am Rand eines weißen Feldes, und hinter ihr ragte eine Reihe hoher Kiefern auf. Gleichgültig, wie kalt und ruhig es war, die Äste dieser Bäume bewegten sich immer ächzend und stöhnend. Es wirkt unwahrscheinlich, daß ich auf meinem Weg zur Truthahnfarm, um eine Stunde lang Puten auszunehmen, ein solches Gefühl der Hoffnung und gleichzeitig ein Gefühl für das vollkommene, undurchdringliche Geheimnis des Universums erlebt haben soll, aber so war es. Herb hatte etwas damit zu tun und auch die beißende Kälte – ein glasklarer Morgen folgte auf den anderen. Um die Wahrheit zu sagen, fiel es mir damals nicht schwer, solche Gefühle zu empfinden.

Sie überkamen mich, aber ich wußte nicht, wie ich sie mit den Dingen des Lebens in Zusammenhang bringen sollte.

Eines Morgens gab es auf der Truthahnfarm noch jemanden beim Ausnehmen. Es war ein fremder junger Mann von achtzehn oder neunzehn, und er hieß Brian. Er schien ein Verwandter, vielleicht aber auch nur ein Freund von Herb Abbott zu sein. Er wohnte bei Herb. Er hatte im Sommer auf einem Schiff gearbeitet. Er erzählte, die Arbeit habe ihm nicht gepaßt, und er habe gekündigt.

Er sagte: »Diese Scheißschiffe haben mich ganz krank gemacht.«

Auf der Truthahnfarm herrschte ein derber, offener Ton, aber so etwas Ordinäres hatte ich noch nie gehört. Brian schien es nicht gedankenlos zu sagen, sondern prahlerisch, in einer Mischung aus Provokation und Beschimpfung. Vielleicht wirkte es durch sein allgemeines Verhalten so. Er sah erstaunlich gut aus: dunkelblonde Haare, strahlend blaue Augen, eine gesunde Hautfarbe, ein guter Körper – gutes Aussehen, das niemand auch nur einen Moment lang anzweifelt. Aber eine einzige Neigung hatte so unerbittlich von ihm Besitz ergriffen, daß sich alle seine Vorzüge zur Parodie verkehrten. Sein Mund mit den feuchten Lippen stand die meiste Zeit halb offen, seine Augen waren halb geschlossen, auf seinem Gesicht lag ein erwartungsvoller, lüsterner Ausdruck, und seine Bewegungen waren lässig, übertrieben und einladend. Wenn man ihn mit einem Mikrofon und einer Gitarre auf die Bühne gestellt hätte, um dort zu stöhnen, zu heulen und sich zu winden und seine Zuhörer zu erregen, hätte er vielleicht einem Abgott der Menge geglichen. Aber ohne Bühne wirkte er nicht überzeugend. Nach einer Weile war er nur noch wie jemand mit einem ständigen Schluckauf – so monoton und sinnlos wirkte seine aufdringliche Sexualität.

Hätte er sich ein wenig gemäßigt, hätten Marjorie und Lily wahrscheinlich Gefallen an ihm gefunden. Sie hätten ein Spiel daraus machen können, ihm zu sagen, er solle aufhören, solche Reden zu schwingen, die Pfoten wegnehmen. Aber so erklärten sie, sie könnten ihn nicht ausstehen, und das meinten sie auch. Einmal hob Marjorie das Messer und sagte: »Halt dich zurück, und zwar von mir, von meiner Schwester und von diesem Mädchen.«

Sie sagte nicht, er solle Gladys in Ruhe lassen, denn Gladys war in diesem Moment nicht anwesend, und Marjorie wäre es vermutlich nicht in den Sinn gekommen, sie schützen zu wollen. Doch Brian belästigte mit Vorliebe Gladys. Dann warf sie das Messer auf den Tisch, verschwand auf der

Toilette und kam zehn Minuten später mit versteinertem Gesicht wieder zum Vorschein. Sie erklärte aber nicht mehr wie früher, sie sei krank und werde nach Hause gehen. Marjorie behauptete, Morgan sei wütend auf Gladys, weil sie ihm auf der Tasche lag und er sich das nicht länger gefallen lassen wollte.

Zu mir sagte Gladys: »Ich kann *das* nicht ertragen. Ich kann Leute nicht ertragen, die ständig solche Worte im Mund führen und solche Gesten machen. Mir wird richtiggehend schlecht davon.«

Ich glaubte ihr. Sie war erschreckend weiß. Aber weshalb beschwerte sie sich dann nicht bei Morgan? Vielleicht war das Verhältnis zwischen ihnen so gespannt; vielleicht brachte sie es nicht über sich, in seiner Gegenwart solche Ausdrücke zu wiederholen oder diese Dinge zu beschreiben. Weshalb beschwerte sich niemand von uns – wenn schon nicht bei Morgan, so doch zumindest bei Herb? Mir kam es nie in den Sinn. Brian schien jemand zu sein, mit dem man sich einfach abfinden mußte wie mit der Eiseskälte in der Halle und dem Geruch nach Blut und Gedärm. Marjorie und Lily drohten schließlich, sich zu beschweren, allerdings wegen Brians Faulheit.

Er arbeitete nicht gut. Er sagte, seine Hände seien zu groß zum Ausnehmen. Deshalb gab Herb ihm eine andere Beschäftigung; er trug ihm auf zu fegen und sauberzumachen, die Innereien zu verpacken und beim Beladen des Lastwagens zu helfen. Das bedeutete, er mußte nicht an einem Platz stehen oder in einer vorgegebenen Zeit eine bestimmte Arbeit erledigen, und deshalb tat er die meiste Zeit nichts. Er begann zu fegen, hörte damit auf, wischte die Tische ab, hörte damit auf, rauchte eine Zigarette, lümmelte an einem Tisch und ging uns auf die Nerven, bis Herb ihn rief, damit er ihm beim Aufladen half. Herb hatte jetzt sehr viel zu tun; er mußte ständig Lieferungen ausfahren; deshalb wußte er möglicherweise nicht, wie wenig Brian wirklich arbeitete.

»Ich verstehe nicht, daß Herb dich nicht feuert«, sagte Marjorie. »Ich vermute, er tut es nur nicht, damit du nicht herumhängst und ihm auf der Tasche liegst, weil du nicht weißt, wohin du gehen sollst.«

»Ich weiß schon, wohin ich gehen soll«, erwiderte Brian.

»Halt dein loses Mundwerk«, sagte Marjorie. »Herb tut mir leid ... sich so was aufzuladen.«

Der letzte Schultag vor Weihnachten endete am frühen Nachmittag. Ich ging nach Hause, zog mich um und kam etwa gegen drei Uhr zur Arbeit. Niemand tat etwas. Alle standen in der Halle, wo Morgan Elliott das Hackmesser über dem Arbeitstisch schwang und schrie. Ich verstand nicht, worum es ging, und glaubte, jemand müsse einen schrecklichen Fehler bei der Arbeit begangen haben – möglicherweise sogar ich selbst. Dann sah ich Brian auf der anderen Seite des Tisches. Er wirkte mürrisch, verschlagen und stand in einiger Entfernung vom Tisch. Die Lüsternheit war nicht völlig aus seinem Gesicht gewichen, doch sie war gedämpft, und in sie mischten sich ohnmächtige Wut und auch Furcht. Aha, dachte ich, Brian wird wegen seiner Schlampigkeit und Faulheit gefeuert. Selbst als ich hörte, wie Morgan brüllte: »Perverser«, »Drecksau« und »Strolch«, glaubte ich immer noch, es gehe nur darum. Marjorie, Lily und sogar die vorlaute Irene standen lammfromm herum und hatten die Augen niedergeschlagen wie Kinder, die erleben, daß jemand vom Lehrer ausgeschimpft wird. Nur dem alten Henry schien es zu gelingen, ein vorsichtiges Grinsen zu zeigen. Gladys war nicht zu sehen. Herb stand näher als alle anderen bei Morgan. Er mischte sich nicht ein, ließ aber das Hackmesser nicht aus den Augen. Morgy schluchzte, obwohl ihm keine unmittelbare Gefahr zu drohen schien.

Morgan brüllte Brian an zu verschwinden. »Verschwinde aus der Stadt ... ich meine es ernst ... und warte nicht bis morgen, wenn dir dein Hintern lieb ist! Raus!« schrie er und schwang das Hackmesser dramatisch in Richtung Tür. Brian setzte sich in Bewegung, aber beabsichtigt oder nicht, er wackelte dabei herausfordernd mit dem Hintern. Morgan brüllte auf, stürzte ihm nach und schwang theatralisch das Messer. Brian rannte, und Morgan verfolgte ihn; Irene schrie auf und preßte die Hände auf ihren Bauch. Morgan war viel zu dick, um lange laufen zu können, und vermutlich hätte er auch das Messer nicht weit schleudern können. Herb stand in der Tür und sah den beiden nach. Morgan kam bald wieder zurück und warf das Messer auf den Tisch.

»Alles zurück an die Arbeit! Schluß mit der Gafferei! Hier wird niemand fürs Gaffen bezahlt! Was ist denn mit dir los?« fragte er Irene mit einem strengen Blick.

»Nichts«, erwiderte Irene kläglich.

»Wenn es bei dir losgeht, dann verschwinde hier.«

»Es ist nichts.«

»Na gut.«

Wir machten uns an die Arbeit. Herb zog die blutverschmierte Arbeitsschürze aus, holte sein Jackett und ging. Vermutlich wollte er sich davon überzeugen, daß Brian den Bus rechtzeitig erreichte. Er sprach kein Wort. Morgan und sein Sohn marschierten in den Hof hinaus. Irene und Henry verschwanden im Schuppen nebenan, wo sie die Puten rupften. Sie standen inzwischen knietief in den Federn, die Brian hätte auffegen sollen.

»Wo ist Gladys?« fragte ich leise.

»Sie erholt sich«, antwortete Marjorie. Auch sie sprach leiser als üblich, und erholen gehörte nicht in ihren oder Lilys normalen Wortschatz. Dieses Wort fiel meist in spöttischer Absicht im Zusammenhang mit Gladys.

Sie wollten nicht über das Geschehene sprechen, denn sie fürchteten, Morgan könne hereinkommen, sie dabei ertappen und deshalb fristlos entlassen. Als gute Arbeiterinnen fürchteten sie sich davor. Außerdem hatten sie nichts gesehen. Es mußte sie ärgern, daß sie nichts gesehen hatten. Ich erfuhr nur, daß Brian etwas getan oder Gladys etwas gezeigt haben mußte, als sie von der Toilette kam. Daraufhin begann sie zu schreien und bekam einen hysterischen Anfall.

Wahrscheinlich hat sie wieder einen Nervenzusammenbruch, hieß es. Und er verschwindet aus der Stadt. Jetzt sind wir sie beide los, und das ist gar nicht so schlecht.

Ich besitze ein Bild von der Belegschaft der Truthahnfarm, am Heiligabend aufgenommen mit Blitzlicht – die Kamera war der Luxus, den sich jemand zu Weihnachten gönnte. Ich vermute, sie gehörte Irene. Aber Herb Abbott mußte fotografiert haben. Ihm konnte man zutrauen, daß er sofort wußte oder begriff, wie man mit etwas Neuem umging; und eine Kamera mit Blitzlicht war damals etwas ziemlich Neues. Die Aufnahme muß gegen zehn Uhr abends gemacht worden sein, nachdem Herb und Morgy die letzte Lieferung ausgefahren, wir die Tische abgewaschen, den Zementboden gefegt und geputzt hatten. Wir trugen nicht mehr die blutverschmierten Schürzen und die schweren Pullover und standen in dem kleinen Raum, den wir als Pausenraum bezeichneten. Dort gab es einen Tisch und einen Ofen. Wir trugen immer noch unsere Arbeitskleidung: Overalls und Hemden. Die Männer trugen Mützen, die Frauen Kopftücher, nach der Mode der Kriegsjahre gebunden. Ich wirkte kräftig, fröhlich und kameradschaftlich – verwandelt in einen Menschen, an den ich mich nicht erinnere und der zu sein ich auch nie vorgegeben habe. Ich sehe sehr viel älter als vierzehn aus. Nur Irene hat das Kopftuch abgenommen und zeigt die langen roten Haare. Irene blickt sanft, verführerisch und kokett; das entsprach ihrem Ruf.

Doch ich kann mich an einen solchen Blick nicht erinnern. Ja, es muß ihre Kamera gewesen sein; sie posiert bewußter als alle anderen. Marjorie und Lily lächeln, wie nicht anders zu erwarten, aber ihr Lächeln wirkt verdrießlich und frech. Mit ihren Haaren unter dem Kopftuch und ihren vermummten Körpern wirken sie wie zwei zähe und gutmütige, aber leicht reizbare Arbeiter. Die Kopftücher stören; Mützen würden ihnen besser zu Gesicht stehen. Henry ist guter Laune und froh, Teil der Belegschaft zu sein. Er lacht und wirkt zwanzig Jahre jünger, als er war. Dann gibt es noch Morgy mit seinem kriecherischen Blick; er traut der Gunst der Stunde nicht. Morgan wirkt sehr aufgeregt, ist aber zufrieden und ganz der Boss. Gerade hat er uns allen die Prämie, eine Pute, gegeben. Jedem dieser Vögel fehlt entweder ein Bein, ein Flügel, oder er ist auf andere Weise mißgestaltet und läßt sich nicht zum vollen Preis verkaufen. Doch Morgan hat sich große Mühe gegeben, uns zu versichern, die Krüppel hätten oft das beste Fleisch, und betont, er selbst nehme einen solchen Vogel mit nach Hause.

Wir halten alle Becher oder große, dicke Porzellantassen in der Hand, nicht mit dem üblichen Tee, sondern mit Whiskey. Morgan und Henry haben seit dem Dunkelwerden getrunken. Marjorie und Lily sagen, sie wollen nur einen Schluck, und sie trinken nur, weil Heiligabend ist und ihre Füße schwer wie Blei sind. Irene sagt, ihre Füße seien auch bleischwer, aber das bedeutet nicht, daß sie auch nur einen kleinen Schluck will. Herb schenkt nicht nur ihr, sondern auch Lily und Marjorie großzügig ein; sie lehnen nicht ab. Mir und Morgy gönnt er nur ein paar Tropfen und füllt den Becher mit Cola auf. Es ist der erste Drink, den ich je bekommen habe, und deshalb werde ich jahrelang glauben, Whiskey mit Cola sei ein Standardgetränk und bestelle es immer wieder, bis ich merke, daß das nur sehr wenige Leute trinken und daß mir davon schlecht wird. Aber an diesem Heiligabend wurde mir nicht schlecht. Herb hatte mir nicht genug Whiskey eingegossen. Abgesehen von einem merkwürdigen Geschmack und meinem Gefühl, ernst genommen zu werden, war es, als würde ich Cola trinken.

Ich muß Herb nicht auf dem Bild sehen, um mich zu erinnern, wie er aussah. Das heißt, wie er üblicherweise aussah, wenn er auf der Truthahnfarm arbeitete, oder die wenigen Male, wenn ich ihn auf der Straße sah: Also wie ich ihn immer kannte – mit einer Ausnahme...

Er schien irgendwie anders auszusehen, als Morgan Brian anbrüllte, und später, als Brian die Straße hinunterrannte. Was war an seinem Aussehen anders? Ich habe versucht, mich daran zu erinnern, denn damals prägte ich es mir genau ein. Es war keine große Veränderung. Sein Gesicht wirkte weicher und schwerer, und wenn man den Ausdruck beschreiben sollte, der darauf lag, müßte man sagen, aus ihm sprach Scham. Aber weshalb sollte er sich schämen? Wegen Brian, wegen Brians Verhalten? Das käme sicher etwas spät, denn hatte Brian sich je anders verhalten? Schämte er sich wegen Morgan, der sich so unbeherrscht und theatralisch aufspielte? Oder schämte er sich über sich selbst, weil er, dessen Stärke bekanntermaßen darin lag, Ausschreitungen und Unstimmigkeiten dieser Art im Keim zu ersticken, diesmal versagt hatte? Schämte er sich, weil er Brian nicht in Schutz nahm? Hatte Herb erwartet, er würde Brian in Schutz nehmen?

Über all das machte ich mir damals Gedanken. Später, als ich zumindest etwas mehr über Sex wußte, kam ich zu dem Schluß, Herb müsse Brians Liebhaber gewesen sein – Gladys habe in Wirklichkeit versucht, Herbs Aufmerksamkeit zu erringen, und Brian habe sie deshalb gedemütigt – mit oder ohne Herbs Billigung und Zustimmung. Ist es nicht so, daß Menschen wie Herb – ehrenhafte, diskrete und angesehene Menschen – sich oft jemanden wie Brian suchen und ihre hilflose Liebe an einen niederträchtigen, wertlosen Menschen verschwenden, der nicht einmal böse oder ein Ungeheuer ist, sondern nur ein lästiges Ärgernis? Ich kam zu dem Schluß, daß Herb, bei aller Freundlichkeit und Rücksicht, sich mit Brian an uns allen rächte – nicht nur an Gladys, sondern an uns allen –, und als ich prüfend seinen Gesichtsausdruck betrachtete, muß er ungezügelte Schadenfreude und Verachtung empfunden haben. Aber auch Verlegenheit – Verlegenheit wegen Brian, wegen sich selbst und wegen Gladys, und in gewissem Maß auch wegen uns allen. Er muß sich wegen uns allen geschämt haben – das dachte ich damals.

Noch später rückte ich von dieser Erklärung ab. Ich geriet an einen Punkt, an dem ich von allem abrückte, was ich nicht genau wußte. Es genügte mir, an diesen seltsamen betroffenen Ausdruck auf Herbs Gesicht zu denken, an Brian zu denken, der im Schutz von Herbs Würde seinen Spott trieb, an meine eigenen mystifizierenden Überlegungen, an mein Verlangen, Herb zu ertappen, wenn sich die Gelegenheit bot, und mich dann an ihn zu hängen und in seiner Nähe zu bleiben. Wie verführerisch, wie erfreulich ist die Aussicht auf Intimität mit einem Menschen, der sie einem nie bieten wird. Ich empfinde immer noch die Anziehungskraft eines solchen Mannes, seiner Versprechungen und seiner Verweigerung. Ich würde immer noch gern Bescheid wissen, unabhängig von Fakten, auch unabhängig von Theorien.

Als ich ausgetrunken hatte, wollte ich Herb etwas sagen. Ich stand neben ihm und wartete auf den Moment, in dem er nicht gerade jemandem zuhörte oder mit jemandem redete, in dem die zunehmend derbere Unterhaltung der anderen meine Worte übertönen würde.

»Es tut mir leid, daß Ihr Freund gehen mußte.«

»Schon gut.« Herb sagte das freundlich und leicht amüsiert und schnitt mir damit jedes Recht ab, mich weiter für sein Leben zu interessieren oder darüber zu sprechen. Er wußte, worauf ich hinauswollte. Er mußte es bei vielen Frauen vorher erlebt haben. Er konnte damit umgehen.

Lily hatte noch ein bißchen Whiskey in ihrem Becher und erzählte, wie sie und ihre beste Freundin (bereits an einem Leberschaden gestorben) sich einmal als Männer verkleidet hatten, um den ausschließlich für Männer vorgesehenen Teil des Pubs zu betreten, weil sie wissen wollten, wie es dort aussah. Sie setzten sich in eine Ecke, tranken Bier und hielten Augen und Ohren offen. Niemand beachtete sie oder dachte sich etwas, aber bald standen sie vor einem Problem.

»Wohin sollten wir gehen, wenn wir mußten? Gingen wir auf die andere Seite und jemand würde sehen, daß wir in der Damentoilette verschwinden, würde es Zeter und Mordio geben. Und wenn wir zu den Männern gingen, mußte es auffallen, daß wir anders pinkelten. Inzwischen setzte uns aber das Bier mörderisch zu!«

»Was tut man nicht alles, wenn man jung ist«, erklärte Marjorie.

Ein paar gaben Morgy und mir gute Ratschläge. Sie empfahlen uns, das Leben zu genießen, solange wir konnten, und Schwierigkeiten aus dem Weg zu gehen. Sie sagten, sie seien alle einmal jung gewesen. Herb stellte fest, wir seien eine gute Mannschaft und hätten gute Arbeit geleistet. Aber er wollte sich bei keinem der Ehemänner unbeliebt machen, indem er die Frauen zu lange hier festhielt. Marjorie und Lily äußerten sich gleichgültig über ihre Männer. Doch Irene verkündete, sie liebe ihren Mann, und es sei nicht wahr, daß er von Detroit hierhergeschleppt worden sei, um sie zu heiraten, da konnten die Leute sagen, was sie wollten. Henry bemerkte, das Leben sei schön, wenn man nicht schwach und hinfällig werde. Morgan sagte, er wünsche uns aufrichtig und ehrlich fröhliche Weihnachten.

Als wir die Truthahnfarm verließen, schneite es.

Lily sagte: »Es sieht aus wie auf einer Weihnachtskarte.« Und das stimmte. Der Schnee tanzte um die Laternen in der Stadt und um die bunten Lichter, die die Menschen vor ihren Haustüren aufgehängt hatten. Morgan brachte Henry und Irene im Lastwagen nach Hause – mit Rücksicht auf Alter, Schwangerschaft und Weihnachten. Morgy nahm eine Abkürzung quer über das Feld, und Herb stapfte allein, die Hände in den Taschen vergraben, mit gesenktem Kopf davon. Er wiegte sich leicht beim Gehen, als stehe er auf Deck eines Schiffes. Marjorie und Lily hakten sich bei mir unter, als seien wir alte Freundinnen.

»Singen wir«, sagte Lily. »Was wollen wir singen?«

»Drei Könige?« schlug Marjorie vor. »Drei Putenköniginnen?«

»I'm Dreaming of a White Christmas.«

»Warum davon träumen? Wir haben weiße Weihnachten!«

Und das sangen wir.

Muriel Spark

Der Seraph und der Sambesi

Vielleicht habt ihr mal von Samuel Cramer gehört, einem Dichter und Journalisten, der mit einer Tänzerin namens Fanfarlo zu tun hatte. Aber wenn ihr nicht von ihm gehört habt, dann schadet's auch nichts, wie ihr schon noch merken werdet. Zu Beginn des neunzehnten Jahrhunderts war er in Paris sehr auf der Höhe, und als ich ihn 1946 kennenlernte, war er immer noch auf der Höhe, doch diesmal auf andere Art. Es war der gleiche Mann, aber gemäßigter. Damals zum Beispiel, vor mehr als hundert Jahren, hatte Cramer mehrere Jahrzehnte hindurch in aller Harmlosigkeit darauf bestanden, daß er ungefähr fünfundzwanzig Jahre alt sei. Als ich ihn dagegen kennenlernte, befand er sich offensichtlich in seiner Zweiundvierzigerphase.

Zu jener Zeit besaß er eine Tankstelle, und zwar vier Meilen südlich vom Sambesi, wo der Fluß in den Viktoriafällen über Felsklippen stürzt. Cramer hatte ein paar Gastzimmer, in denen er, wenn das

Hotel besetzt war, Touristen unterbrachte, die zu den Fällen wollten. Ich wurde an ihn verwiesen, weil ich im Hotel keinen Platz bekommen konnte, denn es war in der Woche vor Weihnachten.

Ich traf ihn draußen vor seiner Wellblechgarage an, wo er gerade am Anlasser eines großen, plumpen Mercedes herumprobierte, und auf den ersten Blick hielt ich ihn für einen Belgier aus dem Kongo. Er sah mir teils nördlich, teils südlich aus – hatte helles Haar und eine lederfarbene Haut. Später erzählte er mir, sein Vater sei Deutscher und seine Mutter Chilenin. Dieser Bescheid war es – und nicht so sehr das ›S. Cramer‹ über der Garagentür –, der mich auf den Gedanken brachte, ich müßte schon von ihm gehört haben.

Die Regenzeit war sehr dürftig ausgefallen, und in jenem Dezember herrschte eine sengende Hitze. Am dritten Abend vor Weihnachten saß ich auf der Veranda vor meinem Zimmer und blickte durch das zerrissene Drahtnetz des Moskitofensters auf das ferne Wetterleuchten. Wenn die Atmosphäre längere Zeit eine übermäßig hohe Temperatur beibehält, scheint mit den natürlichen Umweltgeräuschen etwas vor sich zu gehen. Der Ton vermag seine übliche Fülle nicht mehr zu tragen, sondern er dringt wie eingezwängt und geknebelt an unser Ohr. An jenem Abend waren die Weihnachtskäfer, die sonst auf jeder Veranda mit lautem ›teck-teck‹ auf den Rücken fallen, anscheinend mit Stoßdämpfern versehen. Ich sah einen hinfallen, und der leise Aufprall war erst um einen winzigen Zeitbruchteil später vernehmlich. Die Geräusche der kleineren wilden Tiere im Busch klangen auch alle wie vertuscht. Ja, als die Geräusche im Busch alle gleichzeitig abbrachen, wie es häufig der Fall ist, wenn ein Leopard sich nähert, merkte ich erst, daß vorher ein Geräusch dagewesen war.

Das allgemeine erstickte Gesumm wurde von Cramers Sonnenuntergangsgesellschaft übertönt, die am andern Ende der Veranda ihren Fortgang nahm. Die Hitze verzerrte jedes Wort. Die Gläser ließen ein Klimpern hören, das nicht mehr an Gläsernes erinnerte, sondern an in Seidenpapier gewickelte Flaschen. Manchmal hing ein Schrei oder ein Lachen stumpf in der Luft, doch es waren unwirkliche Laute, wie aus einem fernen Land projiziert – wie Taschenlampen im Londoner Nebel.

Cramer kam zu mir auf meinen Veranda-Anteil und forderte mich auf, bei seiner Gesellschaft mitzumachen. Ich sagte, ich würde gerne kommen, und meinte es ehrlich, obwohl ich auch gern allein gesessen hätte. Eine so beharrliche und heftige Hitze saugt jeden Willen auf.

Fünf Leute saßen in Korbstühlen da, tranken

ihren Highball und knabberten gesalzene Erdnüsse. Ich erkannte einen rothaarigen Reiter aus Livingstone, der frisch aus England gekommen war, und zwei von Cramers Gästen, einen Tabakpflanzer und seine Frau aus Bulawayo. Wie es dortzulande Brauch ist, wurden die andern beiden mit ihrem Vornamen vorgestellt. Mannie, ein kleiner dunkler Mann von gedrungenem Wuchs und Gesicht, konnte meiner Ansicht nach ein Portugiese von der Ostküste sein. Fanny, die Frau, zupfte kleine Enden aus ihrem ausgefransten Korbstuhl, und als sie ihr Glas hob, zitterte ihre Hand ein wenig, so daß ihre Armbänder klirrten. Sie mochte etwa fünfzig sein, eine gepflegte Frau und sehr adrett. Ihr graues, leicht blau getöntes Haar säumte als Franse ein Gesicht, das von Malaria zerfurcht war.

Wie man so mit Fremden in jener Gegend die Zeit zu verbringen pflegt, tauschte ich mit den Tabakleuten die Namen von Bekannten aus, die innerhalb von sechshundert Meilen im Umkreis wohnten, wobei wir die Liste auf gemeinsam bekannte Namen beschränkten. Der Reiter seinerseits steuerte Neuigkeiten aus der Gegend zwischen Lusaka und Livingstone bei. Unterdessen war eine Diskussion zwischen Cramer, Fanny und Mannie im Gange, und Fanny schien den Sieg davonzutragen. Wie es den Anschein hatte, sollte am Heiligen Abend ein Spiel oder ein Konzert aufgeführt werden, an dem die drei teilnahmen. Ein paarmal hörte ich Worte wie ›Engelschar‹, ›Hirten‹, ›lächerlicher Preis‹ und ›meine jungen Mädchen‹ – Worte, um die es sich bei der Auseinandersetzung hauptsächlich zu drehen schien. Plötzlich unterbrach sich Fanny mitten im Sprechen, da sie einen vom Reiter erwähnten Namen aufgefangen hatte, und wandte sich an uns.

»Sie gehörte zu meinen jungen Mädchen«, sagte sie. »Ich habe ihr drei Jahre lang Unterricht gegeben.«

Mannie stand auf, um sich zu verabschieden, und bevor Fanny ihm folgte, holte sie eine Karte aus ihrer Handtasche und reichte sie mir mit spitzen Fingern.

»Falls sich eine Ihrer Bekannten dafür interessiert... «, sagte Fanny obenhin.

Während sie mit ihrem Mann wegfuhr, betrachtete ich die Karte und las über einer Adresse etwa vier Meilen stromaufwärts das Folgende:

Madame La Fanfarlo (Paris, London)
Tanzlehrerin. Ballett. Tanzsaal.
Auf Wunsch wird für Transportmöglichkeit gesorgt.

Am nächsten Tag stieß ich auf Cramer, der sich immer noch bemühte, die Ursache der Panne am Mercedes zu entdecken.

»Sind Sie der Mann, über den Baudelaire geschrieben hat?« fragte ich ihn.

Mit der Miene schwer geprüfter Geduld blickte er an mir vorbei auf das weite, öde Veldt.

»Ja«, erwiderte er. »Was hat Sie darauf gebracht?«

»Der Name Fanfarlo auf Fannys Karte«, sagte ich. »Sie kannten sie doch – damals in Paris?«

»Ach ja«, sagte Cramer, »aber die Zeiten sind vorbei. Sie hat Manuelo de Montaverde geheiratet – also den Mannie. Vor etwa zwanzig Jahren haben sie sich hier angesiedelt. Er hat einen Kaffern-Laden.«

Nun fiel mir ein, daß es Cramer im Zeitalter der Romantik beliebt hatte, zwischen der Betätigung als Dichter und als Literat zu schwanken und solchen Betätigungen entsprechend zu leben.

Ich fragte ihn: »Haben Sie Ihre literarische Laufbahn aufgegeben?«

»Als Laufbahn, ja«, antwortete er. »Es war eine Besessenheit, und ich war froh, als ich sie los war.«

Er strich über die klobige Kühlerhaube des Mercedes und fuhr fort: »Die größte Dichtung ist Gelegenheitsdichtung: Einfall des Augenblicks.«

Wieder blickte er über das Veldt, wo ein unsichtbarer grauer Haubenpapagei »Go'way, go'way!« kreischte.

»Wichtig ist einzig das Leben«, schloß Cramer.

»Und verfassen Sie jetzt Gelegenheitsdichtung?« fragte ich.

»Wenn die Gelegenheit es verlangt«, sagte er. »So habe ich gerade ein Weihnachtsspiel geschrieben. Am Heiligen Abend wollen wir es dort drin aufführen.« Er deutete auf die Garage, wo ein paar Eingeborene schon dabei waren, Benzinkanister und Autoreifen umzustellen. Da sie weder zu den Schauspielern noch zu den Zuschauern gehörten, ließen sie sich Zeit. Nahebei war ein Stoß Faltstühle abgeladen worden.

Als ich am Vormittag des Heiligen Abends ziemlich spät von den Fällen zurückkehrte, sah ich draußen vor der Garage eine Schar streitender Eingeborener und mitten unter ihnen Cramer, der laut und wüst fluchte. Er hielt einen zornigen Mann am Hemdsärmel gepackt, während er mit der andern Hand seine Schimpfworte in die heiße Luft malte. Ein paar Missions-Eingeborene waren hergeschickt worden, um beim Errichten der Bühne behilflich zu sein, und mit ihrem mittelmäßigen Schulenglisch, den gewaschenen Gesichtern und den weißen Drellshorts hatten sie, ohne es zu wollen, Cramers simple zerlumpte Boys gegen sich aufgebracht. Cramers Behandlungsart, die im Wort ›Polizei‹ gipfelte, gelang es dann, sie wieder an die Arbeit zu schicken, wobei sie einander noch immer trommeldunkle Kehllaute zuriefen.

Die Bühne bestand aus Kisten mit darüber genagelten Brettern: sie befand sich im Hintergrund der Garage, und von dort führte ein Türchen zum Hof, zum Abort und zu den Eingeborenenhütten. Der Raum zwischen Tür und Bühne war durch mehrere an einer Leine aufgehängte schwarze Regierungsdecken abgetrennt worden und sollte das Ankleidezimmer sein. Ich willigte ein, am Abend herüberzukommen, um bei der Beleuchtung, beim Schminken und beim Anstecken der Engelsflügel zu helfen. Die Tanzschülerinnen der Fanfarlo sollten als Engelchor singen und tanzen, während sie selbst als Jungfrau Maria ein Ballettsolo vorführen wollte. Weil ihr Mann nur sehr gebrochen Englisch sprach, hatte er als Hirt eine stumme Rolle bekommen, und drei weitere Hirten waren ihm aus dem gleichen Grund zugeteilt worden. Cramers Rolle war die wichtigste, denn er hatte am meisten zu sprechen, da er der Erste Seraph war. Man war sich einig, daß er die langen Stellen am besten vortragen könnte, weil er ja das Stück verfaßt hatte. Wie ich hörte, war es aber bei den Proben zu Reibereien gekommen, denn Fanny hatte einen zu großartigen Bühnenaufbau verlangt, den man ihren jungen Mädchen schuldig sei.

Die Vorstellung sollte um acht Uhr beginnen. Ich erschien Viertel nach sieben hinter der Bühne und fand dort die in Ballettröckchen gekleideten Engel mit Flügeln aus verschiedenfarbigem Kreppapier. Die Fanfarlo trug ein langes, durchsichtiges weißes Gewand mit einem flitterbestickten Oberteil. Ich half gerade den Weisen aus dem Morgenland beim Befestigen der Bärte, als ich Cramer erblickte. Er trug eine Art Toga, ein Gewand aus mehreren Schichten Moskitotüll, die aber nicht dicht genug waren, sondern seine weißen Shorts sehen ließen. Er hatte schon sehr früh die Schminke aufgetragen, und in der zunehmenden Hitze begann sie zu schmelzen.

»Immer werd ich nervös, wenn es soweit ist«, sagte er. »Ich muß noch mal meine Eröffnungsrede üben.«

Ich hörte, wie er auf die Bühne stieg und deklamierte. Lauter als die Stimmen der aufgeregten Kinder schlug mir der Rhythmus seiner Stimme ans Ohr. Voller Eifer half ich der Fanfarlo, Schminke auf die Gesichter der Mädchen aufzutragen. Es schien unmöglich. Sobald wir die Schminkstifte auch nur in die Hand nahmen, schmolzen sie schon. Es wurde wirklich ganz außergewöhnlich heiß.

»Macht doch die Tür auf!« schrie die Fanfarlo. Die Hoftür wurde geöffnet, und eine Schar neugieriger Eingeborener drängte sich um den Eingang. Ich überließ es der Fanfarlo, sie wegzuscheuchen, denn ich wollte irgendwie auf die Vorderseite gelangen, um Luft zu schöpfen. Ich stieg auf die Bühne und überquerte sie schon, als mir rechter Hand eine mächtige Hitzewelle entgegenschlug. Ich blickte mich um und sah Cramer, der offenbar jemanden anfauchte, ungefähr wie am Morgen, als er die Eingeborenen beschimpfte. Doch wegen des Hitzestroms konnte er nicht näher vordringen. Und wegen der Hitze konnte ich auch nicht gleich erkennen, mit wem Cramer so schalt: es war eine Art Hitze, die einem auf die Augen schlug. Doch als ich an den vorderen Rand der Bühne trat, sah ich, was drüben stand.

Es war eine lebendige Erscheinung. Das Auffallendste an ihr war ihre Unwandelbarkeit: sie schien den Gesetzen der Perspektive nicht unterworfen, denn immer blieb sie gleich groß, ob ich näher kam oder mich zurückzog. Und sehr zum Unterschied von andern Lebensformen machte sie einen fertigen Eindruck. Kein Teilchen war in Entwicklung begriffen; den Umrissen fehlte es an jener Wirrnis und Gärung, die doch sonst Merkmale lebender Wesen sind, und gerade das war die Ursache ihrer Schönheit. Die Augen nahmen fast den größten Teil des Gesichts ein und reichten weit über die Backenknochen hinaus. Am Hinterkopf saßen zwei kräftige Flügel, die von Zeit zu Zeit über die Augen fächerten und dabei einen glühendheißen Luftwirbel hervorriefen. Ein Hals war kaum vorhanden. Unterhalb der Schultern breitete sich ein zweites kräftiges und geschmeidiges Flügelpaar aus, und ein drittes Paar entfaltete sich an den Waden und schien den Körper zu tragen. Die Füße sahen zu zerbrechlich aus, um eine so konzentrierte Daseinsform zu stützen.

In Afrika lebende Europäer fühlen sich meistens unwiderstehlich gedrängt, alles Fremdartige in der Kaffern-Umgangssprache anzureden. »Hamba!« schrie Cramer, und das bedeutet: »Geh fort!«

»Geh du jetzt von der Bühne herunter und sei ruhig!« sagte die Erscheinung friedfertig.

»Wer zum Teufel bist du?« keuchte Cramer in der heißen Luft.

»Der gleiche wie im Himmel«, kam die Antwort. »Also ein Seraph.«

»Das kannst du anderen erzählen«, schnaufte Cramer. »Seh ich wie ein Esel aus?«

»Nein. Aber auch nicht wie ein Seraph«, sagte der Seraph. Die Hitze, die der Seraph ausstrahlte, erfüllte die ganze Garage. Cramer lief die Schminke in die Augen, und er wischte sie auf sein Tüllgewand. Er trat zurück, bis zu einer weniger heißen Stelle, und rief von dort aus: »Ein für allemal...«

»Sehr richtig«, sagte der Seraph.

»... ist das hier meine Aufführung.«

»Seit wann?« fragte der Seraph.

»Von Anfang an«, keuchte Cramer ihm zu.

»Und mein ist sie von Anbeginn«, sagte der Seraph, »und der Anbeginn ist der wahre Beginn.«

Cramer kletterte von der heißen Bühne herunter, blieb mit seinem Seraph-Gewand an einem Nagel hängen und zerriß es. »Hör mal«, sagte er, »ich kann mir einfach nicht vorstellen, daß eine Abnormität wie du ein echter Seraph ist!«

»Sehr richtig«, sagte der Seraph.

Mittlerweile hatte mich die Hitze zum vorderen Eingang getrieben. Cramer trat neben mich. Eine Anzahl Eingeborener hatte sich eingefunden. Die Zuschauer waren schon in ihren Wagen eingetroffen, und die andern Schauspieler waren vom Hof her um das Gebäude herumgekommen. Es war wegen der Hitze des Seraphs unmöglich, weit hineinzuschauen, und es war unmöglich, wieder hineinzugehen.

Cramer ereiferte sich immer noch von der Türe her gegen den Seraph, und unter den Neuankömmlingen erhoben sich allerlei Mutmaßungen, welcher von den drei Kategorien die gegenwärtige Schwierigkeit zuzuschreiben sei: den Eingeborenen oder Whitehall oder den Leoparden.

»Das hier ist mein Anwesen«, rief Cramer, »und die Leute haben ihre Plätze bezahlt. Sie sind hergekommen, um sich ein Mysterienspiel anzuschauen.«

»In dem Falle will ich abkühlen«, sagte der Seraph, »dann können sie kommen und sich ein Mysterienspiel anschauen.«

»*Mein* Mysterienspiel«, sagte Cramer.

»O nein – *meins*!« sagte der Seraph. »Deins genügt nicht.«

»Gehst du jetzt, oder soll ich die Polizei rufen?« sagte Cramer entschlossen.

»Für mich gibt es keine Wahl«, sagte der Seraph noch entschlossener.

Draußen hatte es sich herumgesprochen, in der Garage sei ein rasender Leopard. Die Leute stiegen wieder in ihre Wagen und parkten in sicherer Entfernung; der Tabakpflanzer ging fort, um sein Gewehr zu holen. Eine Anzahl junger Reiter hatte den Einfall, den rasenden Leoparden mit Benzin zu blenden: sie hatten ein paar Eingeborene dazu angestiftet, Benzinkanister an der Tanksäule zu füllen und sie von Hand zu Hand bis zur Garage wandern zu lassen.

»Dann ist er erledigt«, sagte einer.

»Das ist recht!« sagte Cramer von seinem Platz an der Tür. »Gebt's ihm nur!«

»Das solltet ihr nicht tun«, sagte der Seraph. »Dann entsteht ein Brand.«

Die erste Portion Benzin, die in die Hitze geschleudert wurde, loderte auf. Zuerst verbrannten die Sitze. Dann begann sogar die Luft innerhalb der Blechwände zu brennen, bis das ganze Innere ein Feuermeer war. Eine weitere Wagenladung mit Reitern traf ein und ließ sofort von den Eingeborenen leere Kanister mit Wasser füllen. Allmählich löschten sie das Feuer. Etwas weiter straßaufwärts zählte die Fanfarlo ihre Engel. Sie versuchte die Eltern zu beruhigen und gleichzeitig zu beobachten, was vor sich ging, und sie war wütend, daß sie nun nicht tanzen konnte. Einem Engel, dessen Eltern in England waren, knuffte sie derb in den Rücken.

Es dauerte einige Stunden, bis das Feuer gänzlich gelöscht war. Solange die Wellblechwände noch glühten und sich krümmten und aufrollten, konnte man unmöglich erkennen, was mit dem Seraph geschehen war, und als sie nicht mehr glühten, war es zu dunkel und auch zu heiß, um weit genug in die Trümmer hineinzuspähen.

»Sind Sie versichert?« erkundigte sich einer von Cramers Freunden.

»O ja«, erwiderte Cramer. »Meine Police schließt alles ein – nur nicht höhere Gewalt, und das bedeutet Blitzschlag oder Überschwemmung.«

»Er ist hinreichend versichert«, erzählte Cramers Freund einem andern Freund.

Viele Leute waren nach Haus gegangen, und die übrigen waren im Begriff aufzubrechen. Die Reiter fuhren ab und sangen dabei: »Der gute König Wenzel...«, und die Missionsboys liefen die Straße hinab und sangen: »Freut euch, ihr wackern Christenleut!«

Es war gegen Mitternacht und immer noch sehr heiß. Die Tabakpflanzer schlugen eine Fahrt zu den Fällen vor, wo es kühl wäre. Cramer und die Fanfarlo schlossen sich uns an, und wir rumpelten über den holprigen Weg von Cramers Garage bis zur Überlandstraße. Dort ist der Fahrdamm nur in Längsstreifen für Autoräder asphaltiert. Wir hörten das Donnern der Fälle, als wir noch etwa zwei Meilen davon entfernt waren.

»Nach all meiner Arbeit für das Spiel und alles übrige!« sagte Cramer.

»Ach, hören Sie auf!« rief die Fanfarlo.

Und gerade da sah ich im Licht unsrer Scheinwerfer noch einmal den Seraph, wie er mit etwa siebzig Kilometern Stundengeschwindigkeit den Asphaltstreifen entlangschwebte, wobei zwei seiner sechs Flügel sich geschwind bewegten, zwei sich über sein Gesicht falteten und zwei seine Füße bedeckten.

»Da ist er!« rief Cramer. »Den bekommen wir noch!«

Wir ließen den Wagen in der Nähe des Hotels stehen und folgten einem Treck durch die dichte Vegetation des Regenwaldes, auf den fortwährend der Gischt der Fälle niederstäubt. Der zarte Sprühregen war wie einc Genesung nach der Fieberglut. Der Seraph war weit voraus, und zwischen den Bäumen konnte ich erkennen, wie seine Hitze den Gischt in Dampf verwandelte.

Wir kamen zum Rand der Felsklippen, wo uns gegenüber und auf der gleichen Höhe der Fluß mit voller Wucht in die Schlucht hinuntertost. Vom Seraph war keine Spur zu sehen. War er tief unten im brodelnden Abgrund – oder wo sonst?

Dann bemerkte ich, daß über dem eine Meile langen Kamm des Wasserfalles der Gischt höher als sonst aufstieg. Ich hielt es für Dampf, den die Hitze des Seraphs hervorgerufen hatte. Ich hatte recht, denn gleich darauf, beim stummen Flackern des

Wetterleuchtens, sahen wir ihn über den Sambesi ziehen, fort von uns, zwischen den Felsen hindurch, die wie Krokodile aussehen, und zwischen Krokodilen hindurch, die wie Felsen aussehen.

Joachim Ringelnatz

Die Weihnachtsfeier des Seemanns Kuttel Daddeldu

Die Springburn hatte festgemacht
Am Petersenkai.
Kuttel Daddeldu jumpte an Land,
Durch den Freihafen und die stille heilige Nacht
Und an dem Zollwächter vorbei.
Er schwenkte einen Bananensack in der Hand.
Damit wollte er dem Zollmann den Schädel spalten,
Wenn er es wagte, ihn anzuhalten.
Da flohen die zwei voreinander mit drohenden Reden.
Aber auf einmal trafen sich wieder beide im König von Schweden.

Daddeldus Braut liebte die Männer vom Meere,
Denn sie stammte aus Bayern.

Und jetzt war sie bei einer Abortfrau in der
Lehre,
Und bei ihr wollte Kuttel Daddeldu
Weihnachten feiern.

Im König von Schweden war Kuttel bekannt
als Krakehler.
Deswegen begrüßte der Wirt ihn freundlich:
»Hallo old sailer!«
Daddeldu liebte solch freie herzhafte Reden,
Deswegen beschenkte er gleich den König
von Schweden.

Er schenkte ihm Feigen und sechs Stück Kolibri
Und sagte: »Da nimm, du Affe!«
Daddeldu sagte nie »Sie«.
Er hatte auch Wanzen und eine Masse
Chinesischer Tassen für seine Braut mitgebracht.

Aber nun sangen die Gäste »Stille Nacht,
Heilige Nacht«,
Und da schenkte er jedem Gast eine Tasse
Und behielt für die Braut nur noch drei.
Aber als er sich später mal darauf setzte,
Gingen auch diese versehentlich noch entzwei,
Ohne daß sich Daddeldu selber verletzte.

Und ein Mädchen nannte ihn Trunkenbold
Und schrie: Er habe sie an die Beine geneckt.
Aber Daddeldu zahlte alles in englischen Pfund
in Gold.
Und das Mädchen steckte ihm Christbaum-
konfekt
Still in die Taschen und lächelte hold
Und goß noch Genever zu dem Gilka mit Rum
in den Sekt.
Daddeldu dachte an die wartende Braut.
Aber es hatte nicht sein gesollt,
Denn nun sangen sie wieder so schön und so laut.
Und Daddeldu hatte die Wanzen noch nicht
verzollt,
Deshalb zahlte er alles in englischen Pfund
in Gold.

Und das war alles wie Traum.
Plötzlich brannte der Weihnachtsbaum.
Plötzlich brannte das Sofa und die Tapete,
Kam eine Marmorplatte geschwirrt,
Rannte der große Spiegel gegen den kleinen
Wirt.
Und die See ging hoch und der Wind wehte.

Daddeldu wankte mit einer blutigen Nase
(Nicht mit seiner eigenen) hinaus auf die Straße.
Und eine höhnische Stimme hinter ihm schrie:
»Sie Daddel Sie!«
Und links und rechts schwirrten die Kolibri.

Die Weihnachtskerzen im Pavillon an der
Mattentwiete erloschen.
Die alte Abortfrau begab sich zur Ruh.
Draußen stand Daddeldu
Und suchte für alle Fälle nach einem Groschen.
Da trat aus der Tür seine Braut
Und weinte laut:
Warum er so spät aus Honolulu käme?
Ob er sich gar nicht mehr schäme?
Und klappte die Tür wieder zu.
An der Tür stand: »Für Damen«.

Es dämmerte langsam. Die ersten Kunden
kamen,
Und stolperten über den schlafenden Daddeldu.

Friedrich Dürrenmatt

Durcheinandertal

In der Kirche sah es trostlos aus. Durch das beschädigte Dach funkelten Sterne, erloschen in den heranfegenden Wolken. Der Raum wurde notdürftig von einer herabhängenden Glühbirne erhellt. Die Mauer zur Sakristei war zusammengestürzt. Hinter ihr baumelte vom Turm ein Seil herunter. Der Gemeindepräsident kletterte auf den Schutt der zusammengestürzten Mauer, begann am Seil zu ziehen, im Turm begann eine Glocke zu bimmeln, dünn, die Feuerglocke. Aus den Häusern kroch es heraus, rückte heran. Marihuana-Joe bestieg die Kanzel, brach auf der Treppe mit einem Bein ein, eine Stufe höher mit dem andern, auf der letzten Stufe mit beiden, stemmte sich hinauf. Langsam füllte sich die Kirche. Es war so dunkel, daß man einander kaum sah. Marihuana-Joes Stimme kam wie aus einem verhangenen Himmel, um so unheimlicher, weil im Föhnsturm, der immer mächtiger wurde, sein Gesicht im Licht der Glühbirne aufleuchtete, die hin und her schwankte.

Marihuana-Joes Gesicht glühte auf und erlosch, glühte wieder auf und erlosch. Immer wieder. Sein Vater, hörten die Versammelten, die sich in der halb abgedeckten Kirche eng aneinanderdrängten, wie vom wütenden Sturm zusammengepreßt, sein Vater, der Pfarrer, Emanuel Pretánder, habe jedes Jahr um diese Zeit seine Heiligabend-Andacht gehalten, hier auf der Kanzel wo er jetzt stehe, sein Sohn Sepp, und wo jetzt ein Haufen Steine und Mörtel liege, habe ein Weihnachtsbaum gestanden, mit Äpfeln, bunten Kugeln und vielen Kerzen. Und sein Vater habe ihnen das Weihnachtsevangelium gepredigt: Siehe, ich verkündige euch große Freude, denn euch ist heute der Heiland geboren, vierzig Jahre habe er ihnen das gepredigt, der schlechtbesoldetste Pfarrer im hintersten Dorf im Kanton, und habe es genützt? Die Toten seien leichter zu erwecken als sie da unten aus ihrer Faulheit und Bequemlichkeit. Die Kirche sei zusammengekracht, das Pfarrhaus sei zusammengekracht, wo er geboren sei, das Dorf sei am Zusammenkrachen, und einen Tannenbaum hätten sie auch nicht mehr. Wenn er sie da unten in diesem jämmerlichen Licht sehe, komme es ihm vor, als rede er zu einem Feld von Kabisköpfen. Unten klebten sie aneinander, Leib an Leib, Männer und Weiber, schwitzend in der trockenen Wärme der Luftmassen. Sie hörten zu durch das Heulen und Toben, wie sie noch nie zugehört hatten. Wer zu ihnen redete, war einer von ihnen. Des alten Pfarrer Pretánders Sepp. Und was Sepp redete, war die Wahrheit. Sie tat weh, die Wahrheit, sie verbrannten in ihr wie in der Hölle. Sie hätten Sepp von der Kanzel reißen mögen, verhauen, zerkratzen, erdrosseln mögen, aber er hatte recht, sie waren dumpf, faul, vertrottelt. Was seien sie doch einmal für tolle Kerle gewesen, hörten sie ihn von der morschen, wurmstichigen Kanzel herunter. Sie hätten die Österreicher, die Deutschen und Karl den Kühnen vermöbelt, zerhackt, durchstochen und deren Köpfe an ihre Spieße gesteckt und gejodelt dazu. Sie hätten keine Gefangenen gemacht, sondern ihre Feinde, hops, ins Jenseits befördert, wie er, hops, Little-Bourbon, Small-James, Minnesota-Bill und den Olschowski-Clan ins Jenseits befördert habe, wobei er zweifle, ob diese da oben als Engel herumkurvten. Die seien Halunken gewesen, sicher, aber er habe eine größere Achtung vor denen als vor ihnen da unten, die Teufelskerle hätten sich durchs Leben gepokert, gegaunert und gehurt, jederzeit in Gefahr, auf dem elektrischen Stuhl geröstet zu werden, während sie da unten sich durchs Leben jammerten. Es gehe nicht um Pretánders Hund, ob nun das Vieh noch lebe oder nicht, sei gleichgültig, auch nicht um Elsis Jungfernschaft, ob die nun in einer Milchpfütze verlorengegangen sei oder nicht, spiele keine Rolle, sie wäre ohnehin bald verlorengegangen, es gehe auch nicht um den Gemeindepräsidenten, wenn der zuerst nicht geklagt habe und dann doch, sei er ein Lappi gewesen, es gehe um die Ehre, zu zeigen, daß sie mehr als Heu im Kopf hätten, um ihren Stolz, darum, daß sie jemand seien, jemand Widerborstiges, mit denen nicht gut Kirschen essen sei und die es faustdick hinter den Ohren hätten. Sie sollten nachdenken, Himmeldonner! Warum täten die im Kurhaus so, als sei es leer? Weil niemand wissen dürfe, daß es bewohnt werde. Von wem? Da müsse schon einer kommen wie er, der die Peperozzi-Familie mit einer Maschinenpistole niedergemäht habe, um ihre Gehirnwindungen wie einen alten Benzinmotor anzukurbeln. Im Kurhaus überwinterten neben gewöhnlichen Mördern und Einbrechern, Zuhältern und Rauschgifthändlern, die das Fußvolk jeder anständigen Gangsterbande ausmachten, Big-Jimmy, Marihuana-Joe, Lincoln-Fat, Baby Hackmann, Potomac-Charlie, sechzehn weitere Namen könnte er ihnen noch vorbuchstabieren, alles berühmte Nummern, Himmelsmusik in den Ohren der Polizei, vor der die alle sicher seien, weil sie im Kurhaus überwintern könnten, und ihre Teufelsfratzen ließen sie in der Waschküche zu Engelsgesichtern ummontieren. Aber wenn sie da unten einen Kopf hätten anstelle eines Kürbis, würden sie in dieser Heiligen Nacht, wo den armen Tröpfen, die sie seien, der Tannenbaum fehle, das Kurhaus als einen Tannenbaum benützen, den prächtigsten, der in diesem lausigen Tal je gebrannt habe. Die Kirche war wie ein Schwitzkasten. Auf der Kanzel predigte Pretánders Sepp, der Föhn spielte die Orgel, und ihre Hirne begriffen langsam, schwitzten ihre Trägheit heraus. Das Kurhaus hatte sie korrumpiert, ihre Urgroßeltern, ihre Großeltern, ihre Eltern, sie und ihre Kinder und Kindeskinder. Dabei hatten sie doch einmal die Fremden aus dem Lande gejagt, mit Baumstämmen und Felsen zugedeckt am Morgarten vor vielen, vielen Jahren, und nun lebte man von den Fremden, das ganze Land, oder verlumpte, waren die Fremden nicht mehr da, wie sie im Dorf verlumpt waren, seit im Kurhaus der Segen der Armut einer stinkreichen Gesellschaft gepredigt wurde. Und jetzt, wie sie verlumpt waren, wie wurden sie behandelt? Wie die letzten Fötzel. Wie Landesverräter, die Russen versteckten. Mit der Armee war man gekommen, mit der Armee, und wie ein Geßler war der Regierungspräsident als Oberst im Dorf herumspaziert und hatte ihre Häuser durchsuchen lassen, und das Fernsehen konnten sie auch nicht sehen wie sonst das ganze Land. Aber es geschah ihnen recht, sie hatten sich nicht gewehrt und den Regierungspräsidenten nicht verprügelt. Sie schämten sich, mit der Scham kam die Wut, und mit der Wut kam der Stolz. Sie fühlten sich als Einheit, als Volk, mehr als ein Volk, als Urvolk, das Durcheinandertal gehörte ihnen, sie hatten hier zu befehlen, sie waren die gleichen wie vor Jahrhunderten, Jahrtausenden geblieben, wie vom Anfang der Welt an, und nicht verweichlicht wie in der Kantonshauptstadt. Wenn das Kurhaus niederbrenne, prophezeite Sepp, werde sich niemand darum kümmern, nicht einmal die Polizei werde nach der Brandursache forschen, keine Versicherung Untersuchungen anstellen, denn würde in der Brandruine herumgestochert, was würde man finden? Die verkohlten Überreste von Lincoln-Fat, von Potomac-Charlie, von Holy-Brandy, von Big-Jimmy, von Marihuana-Joe und von den anderen kriminellen Koryphäen. Das sei für die Politiker und die Rechtsanwälte zu gewagt, die seien mit dem Kurhaus zu verfilzt, die wüßten längst Bescheid, und die Polizei wollte auch nicht als ein Löl dastehen. Mit einem Mal hörte der Föhnsturm auf. Die Glühbirne hing ruhig. Sie konnten einander in ihre schweißüberströmten Gesichter sehen. Eine unbändige Lust überfiel sie, Schluß mit dem

Kurhaus zu machen, zu zerstören, niederzubrennen, und als Sepp Pretánder seine Predigt mit »Amen, Halleluja, Hosianna« schloß und die Kanzel durchbrechend bäuchlings auf sie fiel, trugen sie ihn wie einen König zum Depot der Feuerwehr, die Wirte ›Zum Eidgenossen‹, ›Zur Schlacht am Morgarten‹, ›Zum General Guisan‹, ›Zum Hirschen‹ und ›Zum Spitzen Bonder‹ rollten ihre leeren Schnaps- und Weinfässer zur Garage, wo der Garagist sie mit Benzin füllte, und die Glocke bimmelte zum Angriff.

Die bewaldete Talseite, an der das Kurhaus lag, wird durch eine kleine, aber tiefe Schlucht gespalten. Durch diese ergießt sich ein Wildbach in die große Schlucht, die das Dorf vom Kurhaus trennt. Jenseits der kleinen Schlucht spähte unter dem Geäst einer Tanne unterhalb einer Schotterstraße Michael zum Kurhaus hinüber. Er hörte das Bimmeln der Feuerglocke, dann verstummte es jäh. Im Dorf gingen die Lichter aus. Eine Stunde verging. Das Kurhaus lag auf der anderen Seite der Schlucht, eine dunkle vergiebelte Masse mit den zwei Wohntürmen, nichts drang nach außen, nichts wies auf die Weihnacht, die man darin feierte. Es ging gegen elf. Von drüben hörte er Geräusche, eine dunkle Masse drang von der Schlucht gegen das Kurhaus herauf.

Immer mehr Sterne wurden sichtbar. Das ungeheure Band der Milchstraße. Am jenseitigen Hang hoch über dem Schulhaus rezitierte der Schulmeister: »Da ists denn wieder, wie die Sterne wollten: Bedingung und Gesetz; und aller Wille ist nur ein Wollen, weil wir eben sollten«, blödsinnig zu dem, was sich unter Michaels spähenden, ruhigen Augen vorbereitete: Nun sichtbar in der sternenklaren Nacht, rollte der Motorfeuerwagen in Stellung, wurden die Schläuche gelegt, an die Hydranten angeschlossen. Lautlos, nur Schatten, gerade noch auszumachen.

Im Gegensatz zum trostlosen Kircheninnern stand in der Kurhaushalle ein mit Christbaumschmuck derart überhäufter Weihnachtsbaum, daß von ihm kaum mehr etwas zu sehen war. Doch war es nicht ein gewöhnlicher Christbaumschmuck, der da hing, der Baum war mit Revolvern und Maschinenpistolen behängt, in deren Läufen die brennenden Kerzen steckten, auch hatte Baby Hackmann aus Ärger, daß er nicht hatte zudrücken dürfen, einige Eierhandgranaten als Weihnachtskugeln befestigt. Um den Baum herum von Kücksen, Oskar und Edgar, die Prominenz von Niagara-Vat über Red-Flowers bis zu Potomac-Charlie, die in Ohrensesseln und auf Ledersofas Moses Melker erwarteten. Dieser hatte sich seit Stunden in den Schreibsalon zurückgezogen, wo sonst gepokert wurde. Die Stimmung war düster und bedrohlich. Die Halle war verqualmt, jeder schlotete nervös, Wanzenried wagte nicht zu lüften, draußen rezitierte Fronten bald nah, bald fern Goethe. Big-Jimmy hatte Marihuana-Joe immer noch nicht aufgetrieben, auch Doc war verschwunden. Baby Hackmann war überzeugt, daß Melker ein Spion des Syndikats sei, an das sie der Große Alte verkauft habe, es sei höchste Zeit, ein eigenes Syndikat zu gründen, er frage sich seit langem, was dieses Kurhaus für einen Sinn habe und wozu dieser Doc eigentlich operiere, er habe verdammt lange an Marihuana-Joe herumgearbeitet, und nun sei Alaska-Pint in der Waschküche. Doch waren nicht alle wie Hackmann mißtrauisch; sie dachten, Melker sei mit einer geheimen Botschaft des Großen Alten gekommen, durch von Kücksen sei er gezwungen, die Pläne des Großen Alten in Form einer Weihnachtspredigt bekanntzugeben. Der Reichsgraf dagegen war überzeugt, wieder einmal falsch gehandelt zu haben, er hatte inzwischen nach Zürich telefoniert, aber die Minervastraße 33 a meldete sich nicht, eine Stimme sagte, die Nummer sei außer Betrieb, er rief einen befreundeten Galeriebesitzer in Zürich an, der fuhr hin und telefonierte zurück, eine Nummer 33 a in der Minervastraße gebe es nicht. Endlich kam Moses Melker, blieb hinter einem Fauteuil stehen, legte die Hände auf die Lehne, schaute auf die Versammlung, blinzelnd unter seinen buschigen Augenbrauen, lächelnd mit wulstigen Lippen. Hatte sich in ihm in der Sommersaison oft etwas Finsteres, Bedrohliches zusammengeballt, so daß nach seinen Morgenandachten die reichen Witwen, Generaldirektoren und Konzernbesitzer usw. geradezu verängstigt die Freuden der Armut auf sich genommen hatten, so schien er jetzt ein anderer, er strahlte Heiterkeit aus, ein fröhlicher Urwaldmensch, begierig, seine Erkenntnis mitzuteilen.

»Fürchtet euch nicht, siehe, ich verkündige euch große Freude, die allem Volk widerfahren wird, lautet die Weihnachtsbotschaft bei Lukas im zweiten Kapitel, Vers zehn«, begann er. »Allem Volk, also auch euch, den Halunken, Vaganten und Schurken«, fuhr er fort, ohngeachtet, daß diese Anrede die Versammelten schockieren mußte, sahen sie sich doch als Geschäftsleute mit etwas ungewöhnlichen Methoden.

Nur von Kücksen schmunzelte. Melker wagte, was der Reichsgraf nie gewagt hatte, das Gesindel beim Namen zu nennen.

»Freude warum? Weil der Große Alte mit seiner gewaltigen Hand gleichsam ins Nichts – minus 273 Grad – gegriffen und euch aus dem Nichts geformt hat.«

Melker war stolz auf sein Gleichnis, Potomac-Charlie überlegte, ob der Große Alte etwas in Alaska plane.

»Wenn die Armen und Hungernden ins Himmelreich kommen«, predigte Moses Melker, »weil der Große Alte Mitleid mit den armen Schluckern hat, und die Reichen bloß deshalb, weil ihm nichts anderes übrigbleibt, als gnädig zu sein, so seid ihr die einzigen, die das Himmelreich verdienen, seid ihr seine Freude, sein Stolz, sein Loblied, das er auf sich selber anstimmt.«

Das erste Mal, daß der Große Alte eine Weihnachtsgratifikation gewährt, dachte Lincoln-Fat erfreut.

»Nicht im Höhenflug des menschlichen Geistes«, fuhr Moses Melker fort, »nicht in all diesen hehren Gedanken sieht sich der Große Alte gespiegelt, die kann er selber denken, sondern im Abschaum der Menschheit, in euch, den Kriminellen. Er liebt euch, wie ihr seid, wie ihr ihn liebt, wie er ist. Für die Armen und die Reichen, aber auch für die ewig Gerechten, die es höchstens zum Steuerschwindel, zu Geldwäscherei, Fahrausweisentzug und Politik bringen, ist er der liebe gute Alte, der fünf gerade sein läßt, aber für euch ist er der unerbittliche Boss. Sein Zorn brennt und ist sehr schwer, seine Lippen sind voll Grimmes und seine Zunge ist wie verzehrend Feuer.«

Er habe es immer gewußt, dachte Minnesota-Bill, Baby Hackmann sei zu unvorsichtig gewesen, er werde diese Nacht nicht überleben.

»Der Große Alte ist nicht gekommen, Frieden zu senden, sondern das Schwert. Er, der verschlingt, was er erschaffen hat, Pflanzen, Tiere und Menschen, der Taifune und Hurrikane entfesselt und die Erde beben läßt«, rief Moses Melker aus, »hat euch zu seinem Werkzeug erwählt und befohlen, die Hethiter, Girgasiter, Ameriter, Kanaaniter, Pheresiter, Heviter und Jebusiter auszurotten.«

Mein Gott, dachte Baby Hackmann, wie viele neue Syndikate es jetzt gebe, und Holy-Brandy überlegte, ob der Große Alte jetzt ins Waffengeschäft einsteigen wolle.

Moses Melker redete weiter. Wie die angestauten Gase im Innern eines Vulkans diesen schlagartig entzweireißen, explodierte der Theologe des Reichtums, er pulverisierte sich, wenn auch die Vulkanasche, die nun auf die um ihn gelagerten Berufsverbrecher niederprasselte, durchaus noch theologisch war.

»Wenn die Armen zu faul sind, um durch ehrliche Verbrechen reich zu werden«, predigte Moses Melker, »und die Reichen in den Ferien die Armut aus Blechtellern löffeln, um sich durchs Nadelöhr der Gnade zu quetschen, ist die Christenheit euer Lohn. Geht mit ihr um, wie ich mit meiner persönlichen, familiären Christenheit umgegangen bin. Ich bin einer von euch, nicht der Theologe des Reichtums, sondern der Theologe des Verbrechens, ist doch der Große Alte nur als Verbrecher denkbar. Meine erste Frau habe ich von einer Eiche und meine zweite in den Nil gestoßen und am Sonntag meine dritte mit Truffes zu Tode gestopft. Im Namen des Großen Alten, alle drei sind so reich gewesen, daß ich sie geheiratet, und so fromm, daß ich sie ermordet habe.«

Doch hörte ihm niemand mehr zu. Aus der Waschküche war Alaska-Pint durch den unterirdischen Gang herübergetaumelt. Das Gesicht verbunden, nur die Augen sichtbar, war er einem Kanapee zugewankt und hatte sich darauf niedergelassen. Er hatte nur Hethiter, Ameriter und Jebusiter gehört. Jetzt beginne der Bandenkrieg auch hier, hatte er verzagt gedacht. Big-Jimmy war mißtrauisch geworden und hatte Alaska-Pint den Verband vom Kopf gewickelt. Dieser starrte Big-Jimmy an und schlief ein.

»Tatsächlich«, sagte Baby Hackmann, »Marihuana-Joe sieht aus wie du, Big-Jimmy.«

»Das ist nicht Marihuana-Joe«, sagte Big-Jimmy, der sich in seinem Fauteuil vorgebeugt hatte, »das ist Alaska-Pint. Jetzt gibt es drei Big-Jimmys.« Er sprang auf, so heftig, daß der Fauteuil umfiel.

»Doc, wo ist Doc?« schrie er. »Schon lange hab ich ihn nicht mehr gesehen. Uns alle will er wie mich machen, ein Syndikat aus lauter Big-Jimmys. Wozu? Um das Syndikat zu liquidieren! Auf wessen Befehl? Steckt der Große Alte dahinter? Wer ist das überhaupt? Es weiß niemand, wie er aussieht und niemand, ob es ihn gibt, am wenigsten der krausbärtige Neandertaler. Der ist nur ein Amateur, und mit dem Großen Alten meint er bloß Gott.«

Alle sprangen hoch, teils um die Waffen vom Weihnachtsbaum zu reißen, teils um Moses Melker zu ergreifen, Baby Hackmann zuerst, jetzt würde er zudrücken, aber vom Ausgang her rollte ein Weinfaß aus der Dorfpinte, und wie Big-Jimmy, die Wahrheit ahnend, zum Ausgang rannte und dem Schnapsfaß ausweichen mußte, das dem Weinfaß nachrollte, stand er im Ausgang aufs neue sich selber gegenüber, Marihuana-Joe, der ihn haßerfüllt mit gezücktem Revolver fixierte, und so plötzlich donnerte hinter seinem Rücken die Explosion los, daß er auf sein Ebenbild und dieses auf den Boden geworfen wurde, und fast gleichzeitig fühlte er, auf Marihuana-Joe hingeschmettert, wie Zähne mit der Mordlust eines Racheengels seinen Hintern zu zerfetzen begannen, und wie ihn und Marihuana-Joe die prasselnden Flammen verschlangen, hörte er noch von Ferne die Stimme des Gemeindepräsidenten, »Mani, laß los, Mani, loslassen! Teufel, wenn der Hund sich wieder verbeißt, verbrennt er mir noch.« Eine Lichtflut tauchte den Lastwagen in grelles Licht, aus dem nun Fässer rollten, die wiederum von Feuerwehrmännern in alten schwarzroten Uniformen und Helmen in das Portal gerollt wurden, rhythmisch schreiend, eine Explosion erschütterte die Nacht, immer weitere Explosionen, eine Stichflamme schoß in den Himmel, die Sterne verschwanden, das ganze Kurhaus stand mit einem Mal in Flammen, umringt von der Motorspritze, von Traktoren, von Bauern, bewaffnet mit Heugabeln und Äxten, wie sie gebraucht werden, Bäume zu fällen, aus dem Portal rannte der Hund mit brennendem Fell, wälzte sich am Boden, aus dem Portal stürzten Männer, die Feuerwehr richtete ihre Wendrohre, spritzte die wieder hinein, die sich retten wollten, im Innern immer wieder Explosionen der Waffenlager, die Weiber bedienten wie verrückt die Motorpumpe, kreischend die Witwe Hungerbühler, sinnlos ihren Zorn über die nie beantworteten Briefe abreagierend, die Feuerwehrmänner spritzten und spritzten, ihre Wasserlanzen trieben Gestalten vor sich her, sie überschlugen sich, wurden durch die Kraft des Wasserstrahls wie Pakete ins Feuer zurückgeworfen, der Wald, der Himmel nahmen die Farbe der Hölle an, jemand vermochte sich zu befreien, lief mit lichterloh brennenden Kleidern den Bauern entgegen, einer von ihnen schlug mit der Axt zu, der Mann stürzte zu Boden, immer noch in Flammen, drei Bauern schoben ihre Heugabeln unter den brennenden schreienden Mann, trugen ihn gegen das Kurhausportal, warfen ihn hinein, flüchteten zurück, das Kurhaus begann in sich zusammenzubrechen, die Bauern und Weiber stoben auseinander, Lustenwyler, der Polizist, raste in seinem Jeep herbei, aber offenbar stockbetrunken, war er über das Steuerrad gesunken und fuhr durch das Portal, das über ihm zusammenstürzte, und die Dependance, von der Feuerglut erfaßt, die sie durch den unterirdischen Verbindungsgang ansog, loderte auf, eine einzige Flamme. Nun begann auch der Wald zu brennen, der Föhnsturm hatte alles ausgetrocknet, das Feuer fraß den Wald. Die Bauern wichen zurück. Irgendwo war der Schulmeister zu hören, hinter den Flammen oder schon in den Flammen: »Da sprühen Funken in der Nähe wie ausgestreuter goldner Sand, doch schau: In ihrer ganzen Höhe entzündet sich die Felsenwand.« Der Westturm fiel in sich zusammen. Auf einer Terrasse des Kurhausdaches schrien von Kücksen, Oskar und Edgar um Hilfe.

Von unten schossen an der Fassade des Ostturms die Flammen hoch. In einer Ecke des Turmzimmers saß Moses Melker auf dem Fußboden, die Hände um die angezogenen Knie gefaltet. Neben ihm sein Manuskript *Preis der Gnade* und die Uhr mit dem einzigen Zeiger, der bei Melkers Alter stehengeblieben war. Vor ihm der Tisch mit den drei Stühlen, hinter ihm das Fenster. Auf dem Tisch ein Paket Kaffee Oetiker Fr. 10.15. In der Ecke ihm in der Diagonale des Raumes gegenüber ein Schaukelstuhl, der noch wippte. Jemand war dagewesen. Das deckenlose Turmzimmer wurde vom Dachstuhl her beleuchtet, wo ein Balken brannte. Melker war gekommen, sich dem Urteil zu unterwerfen, aber niemand fällte das Urteil. Nicht über seine Morde. Den Flammen war es gleichgültig, wen sie verschlangen, sie würden einmal alles verschlingen. Was er suchte, war ein Urteilsspruch über sich und den Großen Alten. Der Zweikampf hatte in der

Pilgermissionsanstalt angefangen. Er war mit dem Gott seiner Jugend nach Sankt Chrischona gekommen, den er aus teils geträumten, teils wirklichen Elementen geformt hatte, aus seinem unbekannten katholischen Vater, der in einer Märznacht mit geflickten Socken zu seiner unbekannten evangelischen Mutter geschlichen war, sowie aus seinen betrunkenen, sich prügelnden Pflegeeltern und dem Gefühl, vor ihren Schlägen in wunderbarer, glücklicher Sicherheit zu sein. Unten explodierte der Feuerwagen. Der Ostturm erzitterte. Dazu kam die ungeheure, nie gestillte Sinnlichkeit, die schon im jungen Melker tobte, die er dem Gott zuschrieb, den er zusammenphantasiert hatte: Seine eigene Sinnlichkeit war nur ein Abglanz der Sinnlichkeit dessen, der ohne sie die Welt nie erschaffen hätte und die Welt vielleicht nur erschaffen hatte, um sie in dem schier unendlichfachen Entstehen und Zugrundegehen des Erschaffenen zu spüren. Das Kurhaus krachte zusammen, und mit ihm brachen von Kücksen, Oskar und Edgar in die feurige Masse hinab. Melker hörte ihr Schreien. Schöpfung und Vernichtung der Schöpfung als Orgasmus. In der Pilgermissionsanstalt lernte Moses Melker einen anderen Gott kennen, den Gott der Theologie mit Eigenschaften wie Unsterblichkeit, Allmächtigkeit, Allwissenheit und mit allen Attributen der

Vollkommenheit derart ausgestattet, daß er unvorstellbar wurde. Nur der Ostturm stand noch. Der brennende Balken fiel herunter, glühte auf und zerbrach, verkohlt, im Turmgestühl begannen zwei Balken aufzulodern. War Moses Melker ein Teil der Sinnlichkeit Gottes gewesen, wurde er nun von ihr getrennt. Gott wurde zu einer bloßen Idee. Der Schaukelstuhl hörte nicht auf zu wippen. Zurück blieben Melkers Bewußtsein seiner Häßlichkeit und seine Sinnlichkeit, zurück blieb eine Hölle. Eine Stichflamme schoß zwischen Moses Melker und dem Tisch mit den drei Stühlen hoch, schoß hinauf, erfaßte den Dachstuhl. Moses Melker suchte einen Menschen, Gottes Sohn. Doch wieder spielte ihm die Theologie einen Streich: Sie idealisierte den Sohn Gottes. Die Huren und Zöllner wurden ihm weggedacht, bei denen er sich wohlgefühlt, deren Witze und Zoten er gehört und auch darüber gelacht hatte, er wurde nie als Mensch ernst genommen, sondern nur als Gott, der den Menschen spielte, weil er ein Gott war, der nie bei Weibern liegen durfte. Schwarzer Rauch quoll aus dem Fußboden, durch den er den brennenden Tisch und die Stühle kaum noch sah. Gottes Sohn wurde etwas Abstraktes, abstrakter noch als der Vater, aber auch etwas Kitschiges, ein Marzipanheiland am Kreuz. »Steig herunter«, rief Melker zu ihm,

»ein Gott, der sich kreuzigen läßt, spielt Theater, Oberammergau oder Hollywood, die beiden Schächer sind glaubhafter als du, es sind Menschen, die da gekreuzigt werden.« Ein tosendes Prasseln, Knacken und Bersten war um Moses Melker, ein Geheul verbrennender Bauern und Verbrecher. Durch all die Legenden und Wundergeschichten hindurch ahnte Moses Melker einen Menschen, einen Juden aus Galiläa, Sohn eines Zimmermanns, zerlumpt, mit dreckigen Füßen, einen Menschen, der so war wie er, dick wie er, mit wulstigen Lippen und krausem Bart, sündig wie er, der ihn erkennen würde, seine Gier nach Reichtum und seine Scham über den Mordweg, den er einschlagen mußte, um reich zu werden, der ihm sagen würde, denk dir keinen Gott mehr aus, dann brauchst du dir auch keine Hölle auszudenken. Der Mensch braucht den Menschen und keinen Gott, weil nur der Mensch den Menschen begreift. Die Wand mit dem Fenster brannte, ein Feuerteppich. Er stieg nicht vom Kreuz, er wurde zu einem Gott mit Bart, zum Großen Alten, der Moses Melkers Zwiespalt löste: Als armem Moses gehörte ihm das Himmelreich, als reichem Moses fiel es ihm aus Gnade zu. Moses Melker kam auf seine Theologie, die Multimillionäre und Witwen von Multimillionären dazu verführte, Nachttöpfe zu leeren, einen ungenießbaren Fraß zu kochen und in Armut zu schlemmen. Der Tisch und die Stühle waren nun ein verkohlter Haufen, auf dem unversehrt das Paket Kaffee stand. Doch als er an diesem Morgen erkannt hatte, wozu das ›Haus der Armut‹ mißbraucht wurde, und ihn der Reichsgraf aufgefordert hatte, mit den Verbrechern Weihnachten zu feiern, wurde ihm, da er doch selber ein Verbrecher war, der Unsinn seiner Theologie bewußt, die der Unsinn jeder Theologie war: Sie fiel auf sich selber herein, tappte in die Falle ihrer Begriffe, dachte sich Gott vollkommen und die Welt unvollkommen, eine reine Gedankenkonzeption das Ganze, ohne Bezug zur Wirklichkeit, und wie er das erkannt hatte, dachte er den Gott seiner Jugend wieder als Idee, den sinnlichen Gott, den Gott, der seine Schöpfung liebte und nicht wertete, der sie aus unbändiger Freude erschaffen hatte und aus unbändiger Freude wieder zerstören würde, so wie seine Schöpfung sich selber immer wieder erschuf und zerstörte. Der Fußboden hielt immer noch, und auch der Schaukelstuhl war noch da, sprang manchmal, von Feuerstößen erfaßt, herum. Moses Melker spürte die Lust, die er beim Mädchen am Ufer der Grien unter den Weiden erlebt hatte, sie war eins mit der Lust Gottes, und alles war in Ordnung, der Arme und der Reiche und der Verbrecher, das Gute und das Üble, alles war aus einer einzigen schöpferischen Laune heraus entstanden. Über ihm brannte der Turm, ein Flammengeprassel, der Große Alte war sein Gedanke, seine Idee, seine Schöpfung und nichts außerdem. Bei einem Physiker hatte er einmal gelesen, wenn die Wirklichkeit reden könnte, so würde sie keine physikalischen Formeln aufsagen, sondern ein Kinderlied singen, und so dachte er, wenn Gott sich zeigen könnte, wäre er etwas völlig Unbegreifliches, Abstruses wie das Paket Kaffee Oetiker Fr. 10.15 oder der herumtanzende Schaukelstuhl, und wie die Flammen durch den Fußboden brachen, wußte Moses Melker, daß er nun wahnsinnig wurde; wenn Gott seine Erfindung war, mußte auch die Welt seine Erfindung sein, und neben seinem von ihm erfundenen Gott und seiner von ihm erfundenen Welt mußte es noch die Götter und die Weltalle geben, welche von den anderen Menschen erfunden worden waren, die Welt war ein ständig anwachsendes, von ineinandergeschachtelten Weltallen gebildetes Welthirn, dessen einzelne Neuronen wiederum aus ineinandergeschachtelten Weltallen bestanden, deren jedes aus einem Ich bestand, das dieses Weltall dachte samt den Galaxien, Sonnen und Planeten, die es brauchte, um die Evolution in Gang zu setzen, die auf dem Weg über Einzeller, Vielzeller, Weichtiere, Wirbeltiere den Menschen erzielte, der in einem phantastischen Zirkelschluß wiederum das Weltall dachte und einen Gott, einen hundertköpfigen oder tausendfüßigen, einen vielnasigen oder einen aus Holz oder aus Gold, oder eine vielbrüstige Göttin, so viele Götter wie Weltalle, unter ihnen auch den Großen Alten Moses Melkers, der sicher anders aussähe, als sein Erdenker ihn sich vorstellte, ein Gott, der, weil er als ewig erdacht war, auch leben würde samt der Welt, die sich Moses Melker dachte und samt all den Welten und Göttern, die andere dachten. Als Moses Melker solches noch dachte, fing er an zu lachen. Dann brannte auch er, und neben ihm brannte das Manuskript *Preis der Gnade*, gewidmet Cäcilie Melker-Räuchlin, und schmolz die Uhr, und der Schaukelstuhl brannte und der Kaffee, und alles brach in die Tiefe hinunter.

Vor dem Haus des Gemeindepräsidenten lag der Hund, neben ihm stand Elsi. Sie schaute auf den brennenden Wald, auf die lodernde Feuerwand jenseits der Schlucht, welche die Bewohner des Dorfes verschlungen hatte und noch verschlang. Sie lächelte. Weihnachten, flüsterte sie. Das Kind hüpfte vor Freude in ihrem Bauch.

Flann O'Brien

Langweiler

Weihnachten, was? Gekommen und gegangen. Bringen wir mal kurz ein paar Banalitäten und Langweiler, die mit diesem Fest in Verbindung stehen, mit diesem Fest in Verbindung.

Auf den 1. Platz kommt ganz leicht die Person, gewöhnlich eine Frau, die sagt: »Weihnachten? Wissen Sie, mir wär' wohler, wenn ich's schon hinter mir hätte.«

Als nächstes kommt möglicherweise die Person, die folgendes sagt:

»Weihnachten? Wissen Sie, ich finde immer, es ist eine traurige Zeit.«

Drittens:

»Ja, ja. Schon wieder Weihnachten! Eigentlich erschütternd, wie die Zeit fliegt.«

Und als nächstes?

»Wissen Sie, das beste Weihnachten, das ich je erlebt habe, war in Marokko. Wir waren da tausend Leutchen auf dem Schiff – zu der Zeit war ich erst eine Woche verheiratet – und sind in Algier vor

Anker gegangen. Da sehen wir doch als allererstes, wie…«

Dann gibt es die Eröffnung:

»Wissen Sie, welcher Tag des Jahres am schwersten zu überstehen ist?«

»Nein. Welcher?«

»Weihnachten.«

Dann gibt es die alternativen Kommentare, jeder mit dem äußersten Ernst vorgetragen:

»Wissen Sie was; ich habe noch nie so ein ruhiges Weihnachten erlebt.«

»Ich werde Ihnen mal was sagen. Diese Weihnachten waren die schlimmsten Weihnachten, die ich je erlebt habe.«

Dann gibt es noch diese Schrecklichkeit:

»Wissen Sie, was ich Weihnachten mache?« (Interessierte Blicke.)

»Nein. Was?«

»Bett.«

»Bett?« (Ungläubige Blicke, aufgesetzt, um dem Trottel zu Gefallen zu sein.)

»Nach dem Essen ab ins Bett. Und bis zum 26. um vier strecke ich kein Bein aus dem Bett. Wenn danach ein kleines Kartenspiel steigt, soll's mir recht sein. Aber *vor vier* aufstehen?« (Man sieht angsterfüllte Gesichter.) »Nein. Schon aus Angst nicht.«

Zum Schluß dieses Porträt untoten menschlichen Verfalls, nicht eigentümlich für Weihnachten, aber zu dieser Jahreszeit am häufigsten anzutreffen.

(Betritt am St. Stephen's Day, dem 26. Dezember, eine Kneipe, offensichtlich vom Alkohol zerrüttet. Läßt sich mit großer Vorsicht auf einem Platz nieder, ergreift Tischplatte, um dem verheerenden Zittern der Hände zu begegnen. Verschüttet Wasser über den ganzen Tisch. Schluckt sein Getränk, wobei Zähne laut gegen Glas klappern. Zündet sich zittrig eine Zigarette an. Atmet aus. Beginnt, in die Runde zu blicken. Fixiert angrenzende Bekanntschaft. Beginnt mit Ansprache.)

»Verdammt, aber wissen Sie, da reden die Leute immer vom Saufen, Whiskey und die ganze Richtung. Da gibt es dann immer so eine Geschichte, der Whiskey war schlecht, der Magen war nicht in Ordnung und so weiter. Wissen Sie, was *ich* Ihnen sagen werde...?«

(Macht eindrucksvolle Pause. Die Pupillen, in ihrem wäßrigen Teich fast aufgelöst, schweifen mit ungesunder Dringlichkeit herum. Deutet Schweigen als Beweis brennenden Interesses.)

»Wissen Sie, was es ist?«

(Wechselt Zigarette aus der normalen interdigitalen Position, hält sie vertikal empor; pocht feierlich mit Zeigefinger der freien Hand dagegen.)

»Sehen Sie das? Dieses Ding hier? Zigaretten. Genau diese Burschen. Wissen Sie, was ich Ihnen sagen werde…?«

(Wird plötzlich von Hustenanfall überwältigt; wühlt umnachtet nach seinem Taschentuch, während Tränen aus purem Alkohol die rubinroten Wangen hinunterkullern. Erholt sich.)

»Diese Burschen hier. *Diese Burschen haben mich geschafft…*«

(Bricht unter neuem Anfall zusammen. Taucht wieder auf.)

»Dagegen ist ja überhaupt nichts zu sagen.« (Zeigt auf Glas.) »Da *weiß* man, was man hat. Da ist Essen drin, und da ist Trinken drin. *Das* hat noch keinem geschadet, so ein Quatsch, außer vielleicht im Übermaß. Aber *dies…*«

(Zeigt wieder auf Zigarette, Kummer und Abscheu vermischen sich auf »Gesicht«.)

»Diese Burschen haben mich geschafft.«

Reiner Zimnik

Gsangls Beitrag zur Betriebsweihnachtsfeier

Es wurde nur kurz angeklopft, mehr anstandshalber, als wie es sich gehört hätte; Oberamtmann Meier stand im Türrahmen, Sebastian Gsangls Vorgesetzter. »Ja grüß Ihnen Gott, Herr Gsangl, ja wie gehts denn alleweil, gut, gell? – Dees ist recht! I sag' ja: wenn man net direkt 'neigeht zu oam in sei Zimmer, siegt man seine Kollegen überhaupts nimmer...«

Die lange Vorrede verhieß nichts Gutes, und dann kam es auch gleich: »Ja – äh – was i sagen wollt': wie Sie wissen, steht ja nun Weihnachten wieder einmal vor der Tür...«

»Woaß i«, raunzte Sebastian Gsangl vorsorglich abwehrend, »geht mi nix o!«

»Versteh ich, versteh ich – is ja aa wirkli nimmer zum Aushalten, der ganze Rummel und alles ... aber was willst da machen! Schaugn'S, sogar bei uns ist's halt im Laufe der letzten Jahre Tradition worden, daß mir unsere Betriebsweihnachtsfeier abhalten, net wahr. Und daß i weiterred': da is uns doch vor a paar Monat' unser netter Herr Doblinger, der alle Jahr den Nikolaus g'macht hat, g'storm. Kurz und gut, da ham ma uns halt denkt, weil doch Sie einer unserer ältesten Mitarbeiter san und alle Eana kennen, daß heuer vielleicht Sie...«

»Na, Herr Amtmann, na, na – da müassens Eana scho an andern suchen, gelln'S –, also da geht gar nix bei mir – bin i vollkommen ungeeignet!«

»Gehn's weiter, Herr Gsangl, des is doch für an guatn Zweck, dem kann sich ein anständiger Mensch doch nicht verschließen! Und außerdem: da kommt a jeder a mal dro. Also keine Widerrede bitte – es gibt einfach Sachen, da gibts koa ›Naa‹!«

Sebastian Gsangl sträubten sich die Federn. Nichts war ihm verhaßter als die alljährlich von neuem inszenierte Rührseligkeit zwischen Kollegen, die mit gutem Grund die übrige Zeit des Jahres einander aus dem Wege gingen; lieber würde er sich entlassen lassen, als für die andern den Hanswurst zu spielen, rief er erbost; aber wie es so geht im Leben: der Betriebsrat redete auf ihn ein, die Damen der Abteilung machten ihre Aufwartung, und als sie ihm eines Morgens dann gar noch einen kostspieligen Blumenstrauß auf seinen Schreibtisch stellten, da blieb ihm am Ende doch wieder nichts anderes übrig als in den sauren Apfel zu beißen.

Die Besprechung des Vorbereitungskomitees nahm keine lange Zeit in Anspruch. »Des Gleiche halt wia in de letzten Jahr«, wies der Betriebsratvorsitzende seine Leute ein. »Der Regierungsrat hält sei Rederl, die Fräulein Gschnappinger liest die Weihnachtsg'schicht vom Thoma vor, gleich danach laß ma's ›Stille Nacht‹ singa, und hernacha, wenn's scho bisserl bsuffa san, na kimmst du, Gsangl, und machst dein' Schmäh. Also – es wird scho zum Übersteh' sein!«

Der lästige Abend rückte näher und näher, und am letzten Freitag vor Weihnachten, nach einem mißmutig verbrachten Amtstag, war es dann soweit: Rede und Weihnachtsgeschichte waren vorüber, die obligate Strophe zu ›Stille Nacht‹ absolviert, und Sebastian Gsangl hatte sich, wie ihm geheißen, unauffällig in ein Nebenzimmer begeben, wo ihm von zwei Kollegen das Nikolausgewand übergestreift wurde. Noch einmal drang das Entwürdigende seiner läppischen Rolle mit solch quälender Eindringlichkeit in sein Bewußtsein, daß es ihm die Kehle zusammenschnürte. »I glaub', i kann's net«, röchelte er, »mir ist's, als wia wenn ma a Knedel im Hals stecka daad'.« »Geh reiß di zam«, ermahnten ihn seine Helfer. Sie reichten ihm eine Flasche Fünfzigprozentigen: »Da – schwoap 'n obe!« In der Tat brachte ein tiefer Zug aus der

Flasche ein wenig Linderung. »Also noch mal: was d' zum sagen hast, steht in deim Buach, und a paar Scherzerln dazua miassn da selber einfalln.« Dann drückten sie ihm den Nikolausstab in die Hand und schoben ihn mit einem herzhaften Rückenstupfer in den Versammlungsraum.

Mahnend mit seinem Stab auf den Boden pochend, arbeitete sich Sebastian Gsangl zur Mitte des Saales vor. Zunächst schien es freilich unmöglich, sich in weinseligem Geschnatter und Geplärr Gehör zu verschaffen. Der mühsam hinuntergewürgte Knödel begann wieder nach oben zu steigen. »A Ruah is«, brüllte er mit aller Kraft seiner Stimme. »Habts ihr denn überhaupt koan Respekt mehr, es Heiden, ha?« Das Stimmengewirr flaut langsam ab. »I moan alleweil, ihr habt's eich scho denkt, der kimmt heit nimmer, der Nikolaus, gell? – Da habts eich deischt, mei Liaber – a jed's kimmt dro mit seine Sündn, und glei geht's los: Wen hamma denn da alles?... Also da hamma a mal glei den... Rohfußer Sepp – wo is er denn? – a da is er!... Also, Sepp, was dich betrifft, da steht in meim Buach g'schriebn, daß du zwar koa direkt schlechter Mensch net bist, aber dei Uhr vergißt halt ab und zu zum Aufziagn, weil's des sonst net gaab, daß du in der Früah immer erst um Viertel nach achte daherkimmst oder glei no später! – Des geht natürli net, Pfreinderl! Da wirst di scho a bisserl zamreißn müassn in der näksten Zeit, sonst moani muaßt ins Fegefeier obe, daß'd da glei alls pfabrennt hint' und vorn. Aber wie gsagt, weil sonst so weit alls in Ordnung waar bei dir, wollnma dir no mal a Chance gebn, da san ma gar net a so im Himmi drobn. Also merk da's! – Und jetzt weida, wen habn's ma denn no aufgschriebn ... Wührl, Xaver! ... Ja was machst denn du, Xaver! Du rauchst ja von in der Früah bis auf'd Nacht oan so greislign Stumpn nach'm andern, daß die arme Freilein Kapf und die Freilein Schallerer bereits a chronische Rauchvergiftung kriagt ham! – Ja des is ja fürchterlich, Xaver, also so geht's ja wirkli net! Schaam di! ...«

Moschner Pauli, Zallinger Ursula, Schmerber Heinrich ..., ehrlich bemüht, sich seinen Unmut nicht anmerken zu lassen, las sich Sebastian Gsangl durch die Litanei der kleinen Schwächen, die indes ausschließlich für die kleineren Angestellten angefertigt worden zu sein schien – denn als die höheren Chargen an die Reihe kamen, gab es nur Lob. Die Verärgerung ob solcher Erkenntnis ließ den Knödel in seinem Halse weiter nach oben steigen. Er stieg noch höher, als jetzt Rauch und Hitze auch noch seine Brille beschlagen ließen, seine eigene künstlich verstellte Stimme ihm auf die Nerven ging, und als in seinem Nikolausbuche dann gar noch vom ›lieben Fräulein Gschnappinger‹ als ›dem Engel der ganzen Abteilung‹ die Rede war und von einem ›selbstlosen, immer um das Wohl der Angestellten bedachten Oberinspektor Ruffke‹, riß Sebastian Gsangl endgültig die Geduld.

»Des stimmt net«, berichtigte er sich entrüstet, »des is net wahr!« Der Knödel war an seiner höchsten Stelle angelangt. Sebastian Gsangls Schnauzbart zitterte unter der Pappmaske. »Ak'krat de Freilein Gschnappinger ... de hinterhältige Person«, drängte es aus seiner Kehle, »die wo aus lauter Hintenrum und Leitausrichten unsern liabn Kameraden Doblinger unter die Erde 'bracht hat – und no dazua der Ruffke«, seine Stimme überschlug sich vor gerechtem Zorn – »der alte Radlfahrer, jawohl, dees g'hört a mal gsagt, der wo nach oben schee duad und nach unten tritt...«

Als hätte eine dunkle Ahnung einen jahrelangen Groll aufgespart für just diesen Augenblick, löste sich Sebastian Gsangls Knödel zu einer erlösenden Suada globaler Generalabrechnung. Das giftige Gezeter des sich wie angespießt gebärdenden Fräulein Gschnappinger mühelos niederschreiend, ja selbst das saalfüllende ›Ich-werde-Sie-belangen‹-Geröhr des Oberinspektor Ruffke noch weit übertönend, zählte er nun auf *seine* Weise die Liste all der Demütigungen und Ungerechtigkeiten auf, die ihm selbst und so manchem seiner Freunde angedeihen zu lassen seine werten Kollegen in all den Jahren keine Mühe gescheut hatten. Wild seinen Hirtenstab um sich schwingend, hielt er sich feindliche Parteigänger vom Leibe, bis auch das letzte Wort gesprochen war, das mitzuteilen er für unumgänglich hielt. Ausgepumpt und am Ende seiner Kräfte und dennoch gleichzeitig von dem befreienden Glücksgefühl einer unermeßlichen Erleichterung durchdrungen, sank er endlich röchelnd auf seinen Stuhl nieder. Eine kurze Zeit noch formten seine Kiefer stumm an einigen letzten vergessenen Sätzen, dann kehrte endgültig Ruhe ein in sein bewegtes Gemüt.

Voll bei Sinnen wieder, kühlte er seine heißgeredeten Stimmbänder mit den bereitstehenden Getränken, nahm Hut und Mantel vom Haken und entzog sich, schon fast unbemerkt in dem rings um ihn tobenden Tumulte, der unwirtlichen Stätte seines Auftritts.

»Des hat's jetzt 'braucht«, bestätigte er sich noch einmal die Notwendigkeit seines Handelns, als er, aufgeräumt und schon wieder in besserer Verfassung, frohgemut durch die klare Winternacht seinem Stammlokal zutrabte. »Recht g'schieht's eanan!«

Helmut Qualtinger

Travniceks Weihnachtseinkäufe

Freund: Was, Travnicek, denken Sie, wenn Sie Weihnachtseinkäufe machen?

Travnicek: Ich denk, was das kostet. Wann i die Sachen im Frühjahrsverkauf besorgt hätt, wär's dasselbe g'wesen, aber um die Hälfte billiger.

Freund: Aber Travnicek, im Frühjahr können S' doch nicht wissen, was Ihre Leut sich zu Weihnachten wünschen.

Travnicek: Des weiß i jetzt a net.

Freund: Na, für wen haben S' denn alles eingekauft?

Travnicek: Was is das für a Frage? I geh in a Geschäft eini, schnapp, was i kriegen kann, und schau, daß i mit mein' Wagen weiterkomm, bevor sie mich aufschreiben.

Freund: Na und?

Travnicek: Zu Haus pack i's aus, denk nach, wem i's anhängen kann.

Freund: Was, Travnicek, grübeln Sie?

Travnicek: Ich denk nach, ob ich mehr Pakete oder mehr Verwandte hab.

Freund: Sie sind prosaisch, Travnicek. Man schenkt doch, um den Leuten eine Freude zu machen. Macht es Ihnen keine Freude, wenn Sie was geschenkt kriegen?

Travnicek: Schaun Se, schaun Se, voriges Jahr zu Weihnachten schenk i mein' Onkel a Krawatten, die mir gefallt. Er schenkt mir a Krawatten, die ihm gefallt. Also, was soll i mit der Krawatten? Wenn i a Glück hab, kann i mi dran aufhängen.

Freund: Sie haben, Travnicek, keine Poesie. Denken Sie doch an Ihre Kindheit. Was pflegten Sie zu Weihnachten zu kriegen?

Travnicek: Watschen.

Freund: Wie das, Travnicek.

Travnicek: Ich pflegte den Baum anzuzünden.

Freund: Absichtlich?

Travnicek: Nein, es hat sich so ergeben.

Freund: Na, glücklicherweise gibt es aber noch Leut, die sich ihr kindliches Gemüt bewahrt haben, die was noch ans Christkindl glauben.

Travnicek: Ja, die Geschäftsleut.

Freund: Nicht nur die. Schaun S' mi an. I zum Beispiel. I zieh mir zu Weihnachten immer einen Pelz und einen Bart an.

Travnicek: Da wer'n S' gut ausschaun.

Freund: Und i bring den Kindern Geschenke. Gehen S' auch als Weihnachtsmann, Travnicek?

Travnicek: Ja, zu meiner Schwester.

Freund: Haben Sie auch einen Bart und einen Pelz?

Travnicek: Na.

Freund: Warum nicht?

Travnicek: Wann i kommen bin, da hab'n die Kinder immer gesagt: »Der Onkel Travnicek«. Hab i mir denkt, gehst amal in Zivil, ohne Bart.

Freund: Aber das ist doch keine Überraschung.

Travnicek: Wieso, die Kinder waren sehr überrascht, sie haben nicht mehr gesagt, der Onkel Travnicek kommt als Weihnachtsmann, sie haben gesagt, der Weihnachtsmann kommt als Onkel Travnicek.

Freund: Kinder haben eine Phantasie. Des kommt von den vielen Märchen, wo s' lesen. Wissen Sie, Travnicek, ich les auch noch Märchen. Haben S' jemals Märchen gelesen?

Travnicek: Natürlich, natürlich, warum denn net, hör'n S'. Da hab i g'lesen: der Ratenschwindler von Hameln, die Prinzessin auf der Erbsensuppe und das Schneewittchen und die fünf Zwerge.

Freund: Wieso fünf, es sein doch siebene.

Travnicek: Ja, zwa hab i vergessen.

Freund: Na, und Aschenbrödel?

Travnicek: Lass'n S' mi aus mit der Dienstbotenfrage.

Freund: Dornröschen?

Travnicek: Dornröschen. Hör'n S' mich hat neulich einer aufgeweckt.

Freund: Mit an Kuß?

Travnicek: Na, mit an Moped, was glauben S', was i dem erzählt hab.

Freund: Sie san prosaisch, Travnicek, Hänsel und Gretel?

Travnicek: Das mit dem Lebkuchenhaus ist ganz und gar unpädagogisch. Die Kinder verderb'n sich den Magen, kriegen a Gastritis, wer'n bösartig. Nachher schmeißen s' die Alte ins Feuer – Halbstarkenproblem.

Freund: Travnicek, streiten wir nicht! Für mich ist zu Weihnachten die ganze Stadt ein Märchen. Überall auf den Geschäftsstraßen blitzt es und flimmert es. Kranzeln, Girlanden und Sterndeln. Wenn Sie's so funkeln und leuchten sehn, Travnicek, was wünschen Sie sich?

Travnicek: An Kurzschluß.

Freund: Sehn S' und mi freut's, das ist eben der Unterschied zwischen uns beiden. Der schönste Brauch für mich aber, Travnicek, ist eine Spezialität, die was nur Österreich hat.

Travnicek: Was hat nur Österreich?

Freund: Die Stempel.

Travnicek: Was für Stempel?

Freund: Na, die Poststempel auf den Briefen. Ist des net schön? Das ist für mich der sinnigste Brauch in der ganzen Weihnachtszeit.

Travnicek: Des is kein sinniger Brauch, des ist a Zufall.

Freund: Was ist a Zufall?

Travnicek: Daß der Ort so heißt, der Ort in Oberösterreich. Wann i Christkindl haßen möcht, könnt i zu Weihnachten auch Briefe abstempeln.

Freund: Sie können auf jeden Fall zu Weihnachten Briefe abstempeln.

Travnicek: Ja, was hab i davon, wann i zu Weihnachten Briefe abstempel, nachher steht Travnicek drauf, glauben S', da kommt jemand in Weihnachtsstimmung?

Fjodor Dostojewskij

Weihnacht und Hochzeit

Aus den Aufzeichnungen eines Unbekannten

Vor einigen Tagen sah ich eine Trauung ... doch nein! Besser, ich erzähle Ihnen von einem Weihnachtsabend. Die Trauung war schon recht; sie gefiel mir sehr; allein die andere Begebenheit war besser. Ich weiß nicht mal, wieso ich, als ich mir diese Hochzeit ansah, an jenen Weihnachtsabend denken mußte. Und zwar trug sich das folgendermaßen zu. Genau vor fünf Jahren, am Vorabend zum Neujahrstage, wurde ich zu einem Kinderball eingeladen. Die Persönlichkeit, die mich einlud, war ein bekannter Geschäftsmann, mit Verbindungen, mit Bekanntschaften, mit allerlei Ränken, so daß die Annahme nicht von der Hand zu weisen war, dieser Kinderball diene nur den Eltern als Vorwand, sich zusammenzufinden und so auf die unschuldigste, zufälligste und unverhoffteste Weise von anderen und interessanteren Dingen reden zu können. Ich gehörte eigentlich nicht dazu; es verbanden mich keinerlei Dinge mit denen, und daher verbrachte ich diesen Abend ziemlich unabhängig. Außer mir war noch ein Herr anwesend, dem es, wie es den Anschein hatte, dort sowohl an Familie wie Verwandtschaft mangelte, der jedoch gleich mir in dieses Familienglück hineingeschneit war... Vor allen andern fiel er mir in die Augen. Dies war ein großer, hagerer Mann, sehr ernsthaft, sehr gut angezogen. Und man konnte ihm ansehen, daß es ihm weder um die Vergnügungen noch um das Familienglück zu tun war; wenn er sich gelegentlich in eine Ecke entfernte, hörte er alsbald zu lächeln auf und runzelte nur die dicken schwarzen Augenbrauen. Außer dem Hausherrn kannte er auf dem ganzen Ball keine Menschenseele. Man konnte ihm ansehen, daß er sich entsetzlich langweilte, allein er hielt bis zum Ende tapfer die Rolle eines außerordentlich gut unterhaltenen und glücklichen Menschen durch. Ich erfuhr später, daß dies ein Herr aus der Provinz sei, der in der Hauptstadt eine entscheidende und verzwickte Sache durchzufechten habe, daß er unserem Hausherrn einen Empfehlungsbrief mitgebracht, daß dieser ihn keineswegs con amore* protegiere und ihn nur aus Höflichkeit zu seinem Kinderball eingeladen habe. Karten wurden dabei

* Mit Liebe (ital.).

nicht gespielt, Zigarren wurden ihm nicht angeboten, ins Gespräch ließ sich niemand mit ihm ein, da man vielleicht schon von ferne den Vogel an seinen Federn erkannt hatte, und somit war mein Herr gezwungen, um nur irgendwo seine Hände unterzubringen, den ganzen Abend seinen Backenbart zu streicheln. Dieser Backenbart war in der Tat ganz hervorragend. Allein er streichelte ihn so eifrig, daß man bei diesem Anblick entschieden hätte annehmen können, daß zuerst auf der Welt eben dieser Backenbart erschaffen und erst später zu seiner Vervollständigung der Herr an ihn geheftet worden sei, damit dieser ihn streichle.

Außer dieser Gestalt, die auf die beschriebene Weise am häuslichen Glück des Hausherrn teilnahm, der fünf wohlgenährte Buben besaß, sagte mir noch ein weiterer Herr zu. Dieser freilich war von völlig anderer Qualität. Dies war eine Persönlichkeit. Er hieß Julian Mastakowitsch. Auf den ersten Blick konnte man feststellen, daß es ein Ehrengast war, der sich im gleichen Verhältnis zum Hausherrn befand, in welchem der Hausherr zu jenem Herrn stand, der den Backenbart streichelte. Hausherr und Hausfrau sagten ihm eine Unmasse von Komplimenten, machten ihm den Hof, gaben ihm zu trinken, schmeichelten ihm und führten ihre Gäste zu ihm heran, um sie ihm zu empfehlen, während sie ihn selber zu niemand heranführten. Ich bemerkte sogar, daß in unseres Hausherrn Auge ein Tränchen aufblitzte, als Julian Mastakowitsch in bezug auf den Abend bemerkte, daß er selten seine Zeit auf so angenehme Weise habe verbringen können. Ja, mich ängstigte sogar die Anwesenheit einer solchen Persönlichkeit, und darum begab ich mich, nachdem ich mich an den Kindern ergötzt hatte, in einen kleinen Salon, der völlig leer stand, und nahm dort in der Blumenlaube der Hausfrau Platz, die fast die Hälfte des ganzen Zimmers einnahm.

Die Kinder waren alle bis zur Unwahrscheinlichkeit lieb, und absolut keines davon wollte den Großen ähnlich sein, trotz aller Ermahnungen der Gouvernanten und der Kinderfrauen. Der Tannenbaum wurde im Nu geplündert, bis zum letzten Konfekt geplündert, und sie hatten schon gut die Hälfte des Spielzeugs zerbrochen, ehe überhaupt heraus war, was für wen bestimmt gewesen. Besonders lieb war ein schwarzäugiger Bub mit einem Lockenkopf, der mich die ganze Zeit über mit seinem Holzgewehr erschießen wollte. Am meisten freilich zog seine Schwester die Aufmerksamkeit auf sich, ein Mädchen von elf Jahren, reizend wie ein kleiner Amor, still, nachdenklich und blaß, mit großen, ein wenig hervortretenden, versonnenen

Augen. Die Kinder hatten sie irgendwie gekränkt, und darum hatte sie sich in jenen gleichen Salon zurückgezogen, in dem ich saß, und beschäftigte sich in einer Ecke mit ihrer Puppe. Voller Verehrung wiesen die Gäste auf einen reichen Pächter, ihren Vater, und jemand bemerkte im Flüsterton, für sie sei schon eine Mitgift von dreihunderttausend Rubeln zurückgelegt worden. Bei diesen Worten wandte ich mich um, jene zu betrachten, die sich für diesen Umstand interessierten, und hierbei fiel mein Blick auf Julian Mastakowitsch, der, die Arme auf dem Rücken verschränkt und das Haupt ein wenig zur Seite geneigt, mit außerordentlicher Aufmerksamkeit dem müßigen Gerede dieser Herren lauschte. Außerdem mußte ich auch noch über die Weisheit des Hausherrn bei der Verteilung der Geschenke an die Kinder staunen. Das Mädelchen, das bereits über dreihunderttausend Rubel Mitgift verfügte, erhielt die kostbarste Puppe. Hierauf folgten Geschenke in absteigender Linie, entsprechend dem absteigenden Rang der Eltern all dieser glücklichen Kinder. Schließlich erhielt das letzte Kind, ein Bub von zehn Jahren, mager, klein, sommersprossig und rothaarig, nur ein Buch mit Erzählungen, die von der Größe der Natur und von Tränen der Rührung und dergleichen handelten, ohne Bilder und sogar ohne Vignetten. Dies war der Sohn der Erzieherin der Kinder des Hausherrn, einer armen Witwe, ein ungemein verschüchterter und verschreckter Junge. Er trug eine Bluse aus billigstem Nanking. Nachdem er sein Büchlein erhalten, strich er lange Zeit um die andern Spielsachen herum; er wollte so schrecklich gern mit den andern Kindern spielen, doch wagte er es nicht; man konnte ihm ansehen, daß er sich seiner Lage bereits bewußt war und diese begriff. Ich habe es gern, meine Beobachtungen an Kindern anzustellen. Ihre erste selbständige Lebensäußerung ist stets ungemein interessant. Ich bemerkte, daß der rothaarige Bub sich so sehr von den reicheren Spielsachen der anderen Kinder hinreißen ließ, zumal von einem Theater, darin er auf jeden Fall eine Rolle für sich ergattern wollte, daß er sogar entschlossen war, sich hierfür zu erniedrigen. Er lächelte und versuchte, mit den andern Kindern anzuknüpfen, und er schenkte seinen Apfel einem pausbäckigen Knaben, der ein ganzes Bündel von Geschenken hielt, er entschloß sich sogar, einen huckepack zu schleppen, nur damit man ihn nicht von dem Theater verjage. Eine Minute darauf jedoch wurde er von einem ungezogenen Bengel kräftig verhauen. Das Kind wagte nicht zu weinen. Sogleich erschien die Gouvernante, seine Mama, und befahl ihm, die andern Kinder nicht in ihrem Spiele zu stören. Da ging das Kind in den gleichen Salon, darin sich bereits das Mädelchen befand. Sie wies ihn nicht fort, und alsbald begannen die beiden, sehr eifrig die kostbare Puppe zu putzen.

Ich hatte schon eine halbe Stunde in der Efeulaube zugebracht und war fast am Einnicken, dem kleinen Geplauder des rothaarigen Buben und der Schönen mit der Dreihunderttausend-Mitgift lauschend, die sich um ihre Puppe bemühten, als plötzlich Julian Mastakowitsch ins Zimmer trat. Er hatte einen skandalösen Auftritt zwischen zankenden Kindern benützt und in aller Stille den Saal verlassen. Ich hatte bemerkt, daß er noch kurz zuvor in ein eifriges Gespräch mit dem Vater der zukünftigen reichen Braut verwickelt gewesen war, mit dem er gerade Bekanntschaft gemacht hatte, und zwar sprachen sie über den Vorzug irgendeiner Dienststelle vor einer andern. Jetzt stand er nachdenklich da und es schien, als zähle er etwas an den Fingern ab.

»Dreihundert ... dreihundert ...«, raunte er. »Elf ... zwölf ... dreizehn ... und so weiter. Sechzehn – also fünf Jahre! Wenn wir vier aufs Hundert annehmen – so macht das zwölf, mal fünf macht sechzig, und über diese sechzig hinaus ... nehmen wir an, daß es insgesamt fünf Jahre dauern würde – macht vierhundert. Jawohl! Obwohl ... Er wird sie ja nicht zu vier angelegt haben, der Gauner! Vielleicht gar acht, möglicherweise nimmt er zehn vom Hundert. Mithin fünfhundert, wir können fünfhunderttausend zum mindesten annehmen, das ist einmal sicher; und was drüber ist, geht für Kleider, hm...«

Er schloß seine Überlegung ab, schneuzte sich und wollte bereits das Zimmer verlassen, als er plötzlich des Mädchens ansichtig wurde und stehenblieb. Mich konnte er hinter den Töpfen mit Grün nicht erblicken. Mir schien, daß er äußerst aufgeregt war. Entweder hatte die Berechnung so auf ihn gewirkt oder etwas anderes, jedenfalls rieb er sich jetzt die Hände und konnte nicht auf einem Fleck verharren. Die Aufregung vergrößerte sich bis zu einem nec plus ultra*, worauf er dann haltmachte und einen neuen entschiedenen Blick auf die zukünftige Braut warf. Er wollte schon vortreten, zuvor jedoch blickte er sich um. Darauf näherte er sich, als triebe ihn ein Schuldbewußtsein, auf Zehenspitzen dem Kinde. Er trat mit einem leichten Lächeln heran, beugte sich nieder und küßte es auf den Scheitel. Da das Mädelchen diesen Überfall nicht erwartet hatte, schrie sie vor Schreck auf.

* Bis zum Äußersten (lat.).

»Und was tun Sie denn hier, mein liebes Kind?« fragte er flüsternd, blickte sich um und tätschelte die Wange des Mädchens.

»Wir spielen...«

»Aha? Und mit diesem da?« Julian Mastakowitsch schielte den Knaben mit einem Seitenblick an.

»Wie wäre es, Seelchen, wenn du in den Saal gehen wolltest«, sagte er zu ihm.

Der Bub schwieg und starrte ihn nur an. Julian Mastakowitsch sah sich wieder um und beugte sich erneut zu dem Mädelchen herab.

»Und was haben Sie denn hier – ein Püppchen, mein liebes Kind?« fragte er.

»Eine Puppe«, erwiderte das Mädelchen, runzelte die Stirn und schien verlegen zu werden.

»Ein Püppchen... Und wissen Sie auch, mein liebes Kind, woraus Ihr Püppchen gemacht ist?«

»Das weiß ich nicht...«, entgegnete das Mädelchen flüsternd, wobei sie ihr Köpfchen senkte.

»Aus lauter Fetzen, mein Seelchen. Du könntest in den Saal gehen, Junge, zu deinen Altersgenossen«, sagte Julian Mastakowitsch und blickte das Kind streng an.

Das Mädelchen und der Bub runzelten die Stirn und faßten einander an. Sie wollten sich nicht trennen.

»Und wissen Sie auch, warum man Ihnen dieses Püppchen geschenkt hat?« fragte Julian Mastakowitsch, die Stimme immer mehr und mehr senkend.

»Das weiß ich nicht.«

»Nun darum eben, weil Sie während der ganzen Woche ein liebes und artiges Kind waren.«

Hierbei sah sich Julian Mastakowitsch, bis zum Äußersten erregt, erneut um und fragte, den Ton immer noch mehr senkend, schließlich mit fast unhörbarer, vor Erregung und Ungeduld fast dahinschmelzender Stimme:

»Und werden Sie mich auch liebhaben, liebes Mädchen, wenn ich zu Ihren Eltern zu Besuch kommen werde?«

Nachdem Julian Mastakowitsch dies gesagt, beabsichtigte er eigentlich, das liebe Mädchen noch einmal zu küssen, allein der rothaarige Bub, der sah, daß sie schon in Tränen ausbrechen wollte, ergriff ihre Hand und fing aus lauter Mitgefühl für sie zu schluchzen an. Julian Mastakowitsch geriet nun ernstlich in Zorn.

»Hinaus, hinaus, marsch hinaus!« sagte er zu dem Buben. »Hinaus in den Saal! Hinaus, dorthin, zu deinen Altersgenossen!«

»Nein, nicht doch, lassen Sie ihn! Gehen Sie lieber fort«, sagte das Mädelchen. »Lassen Sie ihn, so lassen Sie ihn doch!« rief sie schon fast weinend.

Jemand machte ein Geräusch an der Tür. Julian Mastakowitsch richtete sogleich seinen majestätischen Körper auf und erschrak sichtlich. Allein der rothaarige Bub erschrak noch mehr als Julian Mastakowitsch, ließ die Hand des Mädchens los und schlich leise, sich an der Wand haltend, aus dem kleinen Salon ins Eßzimmer. Um zu keinem Verdacht Anlaß zu geben, begab sich Julian Mastakowitsch ebenfalls ins Eßzimmer. Er war rot wie ein Krebs und schien, als er in einen Spiegel schaute, vor sich selber in Verlegenheit zu geraten. Vielleicht war er jetzt ärgerlich über seinen Eifer und seine Ungeduld. Vielleicht hatte ihn zu Beginn die Rechnung, die er an seinen Fingern ausgeführt, so überrascht, so verlockt und begeistert, daß er trotz seiner ganzen Solidität und Würde beschlossen hatte, wie ein Knabe zu handeln und den Gegenstand seiner Wünsche direkt zu entern, ungeachtet dessen, daß dieser Gegenstand erst nach frühestens fünf Jahren ein wahrhafter Gegenstand sein konnte. Ich schritt hinter dem ehrenwerten Herrn ins Speisezimmer und gewahrte dort ein sonderbares Schauspiel. Puterrot vor Ärger und Bosheit schüchterte Mastakowitsch den rothaarigen Buben ein, der, weiter und weiter zurückweichend, vor Angst gar nicht mehr wußte wohin.

»Marsch, hinaus, was tust du hier, marsch fort,

du Schlingel, marsch! Du klaust hier wohl Früchte, he? Du klaust hier wohl Früchte? Marsch fort, Schlingel, marsch, Rotznase, marsch, marsch, fort zu deinen Altersgenossen!«

Der völlig verschreckte Knabe versuchte, ein verzweifeltes Mittel anwendend, unter den Tisch zu kriechen. Da aber zog sein Verfolger, bis an die äußerste Grenze erhitzt, sein langes Batisttuch hervor und begann mit diesem unter dem Tisch das Kind auszupeitschen, das plötzlich äußerst still geworden war. Hierbei muß bemerkt werden, daß Julian Mastakowitsch ein wenig fettleibig war. Es war ein satter, rosiger, dicker Mann mit einem Bäuchlein und fetten Lenden, kurzum, was man einen kraftstrotzenden Mann nennt, rund wie eine Nuß. Er geriet in Schweiß, er schnaufte und lief dabei schrecklich rot an. Schließlich geriet er fast in Raserei, so ungeheuerlich war in ihm das Gefühl des Unwillens und vielleicht auch (wer weiß?) der Eifersucht angewachsen. Ich lachte laut auf. Julian Mastakowitsch drehte sich zu mir um und geriet ungeachtet all seiner Bedeutung in geradezu tödliche Verlegenheit. In diesem Augenblick trat aus der gegenüberliegenden Tür der Hausherr. Der Bub kroch unter dem Tisch hervor und wischte sich seine Knie und Ellbogen ab. Julian Mastakowitsch beeilte sich, das Tuch, das er mit dem einen Ende in der Hand hielt, an seine Nase zu führen.

Ein wenig überrascht betrachtete der Hausherr uns drei; doch da er ein Mensch war, der das Leben kannte und alles von einer ernsthaften Warte aus betrachtete, benutzte er sogleich den Umstand, seinen Gast allein erwischt zu haben.

»Da ist er ja, dieser Knabe ist es«, sagte er und wies auf den Rothaarigen, »ich hatte die Ehre, seinetwegen zu bitten...«

»Eh?« erwiderte Julian Mastakowitsch, der sich noch nicht ganz in der Hand hatte.

»Der Sohn der Gouvernante meiner Kinder«, fuhr der Hausherr in bittendem Tone fort, »eine arme Frau, Witwe, ehemals Gattin eines ehrlichen Beamten; und deswegen... Julian Mastakowitsch, wenn es möglich sein sollte...«

»Ach, nein, nein«, rief Julian Mastakowitsch hastig, »nein, verzeihen Sie schon, Filipp Alexejewitsch, es ist völlig ausgeschlossen. Ich habe Erkundigungen eingezogen; keine Stelle frei, und selbst wenn eine vorhanden wäre, so gibt es bereits zehn Kandidaten darauf, die erheblich mehr Anrechte besitzen als dieser... Sehr schade, sehr schade...«

»Schade«, wiederholte der Hausherr, »der Knabe ist bescheiden und still...«

»Ein großer Schlingel, wie ich sehen konnte«, erwiderte Julian Mastakowitsch, hysterisch den Mund verziehend. »Marsch fort, Junge, marsch fort, was stehst du da, geh zu deinen Altersgenossen!« sagte er, sich zu dem Kinde wendend.

Hier konnte er sich offenbar nicht enthalten, mit einem Auge nach mir hinzuschielen. Allein auch ich konnte mich nicht enthalten und lachte ihm direkt ins Gesicht. Julian Mastakowitsch wandte sich sogleich ab und fragte, ziemlich vernehmbar für mich, den Hausherrn, wer dieser seltsame junge Mann sei. Sie begannen zu flüstern und verließen das Gemach. Ich sah danach nur noch, wie Julian Mastakowitsch, dem Hausherrn zuhörend, ungläubig den Kopf schüttelte.

Nachdem ich mich satt gelacht, kehrte ich in den Saal zurück. Umgeben von Vätern und Müttern der verschiedenen Familien sowie vom Hausherrn und der Hausfrau, predigte der gewaltige Mann dort voll Feuer einer Dame, an die er soeben herangeführt worden war. Und diese Dame hielt an der Hand das Mädelchen, mit welchem Julian Mastakowitsch vor zehn Minuten den Auftritt im kleinen Salon gehabt hatte. Jetzt erging er sich in Lobsprüchen und Entzückungen über die Schönheit, die Talente, die Grazie und die Wohlerzogenheit des lieben Kindes. Er schwänzelte sichtlich um die

Mama herum. Die Mutter lauschte ihm fast mit Tränen der Verzückung. Des Vaters Lippen lächelten. Und der Hausherr freute sich über diesen Erguß allgemeiner Freude. Ja sogar alle Gäste fühlten mit, und selbst die Spiele der Kinder wurden eingestellt, damit sie die Unterhaltung nicht störten. Die ganze Luft war erfüllt von Andacht. Ich aber konnte danach vernehmen, wie die bis in die Tiefe des Herzens bewegte Mama des interessanten Mädchens in gewählten Ausdrücken Julian Mastakowitsch um die besondere Ehre bat, ihrem Hause seine kostbare Bekanntschaft zu vergönnen, und ich vernahm, mit welch unnachahmlichem Jubel Julian Mastakowitsch diese Aufforderung annahm und wie hernach die Gäste, als sie sich, den Forderungen des Anstands folgend, nach verschiedenen Seiten zerstreut, sich voreinander in gerührtem Lobe ergingen, das sie dem Pächter und der Pächterin spendeten, dem Mädchen und insbesondere Julian Mastakowitsch.

»Ist dieser Herr eigentlich verheiratet?« fragte ich fast laut einen meiner Bekannten, der näher als alle bei Julian Mastakowitsch stand.

Julian Mastakowitsch warf mir einen prüfenden, bösen Blick zu.

»Nein!« erwiderte mein Bekannter, bis in die Tiefen seines Herzens erbittert über meine Ungeschicklichkeit, obwohl ich diese völlig bewußt begangen hatte...

Unlängst ging ich an der ***Kirche vorbei; die Menge davor und die Auffahrt fesselten mich. Ringsum wurde von einer Hochzeit gesprochen. Der Tag war trübe, ein leichter Frost setzte ein; ich drängte mich hinter der Menge in die Kirche und sah den Bräutigam. Dies war ein kleiner, runder, überaus wohlgenährter Mann mit einem Bäuchlein, äußerst herausgeputzt. Er lief, er war geschäftig, und er traf Anordnungen. Schließlich drang ein Sprechen an mein Ohr, die Braut sei soeben angekommen. Ich zwängte mich durch die Menge und sah eine wunderbare Schönheit, deren frühester Lenz eben begonnen hatte. Allein die Schöne war blaß und traurig. Ihr Blick war zerstreut; mir wollte sogar scheinen, daß ihre Augen rot von Tränen waren, die sie noch unlängst vergossen. Die antike Strenge ihrer Gesichtszüge verlieh ihrer Schönheit etwas Würdiges und Feierliches. Doch durch diese Strenge und Ernsthaftigkeit, durch diese Traurigkeit hindurch schimmerten immer noch ihre frühen kindlichen und unschuldigen Züge; es sprach daraus etwas äußerst Naives, Unausgeglichenes und Junges, das, wie es schien, ohne lautes Bitten für sich selber um Gnade flehte.

Man sagte, sie zähle kaum sechzehn Jahre. Aufmerksam den Bräutigam betrachtend, erkannte ich plötzlich in ihm Julian Mastakowitsch, den ich seit genau fünf Jahren nicht mehr gesehen hatte. Und da sah ich sie an…

Du lieber Gott! Und sogleich begann ich mich, so schnell ich konnte, aus der Kirche hinauszuzwängen. In der Menge sagte man, die Braut sei reich, die Braut bekäme fünfhunderttausend als Mitgift mit … und noch soundso viel für Kleider…

›Wie man's auch nehmen mag, die Rechnung war gut!‹ dachte ich, als ich mich auf die Straße hinausgezwängt hatte…

Anton Čechov

Ein Traum

Eine Weihnachtsgeschichte

Es gibt ein Wetter, wenn der Winter, gleichsam wütend über die menschliche Ohnmacht, den rauhen Herbst zu Hilfe ruft und mit ihm zusammenarbeitet. In der stockdunklen, nebligen Luft kreisen Schnee und Regen. Der Wind, feucht, kalt, durchdringend, klopft mit unbändiger Wut an Fenster und Dächer. Er heult im Schornstein und weint in der Ventilation. In der wie Ruß finsteren Luft hängt Schwermut... Der Natur wird übel... Es ist feucht, kalt und unheimlich.

Genau solch ein Wetter war in der Nacht auf Weihnachten des Jahres achtzehnhundertzweiundachtzig, als ich noch nicht in der Strafkolonie war, sondern Taxator im Leihhaus des pensionierten Stabshauptmannes Tupaev.

Es war zwölf Uhr. Das Lager, in dem ich nach dem Willen des Besitzers meine Schlafstelle hatte und das Amt des Wachhunds versah, wurde schwach beleuchtet vom blauen Licht des Ikonenlämpchens. Es war ein großer quadratischer Raum, vollgestellt mit Bündeln, Truhen, Etagèren ... An den grauen Holzwänden, durch deren Ritzen das gerupfte Werg blickte, hingen Hasenpelze, Westover, Gewehre, Bilder, Armleuchter, eine Gitarre ... Ich, der ich verpflichtet war, dieses Gut nachts zu bewachen, lag auf einer großen roten Truhe hinter der Vitrine mit den Wertsachen und blickte nachdenklich in das Licht des Lämpchens...

Aus irgendeinem Grunde verspürte ich Angst. Die Sachen, die in den Lagern von Leihhäusern aufbewahrt werden, machen einem angst ... Zur Nachtzeit, beim trüben Licht des Lämpchens, erscheinen sie lebendig... Heute jedoch, da vor dem Fenster der Regen murrte und im Ofen und über der Zimmerdecke der Wind heulte, schien mir, als stießen sie Klagelaute aus. Sie alle hatten, bevor sie hierhergeraten waren, durch die Hände des Taxators gehen müssen, das heißt durch meine, und deshalb wußte ich alles über sie... Ich wußte zum Beispiel, daß für das Geld, das für diese Gitarre ausgehändigt worden war, ein Pulver gegen schwindsüchtigen Husten gekauft wurde ... Ich wußte, daß sich mit diesem Revolver ein Trunkenbold erschossen hatte; seine Frau hatte den Revolver vor der Polizei versteckt, ihn bei uns verpfändet und den Sarg gekauft. Das Armband, das mich aus der Vitrine ansah, hatte ein Mensch verpfändet, der es gestohlen hatte … Die zwei Spitzenhemdchen, gekennzeichnet mit Nº 178, hatte ein junges Mädchen verpfändet, das einen Rubel brauchte für den Eintritt in den Salon, wo es Geld verdienen wollte … Kurz gesagt, an jeder Sache las ich auswegloses Leid, Krankheit, Verbrechen, käufliches Laster …

In der Nacht auf Weihnachten waren diese Sachen irgendwie besonders beredt.

– Laß uns nach Hause! … – weinten sie, wie mir schien, zusammen mit dem Wind. – Laß uns weg!

Aber nicht allein die Sachen erweckten in mir das Gefühl der Angst. Als ich den Kopf hinter der Vitrine vorstreckte und einen zaghaften Blick auf das dunkle, beschlagene Fenster warf, schien mir, als blickten von draußen Menschen ins Lager.

»Welch ein Blödsinn! – sprach ich mir Mut zu. – Was für dumme Sentimentalitäten!«

Die Sache war die, daß einem Menschen, den die Natur mit den Nerven eines Taxators begabt hatte, in der Nacht auf Weihnachten das Gewissen schlug – ein unwahrscheinliches, ja sogar phantastisches Ereignis. Gewissen gibt es im Leihhaus nur gegen Pfand. Hier wird es verstanden als Gegenstand von Kauf und Verkauf, andere Funktionen werden ihm hier nicht zugestanden. Ich wälzte mich auf meiner harten Truhe von einer Seite auf die andere und versuchte, die Augen zusammengekniffen wegen des flackernden Lämpchens, mit allen Kräften, dieses neue, ungebetene Gefühl in mir zu ersticken. Aber meine Versuche blieben vergeblich...

Schuld daran war natürlich die physische und moralische Erschöpfung nach einem schweren Arbeitstag. Am Vorabend vor Weihnachten kamen die armen Schlucker in Scharen ins Leihhaus. An einem großen Feiertag, noch dazu bei bösem Wetter, ist Armut zwar kein Laster, aber ein großes Unglück! Um diese Zeit sucht der ertrinkende arme Schlucker im Leihhaus den rettenden Strohhalm und erhält statt dessen einen Stein ... Den ganzen Tag vor Heiligabend waren so viele Menschen bei uns gewesen, daß wir gezwungen waren, drei Viertel der verpfändeten Sachen, weil im Lager kein Platz war, in den Schuppen zu bringen. Vom frühen Morgen bis zum späten Abend, ohne einen Augenblick der Unterbrechung, hatte ich mit den zerlumpten Gestalten herumgefeilscht, hatte ihnen Groschen und Kopeken abgepreßt, Tränen gesehen, vergebliches Flehen mit angehört ... Gegen Ende des Tages konnte ich mich kaum noch auf den Beinen halten: erschöpft waren Seele und

Körper. Kein Wunder, daß ich jetzt nicht schlafen konnte, mich von einer Seite auf die andere wälzte und mir unheimlich war...

Jemand klopfte vorsichtig an meine Tür... Nach dem Klopfen hörte ich die Stimme des Besitzers:

– Schlafen Sie, Pëtr Demjanyč?

– Noch nicht, warum?

– Wissen Sie, ich überlege, ob wir morgen früh nicht öffnen sollten. Der große Feiertag, das Wetter scheußlich. Die Armut wird sich auf uns stürzen wie die Fliege auf den Honig. Gehen Sie morgen also nicht zur Frühmesse, sondern setzen Sie sich an die Kasse... Geruhsame Nacht!

»Deshalb ist mir so unheimlich, – sagte ich mir, nachdem der Besitzer gegangen war, – weil das Lämpchen flackert... Ich muß es löschen...«

Ich stand vom Bett auf und ging in die Ecke, in der das Lämpchen hing. Das blaue Licht, schwach auflodernd und flackernd, kämpfte sichtlich mit dem Tode. Jedes Auflodern beleuchtete für einen Augenblick die Ikone, die Wände, die Bündel, das dunkle Fenster... Und in dem Fenster zwei bleiche Gesichter, an die Scheiben gepreßt, die ins Lager blickten.

»Da ist niemand... – sagte ich mir. – Das kommt mir nur so vor.«

Und als ich, nachdem das Lämpchen gelöscht

war, mich tastend auf mein Bett zubewegte, kam es zu einem Zwischenfall, der keinen geringen Einfluß auf meine weitere Stimmung haben sollte ... Über meinem Kopf ertönte plötzlich, unverhofft, ein lautes, ungestüm winselndes Krachen, das nicht länger als eine Sekunde währte. Etwas war geplatzt und hatte, da es großen Schmerz verspürte, laut aufgewinselt.

Gerissen war die fünfte Saite der Gitarre, aber ich, von panischer Angst ergriffen, hielt mir die Ohren zu und lief, wie wahnsinnig über die Truhen und Bündel stolpernd, zu meinem Bett ... Ich steckte den Kopf unter das Kissen und begann, kaum atmend, vor Angst ersterbend, zu horchen.

– Laß uns raus! – heulte der Wind, zusammen mit den Sachen. – Dem Feiertag zuliebe laß uns raus! Du bist doch selbst ein armer Schlucker, du verstehst das doch! Du hast selber Hunger und Kälte erlebt! Laß uns raus!

Ja, ich war selbst ein armer Schlucker und wußte, was Hunger und Kälte bedeuten. Die Armut hatte mich auf diesen verfluchten Platz des Taxators gesetzt, die Armut hatte mich gezwungen, um des Stückchens Brotes willen, Leid und Tränen zu verachten. Wenn die Armut nicht gewesen wäre, hätte ich dann etwa den Mut gehabt, Dinge als Groschenwerte zu schätzen, die Gesundheit, Wärme und Feiertagsfreuden kosten? Wessen beschuldigt mich der Wind, wofür zerreißt mich das Gewissen?

Aber sosehr mein Herz auch schlug, sosehr die Angst und die Gewissensbisse an mir rissen, die Erschöpfung verlangte das Ihre. Ich schlief ein. Der Schlaf war leicht ... Ich hörte, wie noch zweimal der Besitzer bei mir anklopfte, wie zur Frühmesse geläutet wurde ... Ich hörte, wie der Wind heulte und der Regen aufs Dach klopfte. Meine Augen waren geschlossen, aber ich sah die Sachen, die Vitrine, das dunkle Fenster, die Ikone. Die Sachen drängten sich um mich und baten, mit den Augen zwinkernd, sie nach Hause zu lassen. An der Gitarre riß mit Gewinsel eine Saite nach der andern, sie rissen ohne Ende ... Zum Fenster herein blickten Bettler, alte Frauen, Prostituierte in der Erwartung, daß ich das Leihhaus öffnete und ihnen ihre Sachen zurückgäbe.

Im Traum hörte ich, wie etwas zu rascheln anfing, wie eine Maus. Es raschelte lange, monoton. Ich wälzte mich auf die andere Seite und erschauderte, weil es mich kalt und feucht anwehte. Während ich mir die Decke überzog, hörte ich ein Rascheln und menschliches Flüstern.

»Was für ein schlechter Traum! – dachte ich. – Wie unheimlich! Wenn ich doch aufwachen könnte!«

Etwas Gläsernes fiel zu Boden und zerschellte. Hinter der Vitrine flackerte ein Flämmchen auf, und Licht begann an der Zimmerdecke zu spielen.

– Traps nicht so! – hörte ich es flüstern. – Du weckst diesen Herodes auf... Zieh die Stiefel aus!

Jemand trat auf die Vitrine zu, warf einen Blick auf mich und berührte das Vorhängeschloß. Es war ein bärtiger Alter mit einer bleichen, ausgezehrten Physiognomie, in einem ärmlichen zerschlissenen Soldatenröckchen und auf Krücken. Auf ihn zu trat ein langer hagerer Bursche mit entsetzlich langen Armen, im Hemd, das über die Hose hing, und in einem kurzen zerrissenen Jackett. Beide flüsterten etwas und machten sich an der Vitrine zu schaffen.

»Einbrecher!« – flackerte es in meinem Kopf auf.

Obwohl ich träumte, fiel mir ein, daß unter meinem Kopfkissen immer ein Revolver lag. Ich tastete leise danach und preßte ihn in der Hand. Das Glas der Vitrine klirrte.

– Leise, du weckst ihn auf. Dann müssen wir verduften.

Weiter träumte ich, daß ich mit wilder Bruststimme aufschrie und, vor der eigenen Stimme erschrocken, aufsprang. Der Alte und der junge Bursche stürzten, die Arme ausgebreitet, auf mich zu, als sie aber den Revolver sahen, wichen sie zurück. Ich erinnere mich, daß sie einen Augenblick später vor mir standen, bleich, und mich, weinerlich mit den Lidern zwinkernd, anflehten, sie laufenzulassen. Durch das eingeschlagene Fenster schlug mit voller Kraft der Wind und spielte mit der Flamme der Kerze, die die Einbrecher angezündet hatten.

– Euer Wohlgeboren! – hob jemand unterhalb des Fensters mit weinerlicher Stimme zu sprechen an. – Ihr unser Wohltäter! Seid gnädig!

Ich blickte zum Fenster und sah die Physiognomie einer alten Frau, bleich, abgemagert, vom Regen durchnäßt.

– Rühr sie nicht an! Laß sie laufen! – weinte sie, den flehentlichen Blick auf mich gerichtet. – Es ist doch die Armut!

– Die Armut! – bestätigte der Alte.

– Die Armut! – sang der Wind.

Mir krampfte sich vor Schmerz das Herz zusammen, und um aufzuwachen, kniff ich mich ... Aber statt aufzuwachen, stand ich an der Vitrine, holte die Sachen heraus und stopfte sie dem Alten und dem Burschen in die Taschen.

– Nehmt, schnell! – sagte ich atemlos. – Morgen ist Feiertag, und ihr seid Bettler. Nehmt!

Nachdem ich den Bettlern die Taschen gefüllt hatte, verschnürte ich die übrigen Wertsachen zu einem Bündel und warf es der Alten zu. Ich reichte der Alten durchs Fenster den Pelz, das Bündel mit dem schwarzen Frack, die Spitzenhemdchen und, da ich schon dabei war, auch die Gitarre. Es gibt schon seltsame Träume! Danach, erinnere ich mich, krachte die Tür. Wie aus dem Boden gewachsen, standen vor mir der Besitzer und der Revieraufseher. Der Besitzer steht neben mir, und ich, als sähe ich ihn nicht, nehme weiter Bündel um Bündel.

– Was machst du da, Taugenichts?

– Morgen ist Feiertag, – antworte ich. – Sie müssen zu essen haben.

Hier senkt sich der Vorhang, hebt sich erneut, und um mich her sehe ich eine neue Dekoration. Ich bin nicht mehr im Lager des Leihhauses, sondern an einem anderen Ort. Neben mir geht ein Aufseher, stellt mir zur Nacht einen Krug Wasser hin und murmelt: »Ach du! Ach du! Was hast du dir da zum Feiertag einfallen lassen!« Als ich aufwachte, war es schon hell. Der Regen klopfte nicht mehr gegen das Fenster, der Wind heulte nicht mehr. An der Wand spielte heiter die Sonne. Der erste, der mich zum Feiertag beglückwünschte, war der Oberaufseher.

– Und zur neuen Behausung ... – fügte er hinzu.

Einen Monat später wurde ich verurteilt. Wofür? Ich versicherte die Richter, daß es ein Traum gewesen, daß es ungerecht sei, einen Menschen für einen Alptraum zu verurteilen. Urteilen Sie selbst, hätte ich aus heiterem Himmel fremde Sachen an Einbrecher und Taugenichtse hergeben können? Und wo hätte man je gesehen, daß man fremde Sachen hergibt, ohne Geld dafür zu nehmen? Aber das Gericht nahm den Traum für wahr und verurteilte mich. Ich bin, wie Sie sehen, in der Strafkolonie. Könnten nicht Sie, Euer Wohlgeboren, irgendwo ein Wörtchen für mich einlegen? Bei Gott, ich bin unschuldig.

Erich Kästner

Verhinderte Weihnachten

(Ein altes Kinderspiel, renoviert)

Zunächst verteile man die schönsten Rollen:
Der Gustav eignet sich – weil er mutiert –
zum Weihnachtsmann. Valeska bäckt die
Stollen,
indem sie Semmeln mit Rosinen ziert.

Als Mutter läßt sich Frieda gut gebrauchen.
Denn sie ist dick und trägt bereits Frisur.
Und Karl muß Vater sein. Denn Karl kann
rauchen.
Und außerdem besitzt er eine Uhr.

Die andern Kinder können Kinder bleiben.
Sie dürfen kratzen, Nasen ziehn und schrein
und dürfen gern ein bißchen übertreiben.
Auch heulen dürfen sie. Doch nur zum Schein.

Dann werden die Rouleaus herabgelassen,
damit es dunkel wird und draußen schneit.
Der Karl muß öfters an den Ofen fassen
und murmeln: »O du liebe Weihnachtszeit!«

Und dann darf Gustav in das Zimmer treten.
Als Weihnachtsmann. Mit einem weißen Bart.
Und brummen muß er: »Könnt ihr denn auch
beten?
Damit ich sehe, ob ihr artig wart!«

Da müssen alle Kinder schrecklich lachen
und rufen: Gustav sei kein Weihnachtsmann!
Mit ihnen wäre so was nicht zu machen!
Da geht dann Gustav wieder nebenan.

Jetzt müssen beide Eltern furchtbar zanken:
Pfui! Das erlebten sie zum erstenmal!
Und solche Eltern könnten sich bedanken!
Und solche Kinder wären ein Skandal!

Zum Schluß muß Karl sich möglichst ernst
gebärden,
und man muß spüren, daß er es beklagt:
»Da unsre Kinder täglich klüger werden«
– erklärt er – »wird die Feier abgesagt.«

Saki

Reginalds weihnachtliche Lustbarkeit

Man sagt (erklärte Reginald), es gebe nichts Traurigeres als einen Sieg, ausgenommen eine Niederlage. Wenn Sie jemals die angeblich Festliche Zeit in Gesellschaft stumpfsinniger Leute zugebracht haben, werden Sie diese Redensart wohl revidieren können. Nie werde ich das Weihnachtsfest vergessen, auf das ich mich bei den Babwolds eingelassen habe. Mrs. Babwold ist eine Verwandte meines Vaters – eine Art Kusine auf Abruf –, und dies galt als zureichender Grund zur Annahme ihrer Einladung nach der etwa sechsten Wiederholung; warum allerdings die Kinder die Sünden ihres Vaters daheim besuchen sollen – nein, in dieser Schublade werden Sie kein Briefpapier finden; da bewahre ich nur alte Speisekarten und Premierenprogramme auf.

Mrs. Babwold trägt eine ziemlich feierliche Persönlichkeit und ist noch nie bei einem Lächeln ertappt worden, selbst wenn sie ihren Freundinnen unangenehme Einsichten eröffnet oder ihre Einkaufsliste aufstellt. Sie nimmt ihre Freuden mit Trübsal zu sich. Ein Staats-Elefant in Durbar hinterläßt einen ganz ähnlichen Eindruck. Ihr Mann arbeitet bei jedem Wetter draußen im Garten. Wenn ein Mann bei strömendem Regen hinausgeht, um Raupen von Rosensträuchern abzustreifen, bilde ich mir im allgemeinen ein, sein häusliches Leben lasse einiges zu wünschen übrig; bei den Raupen jedenfalls muß es für Unruhe sorgen.

Natürlich waren noch andere Leute da. Zum Beispiel ein Major Soundso, der hatte in Lappland oder sonstwo irgendwelche Dinger erlegt; ich weiß nicht mehr welcher Art, aber nicht weil er es an ausführlicher Schilderung hätte fehlen lassen. Sie wurden uns fast bei jeder Mahlzeit kalt aufgetragen, und er gab uns unablässig ihre Maße haarklein von einem Ende zum andern an, als ob wir ihnen warme Unterwäsche für den Winter zu stricken gedächten. Ich hörte ihm immer mit jener hingerissenen Aufmerksamkeit zu, die ich für schick erachtete, und dann gab ich eines Tages ganz bescheiden die Ausmaße eines Okapi zum besten, das ich in den Mooren von Lincolnshire zur Strecke gebracht hatte. Der Major nahm ein herrliches Tyrisch Rot an (ich erinnere mich noch, wie ich dachte, daß ich mein Badezimmer gern in dieser Farbe tapeziert hätte), und ich vermute, in diesem Augenblick brachte er es fast über sich, mich zu verabscheuen. Mrs. Babwold setzte eine Erste-Hilfe-in-Notlagen-Miene auf und fragte ihn, ob er nicht ein Buch über seine Jagderinnerungen herausbringen möchte, das könne doch so interessant ausfallen. Erst später fiel ihr wieder ein, daß er ihr zwei umfängliche Bände darüber zum Geschenk gemacht hatte samt seinem Porträt und Autogramm auf dem Frontispiz und einem Anhang über die Lebensweise der arktischen Miesmuschel.

An den Abenden schoben wir die Sorgen und Ablenkungen des Tages beiseite und gaben uns dem wirklichen Leben hin. Karten wurden für eine zu leichtfertige und eitle Art des Zeitvertreibs abgetan, weshalb sich die meisten mit einem sogenannten Buchspiel unterhielten. Man begab sich auf den Flur hinaus – vermutlich auf die Suche nach einer Inspiration –, dann kam man wieder herein, mit einem Schal um den Hals und affigem Blick, und die anderen sollten erraten, daß man *Wee MacGreegor* vorstellte. Ich behauptete mich gegen diese Geistlosigkeit, so lange es der Anstand zuließ, schließlich aber willigte ich in einem Anfall von Gutmütigkeit ein, mich ebenfalls als ein Buch zu maskieren, nur wies ich gleich warnend auf erheblichen Zeitaufwand hin. Alle warteten nahezu vierzig Minuten, während ich mit dem Pagen in der Speisekammer mit Weingläsern Kegeln spielte; man verwendet dazu einen Sektkorken, wissen Sie, und Sieger ist, wer die meisten Gläser umwirft, ohne sie zu zerbrechen. Ich entschied mit vier unzerbrochenen von sieben die Partie für mich; William hat wohl an Über-Ängstlichkeit gelitten. Im Salon war man über mein Ausbleiben richtig ungehalten geworden, und man beruhigte sich nicht im geringsten, als ich hinterher verkündete, ich hätte *Am Ende der Passage* dargestellt.

»Kipling habe ich noch nie gemocht«, lautete Mrs. Babwolds Kommentar, als ihr die Sache aufging. *»Regenwürmer der Toscana* ist mir nie sehr geistreich vorgekommen – oder ist das von Darwin?«

Solche Spiele sind ja ungemein bildend, ich persönlich aber ziehe Bridge vor.

Heiligabend sollte nach alter englischer Sitte besonders festlich begangen werden. Im Vestibül zog es zwar entsetzlich, doch schien es der angemessene Ort für ein Gelage zu sein und wurde mit japanischen Fächern und chinesischen Lampions dekoriert, was ihm eine überaus altenglische Atmosphäre verlieh. Eine junge Dame mit vertrauensvoller Stimme beehrte uns mit einem länglichen Rezitat über ein kleines Mädchen, das starb oder etwas ähnlich Abgedroschenes unternahm, und dann lieferte uns der Major einen anschaulichen Bericht von einem Kampf, den er mit einem verwundeten Bären ausgetragen hatte. Insgeheim wünschte ich mir, bei solchen Gelegenheiten möchten doch auch einmal die Bären obsiegen; zumindest würden sie hinterher nicht so viel Schaum schlagen. Ehe wir uns geistig erholen konnten, kamen wir in den Genuß von ein wenig Gedankenleserei, die uns von einem jungen Mann angetan wurde, dessen liebe Mutter und mittelmäßigen Schneider man instinktiv ahnte – der Typ von jungem Mann, der unbeirrt auch durch die dickste Suppe hindurch quasselt und sich so zaghaft über das Haar streicht, als befürchte er, es könnte jederzeit zurückschlagen. Der Gedankenleser war ein allgemeiner Erfolg; er enthüllte, daß die Gedanken der Gastgeberin gerade bei der Poesie verweilten, und sie gab zu, eben noch über eine Ode des Hofdichters nachgesonnen zu haben. Das konnte man durchgehen lassen. In Wirklichkeit wird sie sich wohl überlegt haben, ob ein Hammelhalsstück und etwas kalter Plumpudding für das morgige Küchendinner noch ausreichen würden. Als Höhepunkt der Ausgelassenheit wurde ein Halma-Turnier mit Milchschokolade als Siegerpreis anberaumt. Ich habe eine sorgfältige Erziehung genossen und verwahre mich vor Geschicklichkeitsspielen mit Aussicht auf Milchschokolade, und so schützte ich Kopfschmerzen vor und zog mich vom Schauplatz zurück. Einige Minuten zuvor war Miss Langshan-Smith vorausgegangen, eine formidable Person, die morgens immer zu unbehaglicher Stunde aufstand und den Eindruck verbreitete, sie hätte vor dem Frühstück bereits mit fast sämtlichen europäischen Regierungen verkehrt. An ihre Tür war ein Zettel geheftet mit der von ihr unterzeichneten Anweisung, man möchte sie am folgenden Morgen besonders früh wecken. Eine solche Gelegenheit bietet sich einem im Leben nicht zweimal. Ich übernahm lediglich die Unterschrift für eine andere Ankündigung, wonach sie, bevor noch jemand diese Worte zu Gesicht bekomme, ihrem verfehlten Leben ein Ende bereitet hätte, die Unannehmlichkeiten bedaure, die sie verursachen könnte, und sich ein Begräbnis mit militärischen Ehren wünsche.

Nach einiger Zeit ließ ich auf dem Treppenabsatz mit lautem Knall eine aufgeblasene Papiertüte platzen und stieß ein theatralisches Stöhnen aus, das wohl noch im Keller zu vernehmen war. Dann gab ich meiner ursprünglichen Absicht nach und legte mich zu Bett. Der Lärm der Leute beim Aufbrechen der Tür jener guten Lady war ausgesprochen unschicklich; sie leistete hörbar tapferen Widerstand, und es schien, als hätte man sie nachher noch eine runde Viertelstunde lang nach Kugeln abgesucht – fast wie ein historisches Schlachtfeld.

Ich verabscheue es, an Weihnachtsfeiertagen auf Reisen zu gehen, aber hin und wieder muß man auch tun, was recht ungelegen kommt.

John Updike

Die zwölf Schrecken der Weihnacht

1. Santa, der Mann

Lose sitzender Nylonbart, getürktes Augenzwinkern, billiger roter Anzug, komischer Geruch nach Schnaps, wenn man auf seinem Schoß sitzt. Wenn er so eine große Nummer ist, warum lebt er dann elf Monate im Jahr von der Stütze? Irgendwie unheimlich, nicht ganz astrein, der Kerl, wie einer von den Gruseltypen bei Stephen King.

2. Santa, die Idee

Jemand, der auch nur halbwegs bei Verstand ist, würde der am Nordpol leben wollen, auf Treibeisschollen? Oder die ganze Nacht aufbleiben, am Himmel herumfliegen und Geschenke verteilen, an Kinder, die womöglich gar keine verdient haben? Es gibt einen Punkt, da bekommt Altruismus etwas Krankhaftes. Oder aber er ist das üble Deckmäntelchen für irgendwelche internationalen Machenschaften. Ein Mann mit dubioser Adresse, ohne plausible Quelle, aus der er seinen beträchtlichen Reichtum schöpft, steigt nach Mitternacht, wenn anständige, gesetzestreue Bürger mollig in ihren Betten liegen, durch den Schornstein ein – wenn das kein Grund zur Besorgnis ist!

3. Santas Gehilfen

Nochmals: Was wird da gespielt? Warum nehmen diese Wichtelmänner ausbeuterische Arbeitsbedingungen hin, in einer Gegend, die zu den trostlosesten der ganzen Welt gehören muß, wenn sie nicht einen Nutzen davon hätten, der zu unseren Lasten geht? Heute Unterschichtsmasochismus, morgen blutige Rebellion. Das Ratatatat winziger Hämmer ist vielleicht bloß der Anfang.

4. O Tannenbaum

Wenn er nun umkippt unter der Last der bunten Kugeln, die mit einem Knall zerplatzen? Oder die Holzwürmer, die in ihm wohnen, wandern ab und siedeln sich in den Möbeln an? Ein Baum hat etwas

Gespenstisches – die vielgliedrige Erstarrung, in der er dasteht, seine struppige, bedenkenlose Aufgerichtetheit: Wenn einen das schon bei der Begegnung im Freien beunruhigt, wieviel mehr dann im Wohnzimmer! Nachts kann man hören, wie er raschelt und Wasser aus dem Eimer trinkt.

5. *Winzige Rentiere*

Hufe, die durch Dachschindeln schneiden wie Linoleummesser. Geweihe wie hundert tote Zweige. Flugbild schwankend, erinnernd an »welke Blätter, die vor dem wilden Sturmwind fliehn«. Fell wahrscheinlich voll von krankheitserregenden Zecken.

6. *Tod durch Stromschlag*

Es sind nicht mehr bloß die defekten Lichterschnüre oder der durchgeschmorte Trafo der schnittigen kleinen Eisenbahn. Es sind all die Batteriepakete, die elektronischen Spiele, die digitalen Lexika, die Roboter, die nur so zischen vor künstlicher Intelligenz. Sogar das Lametta ist geladen.

7. Die Weihnachtslieder

Sie dröhnen und klingeln von den hohen Decken der Supermärkte und Discountläden, aber die Stimmung sinkt und sinkt. Ist uns das Herz so schwer geworden, seit wir keine Kinder mehr sind? Was ist mit uns geschehen? Warum spielen sie nie mehr unsere Lieblingslieder? Was *waren* unsere Lieblingslieder? Damdidam der Engelein Chor und so weiter am himmlischen Tor.

8. Das Feiertagsprogramm

War Charlie Browns Stimme schon immer so wehleidig und nervtötend? Hat Bing Crosby immer schon diesen kleinen Schmerbauch gehabt, und ist er immer schon so gegangen, mit den Zehen nach außen? War das nicht Danny Kaye / Fred Astaire / Jimmy Stewart? Lebt Vera-Ellen eigentlich noch? Gibt es nicht irgendwas anderes, Wrestling vielleicht oder »Osterspaziergang«?

9. Angst, nicht genug zu schenken

Führt zu Schwindelanfällen im Einkaufszentrum, zu angeknacksten Knöcheln auf beschleunigten Rolltreppen, zu verstauchten Daumen und Handgelenken beim Transportieren der Tragtüten, zu Augen- und Gesichtsverletzungen in Bussen voller Pappkartons und zu dem flatterigen Gefühl, die Orientierung verloren zu haben und kurz vor der Verarmung zu stehen.

10. Angst, nicht genug geschenkt zu bekommen

Führt zu bangem Inspizieren der Paketpost und zur Identitätskrise am Weihnachtstag, wenn die Berge aus zerknülltem Einwickelpapier und geleerten Schachteln sich um jeden Stuhl höher türmen, bloß um deinen nicht. Drei öde Schlipse und ein Paar gefütterter Arbeitshandschuhe – so sehen sie dich also?

11. Angst vorm Umtausch

Die Peinlichkeiten, das unziemliche Gefeilsche. Die verlorenen Kassenbons. Die Beschuldigung, die Ware sei beschädigt. Der entwürdigende Abstieg zu den Krämergeistern des Merkantilismus.

12. Die Dunkelheit

Wie früh sie jetzt kommt! Wie grieselig und grün um die Nase alle aussehen, während sie, winterlich grau vermummt, vorüberschleichen im phosphoreszierenden Schein von Kaufhausfenstern, dekoriert mit Styroporschnee, Pappmachészenen eines künstlichen 1890 und wachsblassen Schaufensterpuppen, die zu Posen verlogener Unbeschwertheit hingerenkt sind und karierte Bademäntel tragen. Ist das die Hölle oder bloß ein Indiz für gestiegene Konsumgläubigkeit?

Topor

Zwölf Möglichkeiten, Weihnachten zu entgehen

1. Vorschlag:

Mit Hilfe eines Hypnotiseurs den Dezember durch Juli ersetzen.

Vorteil: Ein guter Hypnotiseur bringt das in fünf Minuten fertig. Hokuspokus, weg ist der Dezember! Weihnachten existiert nicht mehr. Ohne ein ungutes Gefühl können Sie dem 24. Juli entgegensehen: Kein Fest weit und breit.

Nachteil: Sie riskieren, sich zu erkälten. In der Weihnachtsnacht mit einem Badeanzug bekleidet in der Kälte herumzulaufen schadet der Gesundheit.

Bemerkung: Man kann das oben erwähnte Risiko vermeiden, indem man sich im Juli warm anzieht.

2. Vorschlag:

Kalender-Säuberung unter besonderer Berücksichtigung der Tage vom 24. bis 26. Dezember.

Vorteil: Nun ist der Kalender endlich rein! Das fatale Datum ist nicht mehr da. Jetzt den Kalender zu betrachten wirkt wunderbar beruhigend.

Nachteil: Die Landkarte ist noch nicht das Land, und der Kalender noch nicht die Zeit. Der 24. Dezember der anderen verdirbt Ihnen Ihren »weißen Tag«.

Bemerkung: Ich habe im vorigen Jahr diese Methode ohne Erfolg angewandt.

3. Vorschlag:

Dezember – der Monat in Klausur

Vorteil: Sie verlieren einige Kilo.

Nachteil: Sie riskieren, auch den Kopf zu verlieren. Es ist schwierig, während eines ganzen Monats allein in einem weißen kleinen Zimmer bei Wasser und Brot zu leben. Der Gedanke daran, daß die anderen ihren Festschmaus halten, bewirkt, daß Ihnen das Wasser im Munde zusammenläuft. Denken Sie nur an den Christstollen, die Gänseleberpastete, den Truthahn – das ist beileibe keine Erholung. Und wenn Sie aufgeben, machen Sie sich lächerlich!

Bemerkung: Dieses System ist ganz besonders albern.

4. Vorschlag:

Durch einen Schlag auf den Kopf sein Gedächtnis verlieren.

Vorteil: Man hat nicht ohne Grund festgestellt, daß bei einer Weihnachts-Allergie zwei Faktoren auftreten. Erst einmal Weihnachten selbst, und dann die Allergie. Wer sein Gedächtnis verliert, der kann diesen beiden Dingen aus dem Weg gehen. Fällt man in Ohnmacht, verlieren die Erinnerungen an Gewicht, und der Kranke kann Weihnachten unter einem neuen Aspekt sehen.

Nachteil: Der Schlag auf den Kopf. Es ist außerordentlich schwierig, die Stärke des Schlages zu dosicren.

Bemerkung: Eine Variante: Lassen Sie sich im Beisein eines Zeugen von einem Freund den Schlag versetzen. Dann machen Sie dem Freund einen Prozeß, um viel Geld herauszuschlagen.

5. Vorschlag:

Buddhist oder Muselmann werden.

Vorteil: Weihnachten hat keine Bedeutung mehr.

Nachteil: Weihnachten existiert trotz allem.

Bemerkung: Was haben Sie schon zu verlieren? Es ist einen Versuch wert!

6. Vorschlag:

Den anderen Weihnachten verderben.

Vorteil: Die ernsthafte Vorbereitung verschiedener Sabotagen nimmt Sie schon nach Beendigung Ihrer Urlaubszeit voll in Anspruch: Kauf von explosivem Material, Lehrzeit bei einem Schweißer oder Sprengmeister. Weihnachten kommt, ohne daß Sie es merken, und es kann passieren, daß Sie noch nicht einmal fertig sind. Beeilen Sie sich!

Nachteil: Die kleinen unschuldigen Gags, die Sie so erfreut haben, könnten eine gegenteilige Wirkung bei Ihrem Opfer hervorrufen. Vergessen Sie niemals, daß das Opfer wütend wird, sogar gefährlich.

Bemerkung: Es ist vorteilhaft, in Urlaub zu fahren, weit, sehr weit fort, gleich nach Weihnachten, oder wie Sie das jetzt nennen.

7. Vorschlag:

In einem Fahrstuhl gefangen sein.

Vorteil: Man ist von der Umwelt abgeschirmt. Sie haben außerdem die Freude, den Rettern Weihnachten zu verderben. Außerdem müssen die anderen Bewohner des Hauses nun die Treppen hinaufsteigen.

Nachteil: Die Isolierung dauert selten mehr als

sechs Stunden. Dann muß man den Aufzug wechseln.

Bemerkung: Angenehmes System, wenn man es mit einem Wesen des anderen Geschlechts praktiziert.

8. Vorschlag:

Mönch werden.

Vorteil: Wenn Sie einen besonders zurückgezogenen Orden wählen, sind Sie gut geschützt. Kein Tannenbaum, kein Weihnachtsschmuck, kein Festschmaus, kein Fest.

Nachteil: Sie kommen nicht um die Messe herum.

Bemerkung: Man weiß, wann man eintritt, aber nicht, wann man austritt. Es wäre schade, sich die restlichen elf Monate für einen vergnüglichen Monat im Jahr zu verderben.

9. Vorschlag:

Eine Reihe von Anti-Vietnam-Demonstrationen organisieren.

Vorteil: Die Polizei wird Ihnen spontan helfen und alles daransetzen, damit Sie Weihnachten vergessen.

Nachteil: Es kann passieren, daß Sie von den Demonstranten zum Festessen eingeladen werden.

Bemerkung: Die Auswahl des Krieges ist ohne Bedeutung. Jeder Konflikt kann helfen, vorausgesetzt, daß er schon zwei Jahre dauert.

10. Vorschlag:

Einen Autounfall haben.

Vorteil: Der Schock, die Angst, der Schmerz, die Ambulanz, das Krankenhaus, das Koma, all das ist hervorragend. Weihnachten ist auf Ihrem Kalender nicht mehr ein idiotischer Tag, sondern DER TAG Ihres Unfalls. Sie können dann jedes Jahr den Geburtstag des Unfalls feiern.

Nachteil: Sie laufen Gefahr, Sterne zu sehen, die Engel im Himmel zu hören und sich selbst so platt wie eine Weihnachtskarte wiederzufinden.

Bemerkung: Wenn es für Sie wirklich so wichtig ist, können Sie schon im August den Unfall haben. Sie müssen aber darauf achten, daß das Koma lange genug anhält!

11. Vorschlag:

Selbstmord begehen.

Vorteil: Allem ist ein Ende gemacht.

Nachteil: Wenig originell. Jeder bringt sich zu Weihnachten um, das weiß man. Außerdem kann es Ihnen passieren, daß ein Weihnachtswunder geschieht. Das wäre nicht zu ertragen!

Bemerkung: Eigentlich überflüssig.

Wir hatten noch viele Ideen: das Gefängnis, das LSD, den Mond. Auf diese Vorschläge haben wir verzichtet: Zum Abschluß nur noch ein Vorschlag:

12. Vorschlag:

Eine Liste mit Vorschlägen aufstellen, um Weihnachten zu entgehen.

Vorteil: Eine solche Liste kann Ihnen ein Vermögen einbringen, vorausgesetzt, Sie bringen sie an den richtigen Mann.

Nachteil: Dadurch, daß Sie immer wieder an Weihnachten denken, riskieren Sie, schwachsinnig zu werden.

Bemerkung: Fröhliche Weihnachten!

David Sedaris

Erste Reihe Mitte oder: Der Kleinstadt-Großkritiker

Nachwuchs spielt sich einen Wolf: 7 Geißlein tot!

Die Vorweihnachtszeit kündigt sich durch drei Dinge an: schlechte Filme, unverzeihliches Fernsehprogramm und noch schlechteres Theater. Ich spreche von knochenbrechend schlechtem Theater, die Sorte, die unsere altehrwürdigen Altvordern vor der Erfindung der Folterbank verwendeten, um ihre Feinde zu unterdrücken. Wir sprechen von Foltermethoden, die sich mit der Wiederaufnahme von *Wenn mein Schlafzimmer sprechen könnte* am Scottsfield Dinner Theatre 1994 messen können, einer Aufführung, die gegen jeden Artikel des Menschenrechtskatalogs verstieß. Denjenigen unter Ihnen, die eine schöne Garnitur Daumenschrauben zu schätzen wissen, sei jedes einzelne der peinigenden Krippen-, Weihe- und Singspiele empfohlen, die gegenwärtig innerhalb unserer Grund- und Mittelschulen die Menschen scharenweise um Erbarmen winseln lassen. Man wird mich zweifellos dafür ins Gebet nehmen, daß ich die Arbeit von Kindern kritisiere, aber, wie Ihnen jeder Pathologe gern bestätigen wird, ist es am aussichtsreichsten, einen Krebs im frühestmöglichen Stadium zu behandeln.

Wenn man zufällig größer war als 1,20 m, begann die Qual, die einen in der Grundschule vom Hl. Herzen Jesu erwartete, bereits beim Platznehmen, bestand die Bestuhlung doch aus gemeinen kleinen Schemeln, die man in ein »Theater« gepfercht hatte, welches von hartnäckigem Lasagne-Gestank durchweht wurde, so stark, wie er sonst nur in der Industrie Verwendung findet. Ich frage nicht, warum man sich dazu entschlossen hat, einen schlecht getarnten Speisesaal als Aufführungsort zu wählen, ich frage, warum man sich zu dieser Aufführung entschlossen hat. »Die Geschichte der ersten Weihnacht« ist eine überschätzte Klapperkiste von einem Weihnachtsmärchen, die man lieber denen überläßt, die ein Mittel gegen ihre chronische Schlaflosigkeit suchen. Obwohl im Programm kein Regisseur genannt wird, verriet die apathische Inszenierung die lahme, partiell paralysierte Hand von Schwester Mary Elizabeth Bronson, die bereits nach ihrem letzten desaströsen Erntedank-Programm exkommuniziert gehört hätte. Auch hier wußten wieder die Schauspieler, sämtlich Erst- bis Drittkläßler, durch eine Begeisterung zu verzaubern, wie man sie bei den meisten Kindern eher anläßlich einer Windpockenschutzimpfung vermuten würde. Sie waren jedoch kaum für ihre mangelnde Vitalität verantwortlich zu machen, besteht der popelige, uninspirierte Text doch nicht etwa aus federndem Dialog, sondern vielmehr aus einer stumpfen Abfolge von Ansagen.

Maria (zu Josef): Ich bin müde.
Josef (zu Maria): Hier werden wir über Nacht ausruhen.

Da ist kein Feuer, kein Geben und Nehmen, und das Publikum wird dieser leidenschaftslosen Beziehung bald überdrüssig.

In der Rolle der Maria gelingt es der sechs Jahre alten Shannon Burke nur knapp, sich als Jungfrau auszugeben. Ihre klebrig-süße, geziert-auftrumpfende Bühnenpräsenz schien sich auf nichts zu gründen als auf ihre ärgerliche Vorliebe dafür, das Röckchen sowie, ganz selten, die Lider zu heben. Als Josef mußte Zweitkläßler Douglas Trazzare ständig dazu angehalten werden, sich, obwohl der Mann, den er verkörperte, die Muttergottes, technisch gesehen, nicht geschwängert hatte, so zu benehmen, als wäre er immerhin zu so etwas fähig. Das brisante Gemenge wurde durch eine Handvoll unaufmerksamer Schäfer und ein Trio siebenjähriger Geschenkeüberbringer komplettiert, welches immerhin wirkte, als könnten die Three Stooges noch was von ihnen lernen. Was nun die Beleuchtung betraf, so hatte sich die Grundschule vom Hl. Herzen Jesu voll und ganz auf die Glühbirnen verlassen, welche von den widerwärtigen Bühnenmüttern und -vätern an- und ausgeknipst wurden, welche jenen Zombies, die dort über das Linoleum des Speisesaals taumelten, das Leben geschenkt hatten. Unter gewissen Umständen ist elterlicher Stolz verzeihlich, er gehört aber nicht ins Theater, weil er dort dazu führen kann, daß ein Kind an ein Talent glaubt, welches in den meisten Fällen schlicht nicht existiert. Damit eine Schüleraufführung funktioniert, muß sie jeden ansprechen, egal, in welchem verwandtschaftlichen Verhältnis zu den Akteuren auf der Bühne man sich befindet. Diese Inszenierung fand mich an der Seite des gähnenden Küchenpersonals.

Indem er auf die überdimensionierte Kiste deutete, die als Krippe diente, sagte ein ganz besonders ungenügender Heiligerdreikönig: »Uns ist ein Kindlein gebohrt.«

Ich mir auch. Vor Langeweile in der Nase.

Nachdem Charles St. Claire (10) letztes Jahr als Dramatiker mit »Leise rieselt der Schnee« zu den schönsten Hoffnungen berechtigt hatte, wollte er dieses Jahr zur Vorweihnachtszeit erneut den Thespiskarren besteigen, der aber war abgefahren, und so mußte er sich mit einer alten Nuckelpinne namens »Das Geschenk des Rentiers« begnügen, welches zur Zeit in der Scottsfield-Grundschule gegeben wird. Der Sentimentalität der Geschichte kommt nur noch ihre Berechenbarkeit gleich, und die Dialoge füllen den Saal wie Monate alte Steaks einen Gefrierwaggon, dessen Kühlaggregat ausgefallen ist. Die Handlung, wenn ich dies Wort so locker verwenden darf, involviert einen Jungen namens Jeremy (Billy Squires), der beim Familienkamin auf raten-Sie-mal-auf-wen! wartet. Als der Weihnachtsmann irgendwann erscheint, mampft er ein paar Kekse weg und beschenkt unseren Helden mit einem Stapel High-Tech-Kostbarkeiten. Aber Jeremy will keinen Schnickschnack, Jeremy will ein Rentier. Dergestalt unter Druck gesetzt, willigt der Weihnachtsmann ein, sein altes Schlachtroß Blitzen (von einer tapsigen, ungehorsamen Dänischen Dogge dargestellt, die das Programmheft als »Marmaduke II« aufführt) dazulassen. Allein mit seinem ungebärdigen Schützling, kämpft Jeremy mit seinem erbsengroßen Gewissen, und ihm wird schließlich klar, daß »es vielleicht falsch ist, ein Rentier in die Abstellkammer über dem Hobbyraum meines Stiefvaters zu sperren«. Es folgt ein tränenreicher Abschied, der etwa so lange dauert, wie eine riesige Redwood-Eiche von der Aussaat bis zur vollen Reife braucht. Als der Junge das Rentier endlich wieder beim Weihnachtsmann abliefert, ist es uns längst wurscht, ob das Tier lebt oder stirbt. Ich war nur froh, daß es von der Bühne gedrängt wurde, bevor sein Verdauungssystem die achtzehn Pfund Popcorn, derer es bedurft hatte, das Riesenvieh davon abzuhalten, von der Bühne abzuwandern, bevor sein Stichwort gefallen war, verarbeitet und ausgeschieden hatte. Selbst auf die Gefahr hin, einigen unserer saumseligeren Bühnenfreunde die Spannung zu verderben, lassen Sie mich noch enthüllen, daß es sich bei diesem ganzen Zusammentreffen mit Weihnachtsmann und Rentier natürlich um nichts als einen Traum handelte. Unser Held erwacht in voller Weihnachtslaune, hat eine Lektion gelernt und bla und bla und bla.

Der einzige Lichtblick des gesamten Abends war die Anwesenheit von Kevin »Pummel« Matchwell, dem elfjährigen Schweinchen Schlau, welches die Rolle des Weihnachtsmanns mit betörender Authentizität anging. Zwar dämpfte der Umhängebart seine Rede oft bis zur Unverständlichkeit, dafür waren aber seine aneinanderscheuernden Oberschenkelinnenseiten bis zum Nordpol zu hören. Immerhin schien mir diese überladene Inszenierung ein getreues Abbild des für die Jahreszeit typischen Festessens zu sein, lehrte sie uns doch, daß auch die Weihnachtsgans das Fest nicht retten kann, wenn sie zu üppig gefüllt ist.

Wieder einmal haben die Sadisten von der Jane-Snow-Hernandez-Mittelschule zu den glühenden Schüreisen gegriffen, um *Ein Weihnachtsmärchen* in irgendeine Form zu zwingen. Ich hätte vielleicht über die zutiefst schäbige Inszenierung und das bleierne Tempo hinweggesehen, aber wir sprechen hier von Sechstkläßlern, und die sollten es besser wissen. Es hat wirklich nicht den geringsten Sinn, diesen Dickens-Stinker auf die Bühne zu bringen, es sei denn, man blickte hinter die Billigstmoral der Vorlage und machte sich an das wenige histrionische Fleisch, das sie möglicherweise doch zu bieten hat. Der Witz ist, das matschige Kernstück herauszulösen, aber hier wird es als Hauptgericht serviert, das angegangene Dessert. Am meisten Schuld trifft die Regisseurin, Becky Michaels (11), die die Geheimnisse ihrer Spielleitung den hiesigen Schülerlotsen abgeschaut zu haben scheint. Sie neigt dazu, ihre Schauspieler zusammenzuklumpen, und schickt sie nur in Gruppen von mindestens fünf Personen über die Bühne. Als aufrechte Verfechterin einer trendgerechten polyethnischen Besetzungspolitik setzt Michaels uns einen schwarzen Tiny Tim vor, bei dem das Publikum sich fragt: »Wer soll das Kind denn wohl adoptieren?« Dies ist ein Schritt in die falsche Richtung, verbohrt und sinnlos. Die Rolle wurde vom jungen Lamar Williams gespielt, dem es, wenn schon sonst nichts, gelang, ein anständiges Hinken durchzuhalten. Das Programmheft vermerkt, er habe vor kurzem seinen rechten Fuß an den Diabetes verloren, aber war das wirklich Grund genug, ihn einzusetzen? Als Tiny Tim fischt der Junge mit dem Schleppnetz nach Mitleid und versucht sogar dem hellerleuchteten Schild mit der Aufschrift AUSGANG die Schau zu stehlen. Bob Cratchit, der hier von – keine Namenswitze! – Benjamin Banal gespielt wird, scheint seinen Cockney-Akzent von alten »Hee-Haw«-Videos zu haben, und Hershel Fleishmans Scrooge war fast so lahm wie Tiny Tim.

Das Bühnenbild war nicht ohne Charme, aber Jodi Lennons entsetzliche Kostüme markieren hoffentlich Krönung und Endpunkt einer kurzen und nichtssagenden Karriere. Ich erstickte fast am Geruch lederfarben eingesprühter Turnschuhe, und wenn ich nur noch einen einzigen Zylinder sehe, der aus einer großen Haferflockenbüchse hergestellt wurde, schieße ich, ich schwör's, wild um mich.

Das Problem bei all diesen Vorführungen rührt wahrscheinlich daher, daß sie so irrwitzig gefallsüchtig daherkommen. Mit einem Lächeln, so stramm gedehnt wie ein Bungee-Seil, hüpften und tollten diese hoffnungslosen Amateure auf unseren Bühnen herum, versteckten sich hinter ihrer Jugend und bettelten um, ja, forderten Verzeihung für ihre ungeheuerlichen Fehler. Die englische Sprache wurde zur Paste zerkaut; Gelegenheiten kamen, wurden nicht ergriffen und gingen wieder; die Szenenwechsel waren so langsam, als stäken die Bühnenarbeiter in Ganzkörpergips. Zwar wurde das alles als Festtagsunterhaltung ausgegeben, aber keine einzige dieser Produktionen schaffte es auch nur entfernt, den Geist der Weihnacht zu verströmen. Diese funkelnde Ironie schien den Scharen von Eintrittskartenbesitzern zu entgehen, welche die ungaren Truthähne bis auf die Knochen verschlangen. Hier war ein Publikum, das bei jedem technischen Versagen kicherte und wie von Sinnen applaudierte, sobald eine neue Person die Bühne betrat. Sobald ein Vorhang fiel, sprang es zu einer stehenden Ovation nach der anderen auf, während ich auf meinem Puppenstühlchen verkeilt blieb und mich fragte: »Liegt das nur an denen, oder entgeht mir was?«

Martin Suter

O du fröhliche

Das Jahr über ist Grolimund die persönliche Distanz zum Personalkörper ganz angenehm. Er benötigt sie zur Führung des Unternehmens, welche ja ab und zu Entscheidungen erfordert, die ohne etwas Abstand nicht ganz leicht zu fällen sind. Grolimund ist schon von Natur aus nicht gerade der kumpelhafte Typ. Das und sein Glaube an gewisse Statussymbole und Rituale als Führungsinstrumente machen es ihm relativ leicht, diese Distanz zu wahren.

Bis kurz vor Weihnachten.

Spätestens wenn im Empfang die vierte Kerze brennt und es in der Dispo, jedesmal wenn der Lift dort hält, nach Mandarinchen riecht, beginnt sich Grolimund nach etwas mehr Nähe zu sehnen. Wenn es draußen gefriert und drinnen, in den Abteilungen, die Menschen zusammenrücken, dann beginnt er sich ausgeschlossen zu fühlen.

Jetzt kichert manchmal die Stimme noch, die sich meldet, wenn er kurz vor Feierabend die Buchhaltung anruft, und dann weiß er: Er hat eine Abteilungsfete gestört.

Jetzt wird es nicht sofort still, wenn er nach Mittag einen vollen Lift betritt, und dann weiß er: Er ist in den Ausklang eines Weihnachtslunchs geraten.

Jetzt haben seine Kaderleute glänzige Äuglein an der Bereichsleitersitzung, und dann weiß er: Es hat wieder etwas ohne ihn stattgefunden.

Wie gerne würde auch er einmal mit einem Glühwein zwischen Mandarinenkerzen um einen weihnachtsguetzliübersäten Fotokopierer stehen und sagen: »Schon wieder ein Jahr, wie die Zeit vergeht.«

Oder noch einen Stuhl an den überfüllten Tisch in der warmen Quartierbeiz zwängen und, obwohl schon zwei ist, noch eine Runde Roten bestellen und sagen: »Nächstes Jahr werden wir dann seriös.«

Aber niemand sagt »Herr Grolimund, hier gibt's etwas zum Aufwärmen, kommen Sie doch auch«, wenn sie sich im Vierten verlegen aus dem Lift drücken. Und keiner ruft »Macht Platz für den Chef!«, wenn er im ›Roseneck‹ am Stammtisch vorbeigeht, an dem die dichtgedrängten Abteilungsleiter jäh verstummt sind.

Wenn es in allen Stockwerken knistert und tuschelt, wenn sich alle aneinander klammern angesichts der Unwiederbringlichkeit des vergehenden Jahres, mitten in der Verbrüderung, in der Endzeitstimmung der letzten Dezemberwoche, fühlt sich Grolimund sehr allein.

Einmal hatte er Weihnachtsgebäck mitgebracht, das er bei seiner überraschten Frau kurzfristig bestellt hatte. »Ach«, hat er beiläufig zu Frau Gnehm, seiner langjährigen Sekretärin, gesagt, »meine Frau hat zu viele Guetzli gebacken, sagen Sie doch den Leuten: falls jemand Lust hat.«

Außer Frau Gnehm, seiner langjährigen Sekretärin, hatte niemand Lust gehabt.

Im Jahr darauf hatte er an einem Freitag, eine Stunde vor Arbeitsschluß, einen offiziellen Weihnachtsumtrunk angeordnet. Alle waren exakt bei Arbeitsschluß gegangen. Außer ihm und Frau Gnehm, seiner langjährigen Sekretärin.

Wenn Grolimund in diesen Tagen das Büro verläßt und von der kalten Straße einen letzten, wehmütigen Blick die Fassade hinaufwirft, schimmern dort im warmen Kerzenlicht die Fenstervierecke, hinter denen er glückliche Menschen beim Duft von Tannenreis, Parfums und leichtsinnig machenden Getränken weiß.

Dann ist Grolimund traurig über die Kluft, die er zwischen sich und seinen Mitarbeitern hat entstehen lassen, und es bleibt ihm nur ein einziger Trost:

Im Januar ist er wieder froh darum.

Alfred Komarek

Der gefallene Weihnachtsengel

Wegen ganz besonderer Fähigkeiten wurde die Hausfrau Eva N. mitten im Advent von ihrem Erdendasein erlöst und zum Weihnachtsengel berufen. Sie hinterließ einen Mann, den sie mochte, einen Sohn, den sie liebte, und fuhr gen Himmel.

Eva N. war zweiunddreißig Erdenjahre alt, trug ihr rabenschwarzes Haar wie's eben fiel und war auch sonst recht unbekümmert, beinahe in allen Dingen. Sie hatte einen Beruf erlernt, Lehrerin, und übte ihn zuletzt nur mehr in den eigenen vier Wänden aus: sie lehrte ihren Sohn den doppelten Seemannsknoten, ihren Mann das Fürchten und sich selbst ein wenig von allem, was sie fast vergessen hatte, zwischen Herd und Tiefkühltruhe. Damit war es jetzt aus. Der Engel von der Bekleidungskammer hatte sie etwas barsch in ein Rauschgoldgewand gesteckt, ein paar kaum gebrauchte Flügel wurden an ihrem Rücken befestigt und die Dienstharfe zugeteilt. Der Ausbildungsleiter, ein älterer Engel, der schon in Bethlehem mit dabei gewesen war, begrüßte die neuen Schüler.

Eva N. zerdrückte eine weihrauchduftende Träne und dachte an zu Hause. »Du, und Engel?« würde ihr Mann sagen. »Daß ich nicht lache.« Und dann doch nicht lachen. Und ihr Sohn? »Kannst du jetzt fliegen?« würde er fragen. Und: »Darf ich mit? Nur einmal, rund ums Haus...«

Im Kühlschrank war noch Pfefferschinken von gestern und grüner Paprika.

Ihr roter Schirm stand noch im Vorzimmer, und Besuch hatte sich angesagt.

Vielleicht gab es Telefon hier oben? »Iß den Pfefferschinken.« Könnte sie ihm sagen. »Und Bier steht im Keller. Und warte nicht zu sehr auf mich. Aber das hast du ja ohnedies nie getan...«

Als sie nach einem himmlisch anstrengenden Tag in ihrem Wolkenbett lag, dachte sie lange nach: welche besonderen Fähigkeiten waren das nur, die sie so hoch hinaufbefördert hatten? Stimmt schon, sie konnte Gewürzspekulatius backen und ein wenig Gitarre spielen, verstand sich aufs Kerzengießen und das Basteln von Strohsternen.

Auch mit dem Himmel hatte sie schon zu tun gehabt, früher. Manchmal war sie selbst ihr Firmament und spannte sich hoch und gläsern über ihre Angst, manchmal holte sie den Himmel einfach zu sich herunter und versteckte ihn lachend vor ihrem Mann.

Vielleicht war es ihr Kopf, der sie zum Weihnachtsengel tauglich machte? Ein Prophet wohnte darin, als Untermieter, ein lahmer Pegasus fraß sein Gnadengedankenbrot, und hinter allen Bildern, die sie gesammelt hatte, die Jahre hindurch, brannte ein kleines, hellrotes Feuer, von dem keiner recht wußte, wer es angezündet hatte.

Oder war es ihr Äußeres? Hatte sie vielleicht Engelshaar, Engelsaugen, eine Engelsnase oder ein Engelsknie? Und sie dachte daran, bevor sie einschlief, ob auch Engel Träume hätten. Ob darin auch ein kleines Höllenfeuer brennen dürfe, in aller Unschuld.

Tags darauf wurden die praktischen Fächer geübt: Harfe, Latein, Krippenkunde, Astronomie. Endlich schoß ein besonders schnittiger Engel heran und rief zur Flugstunde. »Wir unterscheiden«, begann er: »Steigflug, Schwebeflug und Sturzflug. Und noch etwas: Engel flattern nicht. Schlagen Sie Ihre Schwingen mit Würde.«

Dann flog er vor: einmal quer durch den Himmel, im kühnen Sturzflug zur Erde, und wieder hoch über einer Kirchenkuppel, im Aufwind der Glocken und Gesänge.

Sie versuchte es auch. Etwas taumelig zuerst, dann sicher und frei.

Als sie etwas tiefer flog, konnte sie ihr Haus sehen. Schnee lag auf dem Dach.

Der Briefträger brachte ein dickes Paket, die Katze scharrte an der Tür und wollte ins Haus, die Nachbarin schaute hinüber und sagte etwas zu einer zweiten, älteren Frau, die darauf heftig nickte.

Drinnen im Haus läutete das Telefon, sie konnte es hören, mit ihren feinen Engelsohren. Wer das nur war?

Und sie vergaß auf einen Flügelschlag und stürzte ab.

Da lag sie nun im Schnee, das Rauchgoldgewand zerrissen, die Flügel ein wenig abgeschunden. Weit hatte sie es gebracht: ein heruntergekommener Engel zu Fuß.

Sie ging zum Bürgermeister und stellte sich vor, als Weihnachtsengel. Dieser reihte sie ein in der Gemeindekartei, und zwar unter: unbekannte Flugobjekte. Dann reichte er sie an den Pfarrer weiter. »Dich kenn ich doch«, sagte der Pfarrer.

»Aber ich muß mich täuschen.« Im übrigen war er ein moderner Mann und hatte mehr Sinn fürs Abstrakte. »Du bist von gestern, Kind«, brummte er. »Versuch's beim Kirchenchor.« »Du bist mir vielleicht ein Engelchen«, sagte der Chorleiter, und nahm sie vertraulich um die Schulter: »Komm doch in 20, 30 Jahren wieder…«

Da verbarg sie scheu ihre Flügel, senkte den Kopf und rannte nach Hause.

Dort schlüpfte sie durchs Kellerfenster und verbarg sich vorerst hinter dem Weihnachtsbaum, den sie gekauft hatte, von der freiwilligen Feuerwehr, vor sieben Tagen, bevor sie… ach was. Hallelujah. So ist das Leben.

Ihr Sohn fand sie, gleich als er nach Hause kam, vom Kindergarten. Wo wohl der Engel herkommt? Dachte er, schaute unters Kleid und riß probehalber eine Flügelfeder aus. Ein echter Engel. Und schwarzes Haar. Keine Spur von goldenen Stoppellocken. Ob man mit ihm spielen kann? Und er zeigte dem Engel vorsichtig seine kleine Gitarre. Die mit der einen Saite. Und der Engel nahm sie und spielte ein Lied. Mit nur einem Ton. »Schön«, sagte das Kind. »Ich weiß den Text dazu.«

Ihr Mann fand sie gleich, als er nach Hause kam, vom Büro. Wo wohl der Engel herkommt? Dachte er, schaute unters Kleid und riß ihr probehalber eine Flügelfeder aus. Ob man mit spielen kann? Und er zeigte dem Engel vorsichtshalber seine Gitarre, die zerbrochene, vom letzten Jahr. Und der

Engel nahm sie und fügte zwei Stücke zusammen. »Schön«, sagte er. »Ich weiß das nächste Stück.«

Die beiden nahmen ihren Fund und trugen ihn in die gute Stube. Dort saß der Engel nun, die Flügel sittsam gefaltet und wußte nicht recht.

Oft kamen Besucher, den Mann zu trösten, bemerkten den Engel und dachten sich ihren Teil. Nur ihr Vater schaute ein wenig seltsam drein und sagte nur: »Und Sie sind wirklich geflogen? Bei Ihrem spezifischen Gewicht?«

Und als sie traurig nickte, dachte er: Sie hat schon wieder abgenommen.

Der Engel versuchte sich nützlich zu machen, buk Gewürzspekulatius, spielte ein wenig Gitarre, goß Kerzen und bastelte Strohsterne. Nur mit dem Himmel hatte sie Schwierigkeiten, lag er doch schwer auf ihren Schultern und auf ihren Händen. Eines Tages kam ein reisender Teufel des Wegs. »Ich nehme Ihnen das Ding ab, Fräulein«, versprach er.

»Sie brauchen nur den Höllenboten zu abonnieren. Vorerst für ein Jahr.«

Sie müsse sich's überlegen, bat sie. Ob er nicht wiederkommen könne, ein, zwei Ewigkeiten später, oder so …

»Engel«, fragte das Kind, »wer war das?«

»Ach, nur die Müllabfuhr…«

Jeden Tag, wenn es Abend wurde, flatterte der Engel mühsam unters Dach und schlief in einem verlassenen Schwalbennest. Manchmal schaute ihr Mann vorbei und fragte, ob sie's nicht bequemer haben wolle.

Und er sei ohnedies recht einsam, seit…

Da schlug sie ihm die Flügel um die Ohren, nicht zu wild, aber er konnte es spüren. Und sie gab ihm ein Buch zu lesen, ADVFE. Allgemeine Dienstvorschrift für Engel. Kapitel Weihnachtsengel. »Na und«, sagte er. »Papier.« Sie aber war längst eingeschlafen.

Er ging und kaufte ihr ein neues Rauschgoldgewand, eine dicke Wachskerze besorgte er und ein Fläschchen Parfum: Myrrhe Nr. 5.

Auch benahm er sich weniger bockfüßig, von Tag zu Tag, lachte den Himmel nicht mehr aus, und wenn sein Sohn fragte, wie das nun sei, mit dem Hirten, dem Ochs und dem Esel, brummte er: »Wenn wir schon einen Engel haben unterm Dach, mag's schon auch andre Wunder geben.«

Und als der reisende Teufel wiederkam, mit einigen wüsten Weibern im Musterkoffer, sagte er standhaft: Fahr ab, mein Sohn. Ich beziehe jetzt von Himmel und Co. Und verlegen fügte er hinzu: »Probeweise.«

Auch der Sohn versuchte dem Weihnachtsengel zu gefallen. Eifrig schnitzte er Schafe und Hirten, zwickte die Katze nicht mehr in den Schwanz, schenkte dem Nachbarskind eine Gummispinne und fiel dem Katecheten »auf die Nerven«: »Was essen Engel?« fragte er. »Und brauchen sie viel Auslauf? Kann man ihnen die Flügel stutzen, und was haben sie drunter an?«

»Wir haben nämlich«, pflegte er abschließend hinzuzufügen, »wir haben nämlich so einen zu Hause.«

Auch an den Weihnachtsengel hatte er eine Frage: »Haben auch Weihnachtsengel Söhne? Und wer sind denn ihre Weihnachtsmänner?«

Und der Engel schaute nach in der ADVFE. Zu dumm. Die Seite hatte einer herausgerissen...

Je näher das Weihnachtsfest rückte, desto unruhiger wurde der Weihnachtsengel. Er war schon jetzt für nicht vieles zu gebrauchen, was sollte erst nachher mit ihm geschehen?

Schlaflos lag er unter dem Dach und spielte nervös mit den Schwungfedern. Ob er versuchen sollte, fortzufliegen?

Kurz vor dem Fest geschah es dann: ein dicker Brief fiel aus den Wolken.

An Eva N., gefallener Weihnachtsengel. Stand darauf. Absender: CIA. Civil Intensity Angel. Sie werden angewiesen, stand darin, an Ihrem Wohnort den Himmel in geheimer Mission zu installieren.

Der Einfachheit halber in Ihrer früheren, flügellosen Gestalt. Auch das Tragen von Rauchgoldgewändern ist zu unterlassen. Kaufen Sie sich Jeans. Und dann lag noch etwas bei: die herausgerissene Seite aus der Allgemeinen Dienstvorschrift für Engel. Merke: stand da auf zartrosa Bütten: Merke: Engel sind auch nur Menschen.

Anmerkung: Ähnlichkeiten mit lebenden Personen sind kein Zufall und durchaus erwünscht. Und irgendeinen Himmel hat schließlich jeder im Haus.

Tomi Ungerer

Romantische Weihnacht

Yvonne und ich verließen 1971 New York City, Hals über Kopf. Wir hatten das Stadtleben plötzlich satt: Auf einem *highway* dahinjagend war unserem Leben der Treibstoff ausgegangen; wir hatten uns festgefahren, und so schlugen wir zu Fuß den erstbesten Seitenweg ein und erwarteten nicht einmal das Unerwartete.

Sechs Monate bevor wir New York verließen, hatten wir in Neuschottland Urlaub gemacht. Wir hatten ein baufälliges Haus gefunden und es gekauft, um dort später einmal unsere Ferien zu verbringen. Es stand auf einer Halbinsel. Zwei Sandstrände verbanden es mit dem bewaldeten Festland. Ein Teich lag gefangen zwischen den Stränden. Vor der Spitze der Halbinsel befand sich eine Insel, die man nur bei Ebbe erreichen konnte. Die nächste Stadt war drei Kilometer entfernt. Um zu unserem Grundstück zu gelangen, mußte man auf Ebbe warten und dann auf der harten Oberfläche von feinem weißem Sand über den Strand fahren.

Erst drei Jahre später ließen wir einen Weg durch den Wald bauen.

Das Städtchen Gull Harbor, mit einer Bevölkerung von etwa zweitausend Seelen, hat einen Hafen, zu dem, als wir dorthin zogen, drei große Fischfabriken gehörten. Fisch, Hummer und Kammmuscheln sind die einzige Einnahmequelle. Aber die Stadt ist weit von dem entfernt, was sie einmal war: in alten Zeiten rühmte sie sich dreier Trockendocks, einer für ihre Küchenherde berühmten Gießerei, dreier Hotels und einer Sägemühle mit einem Tanzsaal im obersten Stockwerk.

Als wir hinzogen, war unser Haus bereits zum Teil wieder instandgesetzt. Es gab Elektrizität, fließendes Wasser, aus dem Brunnen gepumpt, und eine Toilette, die sich in eine Senkgrube entleerte.

Wir kamen mit zwei Birmakatzen, Piper und Heidsieck, an, und kurz darauf kauften wir unseren Neufundländer Sacha. Wir richteten uns im oberen Stockwerk auf einer Matratze zwischen zwei Holzstößen ein. Unsere Möbel und verschiedenen Habseligkeiten blieben noch lange Zeit in einer Lagerhalle.

Wir hatten keine Vorstellung von dem, was uns erwartete. Wir hatten nicht vor, ein Heim zu gründen, eine Farm zu betreiben oder so etwas. Die

Rückkehr zu Mutter Erde war damals noch nicht so sehr in Mode. Wir waren mehr wie Flüchtlinge, ohne zu wissen warum oder wovor.

Es war nach unserem ersten Besuch beim Fleischer, als wir beschlossen, einen Teil unseres Fleischbedarfs selbst heranzuzüchten. Ich hatte ein Huhn gekauft und bat ihn einfach, es zu zerlegen... Zu meinem Entsetzen sägte er das Tier mit seiner Bandsäge in Scheiben (das Huhn lebte nicht mehr) und gab es mir wie einen Stapel Bücher zurück; der Anblick erinnerte mich an meine Ausgabe von Gibbons *Aufstieg und Fall des Römischen Reiches*... Ein halbes Kalb wurde von einem ähnlichen Schicksal ereilt. Dieses Erlebnis veranlaßte uns, Metzger zu werden.

Unser Haus war von gutem Weideland umgeben, also begannen wir mit ein paar Schafen. Unser erstes Schaf hieß Tippy, weil die Spitze eines Ohres schwarz war. Wir hatten es gern, wir schlachteten es, wir aßen es und hatten es sogar noch lieber, nachdem wir es uns in bekömmlicher Form einverleibt hatten.

Den Schafen sollten noch viele andere Tiere folgen: Hühner, Enten, Gänse, Kaninchen, Ziegen, Kühe, Schweine, Pferde. Wir versuchten es sogar mit wilden Truthähnen und Fasanen, die im Land der Füchse und Wildkatzen aber alle die Freiheit wählten. Um unsere Gäste unterzubringen, bauten wir einen Stall und reparierten außerdem noch einen alten.

So bauten wir, ohne es zu merken, eine Farm auf, aber wir wurden nie richtige Farmer. Ich bin Künstler und verdiene meinen Lebensunterhalt mit Büchern und Zeichnungen und nicht mit den Erzeugnissen unseres kleinen Betriebes. Für uns war es eine Möglichkeit, neue Erfahrungen zu sammeln, die Neugier auf etwas, was wir nie zuvor getan hatten. Außerdem schien der einzige Weg, die Vergangenheit zu exorzieren, darin zu liegen, eine neue zu beginnen.

Mein Verleger Daniel Keel war gerade zu Besuch, als ein paar Burschen mit einem kleinen Boot anlegten, um auf unsere Enten zu schießen. Es gab nur eine Möglichkeit, die Sache zu regeln. Gewehre können sprechen. Die Remington, die mir Yvonne zum Geburtstag schenkte, ist überzeugend redegewandt, und die Hochgeschwindigkeitsmunition erzeugt ein hübsch summendes Geräusch.

Also begann ich, auf die Jungs zu schießen (das heißt: über ihre Köpfe hinweg), und sie rannten zu ihrem Boot zurück. Ich folgte ihnen am Ufer entlang.

Ihr Außenbordmotor streikte, und sie mußten zum Festland zurückrudern. Einer von ihnen zog eine Flasche Rum hervor. Wir tranken ein paar Schluck und leerten die Flasche, die er dann nahm und auf einen Felsen schmetterte, wie die Russen ihre Gläser zerschmettern, nachdem sie sie geleert haben. Von da an sind wir immer gut miteinander ausgekommen. Ich hatte mir durch meinen Bluff Respekt verschafft. (In diesem Fall war ich natürlich im Vorteil, denn gegen eine Remington ist mit Schrotflinten nicht viel zu wollen.)

Nicht jeder hält sich an eine bestimme Jagdsaison. Gane McGully wildert gerne. Jeder weiß, wenn er auf Beute aus ist, weil er dann ein steifes Bein bekommt... Er versteckt sein Gewehr in seiner Hose, Mündung nach unten, in seinem Stiefel.

Ein Weihnachtsfest bringt immer Erinnerungen an andere zurück. Unser erstes Weihnachten hier war ein richtiger Zirkus. Der neue Teil des Hauses war überdacht und bis auf die Dachschindeln fertig. Ich hatte unsere Habseligkeiten schon hierhergeschafft, einschließlich 280 Kartonschachteln mit Büchern. Genau zu Beginn unseres Weihnachtsessens brach ein plötzlicher Regensturm von Süden über uns herein und peitschte Wassermassen gegen das Haus. Der Wind ließ den Regen durch die engsten Ritzen spritzen, sogar durch Nagellöcher. Ich kann ohne zu schwindeln sagen, daß die Südwand uns anspuckte. Also fingen wir an, mit Holzstükken, Streichhölzern und Toilettenpapier das Haus abzudichten, ohne Erfolg. Darauf gingen wir wieder ins Erdgeschoß und brachten die Schachteln auf und unter Plastikbahnen in Sicherheit. Als wir zurückkamen und mit dem Weihnachtsessen, einem *filet mignon*, beginnen wollten, war die Platte leer. Am Tisch saß Sacha, unser Neufundländer, sein sperrangelweit offenes Maul durch den Braten zugepfropft, der wie eine übergroße Zigarre herausragte. Sacha hatte einfach versucht, ihn in einem Stück hinunterzuschlingen. Wir zogen ihn heraus, gaben Sacha den verdorbenen Teil und aßen den Rest.

Urs Widmer

Weihnachten bei 42°

Wieder naht die Zeit, in der wir nicht unbedacht die Tür öffnen sollten: Weihnachten könnte vor ihr stehen. Um nicht unvorbereitet zu sein, habe ich bei den Evangelisten nachgelesen, wie das denn mit der Geburt Jesu gewesen war. Verblüffenderweise – gemessen an dem Gewicht, das ihr unsere kollektive Erinnerung beimißt – kommt sie bei ihnen fast so ziemlich kaum vor. Markus läßt die Geburt ganz aus, und Matthäus stiftet gleich mit seinem ersten Satz Verwirrung. »Dies ist das Buch von der Geburt Jesu«, so setzt er ein, »der da ist ein Sohn Davids, des Sohns von Abraham.« Aber natürlich war Abraham nicht der Opa von Jesus, und David war nicht sein Vater. Dazwischen lag eine lange Latte von Ahnen. Abraham zeugete Isaac, Isaac zeugete Jacob, Jacob zeugete Juda und seine Brüder, und dann sind es – Matthäus sagt es so, ich kann nichts dafür – dreimal vierzehn Glieder, bis ein anderer Jacob Joseph zeugete, der bekanntlich *nicht* Jesus zeugete, den Sohn seiner

Frau Maria. Jesus war der Sohn Gottes, und Gott allein weiß, welche Rolle der Heilige Geist dabei spielte. Vielleicht begriff es auch Maria. Joseph jedenfalls kam von allen Beteiligten gewiß am wenigsten draus und machte auf bewunderungswürdige Weise gute Miene zu dem verwirrlichen Spiel. Als sei alles in bester Ordnung, zog er mit der hochschwangeren Maria, die er nicht ein einziges Mal hatte erkennen dürfen, von Nazareth nach Bethlehem – Jerusalem ließen sie dabei rechts liegen –, weil der ferne Kaiser Augustus befohlen hatte, ein jeglicher müsse sich schätzen lassen, und zwar »an seinem Ort«. Eine Art Steuereinschätzung. Wir kennen den damaligen Steuerfuß von Bethlehem nicht. Jedenfalls schien ein jeder just dorthin zu wollen, und alle Hotels waren ausgebucht, als Maria und Joseph ankamen. Sie fanden nur noch in einem Stall Platz, und dort kam, just an Weihnachten, der kleine Jesus zur Welt.

Von Nazareth bis nach Bethlehem sind es gut und gern hundertfünfzig Kilometer. Das ist, wenn man zu Fuß geht und hochschwanger ist, ganz schön weit. Immerhin, es war Winter und nicht sehr heiß. Wir – meine Frau und ich, beide nicht schwanger – fuhren einmal den Weg Marias und Josephs im Auto, im Sommer, bei rund 45° Celsius im Schatten. Im Auto waren es glattwegs 60°. (Vorher hatten wir lange unter einem Baum am Ufer des Sees Genezareth gesessen, bei nur 42°, und ich hatte auch versucht, auf ihm zu gehen. Das war auf den ersten Metern nicht schwer, der See Genezareth hat ein äußerst flach abfallendes Ufer. Dann aber war ich eindeutig *im* See und hatte meine Probe nicht bestanden. Gott sei Dank, bei der Hitze.) – Alles war wie zu Josephs und Marias Zeiten – eine biblische Landschaft –, und alles war ganz anders. Soldaten mit Maschinenpistolen standen an den Straßenrändern, und nachdem auch wir Jerusalem rechts liegengelassen hatten – am Horizont die goldene Kuppel, die Maria und Joseph noch nicht gesehen hatten –, fuhren wir an den häßlichen Fertigbauhäusern der neuen jüdischen Siedlungen im arabischen Land vorbei, von denen es damals noch recht wenige gab und die heute, wo sie so viele geworden sind, die verschiedensten Menschen provozieren: die Bewunderer der biblischen Landschaft zum Beispiel, und die Palästinenser. (Damals war 1977.) – In Bethlehem fanden wir auch keine rechte Herberge, das heißt, wir stießen endlich auf eine Art Imbiß, wo ich einen Salat aß, der mir einen Durchfall von biblischer Wucht bescherte. (Später waren wir auch noch am Toten Meer, und auf dem wandelte ich weit besser. Aber dann kriegte ich die dichte Salzlauge doch noch in die Augen, so daß ich ziemlich lange das Feuer im Elsaß statt das Heilige Land sah.)

Als wir wieder in Jerusalem waren, in unserm vollklimatisierten Hotel, schimpften alle mit uns. Wir seien unvorsichtig gewesen, einfach so, mit einem israelischen Mietauto, in der Westbank herumzufahren. Sogar noch durch die Nacht, zum Schluß. Aber damals war so eine Naivität noch mühelos zu schaffen, und wir wurden überall freundlich behandelt. Es waren fast noch biblische Zeiten. Heute sind die Zeiten schmerzvoll weltlich geworden, und wir würden gewiß nicht mehr in heiterer Freude in Nazareth oder Hebron herumschlendern. Panzer in Bethlehem, Tote. Kein Salat mehr am Imbiß, kein Tourist. In den Gasthöfen gibt es, auch und gerade an Weihnachten, jede Menge freie Zimmer.

Robert Gernhardt

Die Geburt

Als aber in der finsteren Nacht
die junge Frau das Kind zur Welt gebracht,
da haben das nur zwei Tiere gesehn,
die taten grad um die Krippen stehn.

Es waren ein Ochs und ein Eselein,
die dauerte das Kindlein so klein,
das da lag ganz ohne Schutz und Haar
zwischen dem frierenden Elternpaar.

Da sprach der Ochs: »Ich geb dir mein Horn.
So bist du wenigstens sicher vorn.«
Da sprach der Esel: »Nimm meinen Schwanz,
auf daß du dich hinten wehren kannst.«

Da dankte die junge Frau, und das Kind
empfing Hörner vorn und ein Schwänzlein hint.
Und ein Hund hat es in den Schlaf gebellt.
So kam der Teufel auf die Welt.

Siegfried Lenz

Risiko für Weihnachtsmänner

Sie hatten schnellen Nebenverdienst versprochen, und ich ging hin in ihr Büro und stellte mich vor. Das Büro war in einer Kneipe, hinter einer beschlagenen Glasvitrine, in der kalte Frikadellen lagen, Heringsfilets mit grau angelaufenen Zwiebelringen, Drops und sanft leuchtende Gurken in Gläsern. Hier stand der Tisch, an dem Mulka saß, neben ihm eine magere, rauchende Sekretärin: alles war notdürftig eingerichtet in der Ecke, dem schnellen Nebenverdienst angemessen. Mulka hatte einen großen Stadtplan vor sich ausgebreitet, einen breiten Zimmermannsbleistift in der Hand, und ich sah, wie er Kreise in die Stadt hineinmalte, energische Rechtecke, die er nach hastiger Überlegung durchkreuzte: großzügige Generalstabsarbeit.

Mulkas Büro, das in einer Annonce schnellen Nebenverdienst versprochen hatte, vermittelte Weihnachtsmänner; überall in der Stadt, wo der Freudenbringer, der himmlische Onkel im roten

Mantel fehlte, dirigierte er einen hin. Er lieferte den flockigen Bart, die rotgefrorene, mild grinsende Maske; Mantel stellte er, Stiefel und einen Kleinbus, mit dem die himmlischen Onkel in die Häuser gefahren wurden, in die ›Einsatzgebiete‹, wie Mulka sagte: die Freude war straff organisiert.

Die magere Sekretärin blickte mich an, blickte auf meine künstliche Nase, die sie mir nach der Verwundung angenäht hatten, und dann tippte sie meinen Namen, meine Adresse, während sie von einer kalten Frikadelle abbiß und nach jedem Bissen einen Zug von der Zigarette nahm. Müde schob sie den Zettel mit meinen Personalien Mulka hinüber, der brütend über dem Stadtplan saß, seiner ›Einsatzkarte‹, der breite Zimmermannsbleistift hob sich, kreiste über dem Plan und stieß plötzlich nieder. »Hier«, sagte Mulka, »hier kommst du zum Einsatz, in Hochfeld. Ein gutes Viertel, sehr gut sogar. Du meldest dich bei Köhnke.« »Und die Sachen?« sagte ich. »Uniform wirst du im Bus empfangen«, sagte er. »Im Bus kannst du dich auch fertigmachen. Und benimm dich wie ein Weihnachtsmann!«

Ich versprach es. Ich bekam einen Vorschuß, bestellte ein Bier und trank und wartete, bis Mulka mich aufrief; der Chauffeur nahm mich mit hinaus. Wir gingen durch den kalten Regen zum Kleinbus, kletterten in den Laderaum, wo bereits vier frierende Weihnachtsmänner saßen, und ich nahm die Sachen in Empfang, den Mantel, den flockigen Bart, die rotweiße Uniform der Freude. Das Zeug war noch nicht ausgekühlt, wohltuend war die Körperwärme älterer Weihnachtsmänner, meiner Vorgänger, zu spüren, die ihren Freudendienst schon hinter sich hatten; es fiel mir nicht schwer, die Sachen anzuziehen. Alles paßte, die Stiefel paßten, die Mütze, nur die Maske paßte nicht: zu scharf drückten die Pappkanten gegen meine künstliche Nase; schließlich nahmen wir eine offene Maske, die meine Nase nicht verbarg.

Der Chauffeur half mir bei allem, begutachtete mich, taxierte den Grad der Freude, der von mir ausging, und bevor er nach vorn ging ins Führerhaus, steckte er mir eine brennende Zigarette in den Mund: in wilder Fahrt brachte er mich raus nach Hochfeld, zum sehr guten Einsatzort. Unter einer Laterne stoppte der Kleinbus, die Tür wurde geöffnet, und der Chauffeur winkte mich heraus.

»Hier ist es«, sagte er, »Nummer vierzehn, bei Köhnke: mach sie froh. Und wenn du fertig bist damit, warte hier an der Straße; ich bring nur die andern Weihnachtsmänner weg, dann pick ich dich auf.«

»Gut«, sagte ich, »in einer halben Stunde etwa.«

Er schlug mir ermunternd auf die Schulter, ich zog die Maske zurecht, strich den roten Mantel glatt und ging durch einen Vorgarten auf das stille Haus zu, in dem schneller Nebenverdienst auf mich wartete. ›Köhnke‹, dachte ich, ›ja, er hieß Köhnke damals in Demjansk.‹

Zögernd drückte ich die Klingel, lauschte; ein kleiner Schritt erklang, eine fröhliche Verwarnung, dann wurde die Tür geöffnet, und eine schmale Frau mit Haarknoten und weißgemusterter Schürze stand vor mir. Ein glückliches Erschrecken lag für eine Sekunde auf ihrem Gesicht, knappes Leuchten, doch es verschwand sofort: ungeduldig zerrte sie mich am Ärmel hinein und deutete auf einen Sack, der in einer schrägen Kammer unter der Treppe stand.

»Rasch«, sagte sie, »ich darf nicht lange draußen sein. Sie müssen gleich hinter mir kommen. Die Pakete sind alle beschriftet, und Sie werden doch wohl hoffentlich lesen können.«

»Sicher«, sagte ich, »zur Not.«

»Und lassen Sie sich Zeit beim Verteilen der Sachen. Drohen Sie auch zwischendurch mal.«

»Wem«, fragte ich, »wem soll ich drohen?«

»Meinem Mann natürlich, wem sonst!«

»Wird ausgeführt«, sagte ich.

Ich schwang den Sack auf die Schulter, stapfte

fest, mit schwerem, freudebringendem Schritt die Treppe hinauf – der Schritt war im Preis einbegriffen. Vor der Tür, hinter der die Frau verschwunden war, hielt ich an, räusperte mich tief, stieß dunklen Waldeslaut aus, Laut der Verheißung, und nach heftigem Klopfen und nach ungestümem »Herein!«, das die Frau mir aus dem Zimmer zurief, trat ich ein.

Es waren keine Kinder da; der Baum brannte, zischend versprühten zwei Wunderkerzen, und vor dem Baum, unter den feuerspritzenden Kerzen, stand ein schwerer Mann in schwarzem Anzug, stand ruhig da mit ineinandergelegten Händen und blickte mich erleichtert und erwartungsvoll an: es war Köhnke, mein Oberst in Demjansk. Ich stellte den Sack auf den Boden, zögerte, sah mich ratlos um zu der schmalen Frau, und als sie näher kam, flüsterte ich: »Die Kinder? Wo sind die Kinder?«

»Wir haben keine Kinder«, antwortete sie leise, und unwillig: »Fangen Sie doch an.«

Immer noch zaudernd, öffnete ich den Sack, ratlos von ihr zu ihm blickend: die Frau nickte, er schaute mich lächelnd an, lächelnd und sonderbar erleichtert. Langsam tasteten meine Finger in den Sack hinein, bis sie die Schnur eines Pakets erwischten; das Paket war für ihn. »Ludwig!« las ich laut. »Hier!« rief er glücklich, und er trug das Paket auf beiden Händen zu einem Tisch und packte einen Pyjama aus. Und nun zog ich nacheinander Pakete heraus, rief laut ihre Namen, rief einmal »Ludwig« und einmal »Hannah«, und sie nahmen glücklich die Geschenke in Empfang und packten sie aus. Heimlich gab mir die Frau ein Zeichen, ihm mit der Rute zu drohen; ich schwankte, die Frau wiederholte ihr Zeichen. Doch jetzt, als ich ansetzen wollte zur Drohung, jetzt drehte sich der Oberst zu mir um; respektvoll, mit vorgestreckten Händen kam er auf mich zu, mit zitternden Lippen. Wieder winkte mir die Frau, ihm zu drohen – wieder konnte ich es nicht.

»Es ist Ihnen gelungen«, sagte der Oberst plötzlich, »Sie haben sich durchgeschlagen. Ich hatte Angst, daß Sie es nicht schaffen würden.«

»Ich habe Ihr Haus gleich gefunden«, sagte ich.

»Sie haben eine gute Nase, mein Sohn.«

»Das ist ein Weihnachtsgeschenk, Herr Oberst. Damals bekam ich die Nase zu Weihnachten.«

»Ich freue mich, daß Sie uns erreicht haben.«

»Es war leicht, Herr Oberst; es ging sehr schnell.«

»Ich habe jedesmal Angst, daß Sie es nicht schaffen würden. Jedesmal –«

»Dazu besteht kein Grund«, sagte ich, »Weihnachtsmänner kommen immer ans Ziel.«

»Ja«, sagte er, »im allgemeinen kommen sie wohl ans Ziel. Aber jedesmal habe ich diese Angst, seit Demjansk damals.«

»Seit Demjansk«, sagte ich.

»Damals warteten wir im Gefechtsstand auf ihn. Sie hatten schon vom Stab telefoniert, daß er unterwegs war zu uns, doch es dauerte und dauerte. Es dauerte so lange, bis wir unruhig wurden und ich einen Mann losschickte, um den Weihnachtsmann zu uns zu bringen.«

»Der Mann kam nicht zurück«, sagte ich.

»Nein«, sagte er. »Auch der Mann blieb weg, obwohl sie nur Störfeuer schossen, sehr vereinzelt.«

»Wunderkerzen schossen sie, Herr Oberst.«

»Mein Sohn«, sagte er milde, »ach mein Sohn. Wir gingen raus und suchten sie im Schnee vor dem Wald. Und zuerst fanden wir den Mann. Er lebte noch.«

»Er lebt immer noch, Herr Oberst.«

»Und im Schnee vor dem Wald lag der Weihnachtsmann, mit einem Postsack und der Rute, und rührte sich nicht.«

»Ein toter Weihnachtsmann, Herr Oberst.«

»Er hatte noch seinen Bart um, er trug noch den roten Mantel und die gefütterten Stiefel. Er lag auf dem Gesicht. Nie, nie habe ich etwas gesehen, das so traurig war wie der tote Weihnachtsmann.«

»Es besteht immer ein Risiko«, sagte ich, »auch für den, der Freude verteilt, auch für Weihnachtsmänner besteht ein Risiko.«

»Mein Sohn«, sagte er, »für Weihnachtsmänner sollte es kein Risiko geben, nicht für sie. Weihnachtsmänner sollten außer Gefahr stehen.«

»Eine Gefahr läuft man immer«, sagte ich.

»Ja«, sagte er, »ich weiß es. Und darum denke ich immer, seit Demjansk damals, als ich den toten Weihnachtsmann vor dem Wald liegen sah – immer denke ich, daß er nicht durchkommen könnte zu mir. Es ist eine große Angst jedesmal, denn vieles habe ich gesehn, aber nichts war so schlimm wie der tote Weihnachtsmann.«

Der Oberst senkte den Kopf, angestrengt machte seine Frau mir Zeichen, ihm mit der Rute zu drohen: ich konnte es nicht. Ich konnte es nicht, obwohl ich fürchten mußte, daß sie sich bei Mulka über mich beschweren und daß Mulka mir etwas von meinem Verdienst abziehen könnte. Die muntere Ermahnung mit der Rute gelang mir nicht.

Leise ging ich zur Tür, den schlaffen Sack hinter mir herziehend; vorsichtig öffnete ich die Tür, als mich ein Blick des Obersten traf, ein glücklicher, besorgter Blick: »Vorsicht«, flüsterte er, »Vorsicht«, und ich nickte und trat hinaus. Ich wußte, daß seine Warnung aufrichtig war.

Unten wartete der Kleinbus auf mich; sechs frierende Weihnachtsmänner saßen im Laderaum, schweigsam und frierend, erschöpft vom Dienst an der Freude; während der Fahrt zum Hauptquartier sprach keiner ein Wort. Ich zog das Zeug aus und meldete mich bei Mulka hinter der beschlagenen Glasvitrine, er blickte nicht auf. Sein Bleistift kreiste über dem Stadtplan, wurde langsamer im Kreisen, schoß herab: »Hier«, sagte er, »hier ist ein neuer Einsatz für dich. Du kannst die Uniform gleich wieder anziehen.«

»Danke«, sagte ich, »vielen Dank.«

»Willst du nicht mehr? Willst du keine Freude mehr bringen?«

»Wem?« sagte ich. »Ich weiß nicht, zu wem ich jetzt komme. Zuerst muß ich einen Schnaps trinken. Das Risiko – das Risiko ist zu groß.«

Italo Calvino

Die Söhne des Weihnachtsmanns

Es gibt für den Einzelhandel und die Industrie keine schönere Jahreszeit als die Wochen vor Weihnachten. In den Straßen ertönt das fröhliche Tremolo der Dudelsäcke, und die GmbHs, die bis gestern vor allem an ihren Umsätzen und Dividenden interessiert waren, entdecken die Welt der Gefühle und des Lächelns. Jetzt denkt jede Behörde, jede Firma nur noch darüber nach, wie sie ihren Nächsten eine Freude bereiten kann; man verschickt Glückwünsche und Geschenke an Schwesterfirmen, Lieferanten und Privatkunden; jede Firma muß bei einer anderen Firma Massen von Geschenken für ihre Partnerfirmen einkaufen, und diese kaufen ihrerseits bei einer Firma Geschenkvorräte für die ersteren. Die Schaufenster der Geschäfte sind bis spät in die Nacht hinein beleuchtet, vor allem die der großen Kaufhäuser, deren Personal fast rund um die Uhr Kisten und Pakete packt. Auf der anderen Seite der beschlagenen Schaufensterscheiben, auf den eisbedeckten Bürgersteigen, tummeln sich Dudelsackbläser, die eigens zum Fest von ihren dunklen, geheimnisvollen Bergen heruntergekommen sind; sie stehen auf den Plätzen und großen Kreuzungen der Innenstadt, kneifen ihre von den vielen ungewohnten Lichtern, von den allzu schmucken Schaufenstern geblendeten Augen zusammen und blasen aus voller Lunge. Sobald sie diese Schalmeien vernehmen, vergessen die Geschäftsleute für ein paar Tage ihren Streit um Zins und Zinseszins und stürzen sich Hals über Kopf in einen anderen, friedlicheren Wettstreit: Wer überreicht wem auf die anmutigste Weise das schönste und originellste Weihnachtsgeschenk?

Dieses Jahr hatte die Werbeabteilung des Warenhauses Sbav die Idee, allen Stammkunden des Hauses ihr Weihnachtsgeschenk persönlich ins Haus zu bringen – durch einen als Nikolaus verkleideten Mitarbeiter.

Der Vorschlag der Werbeabteilung wurde vom Vorstand einstimmig angenommen. Man erwarb ein vollständiges Weihnachtsmannkostüm – mit weißem Rauschebart, roter Mütze und rotem, pelzbesetztem Mantel und Stiefeln. Nun rief man die Laufburschen des Hauses herbei, um zu sehen, welchem von ihnen das Kostüm am besten paßte; aber der eine war so klein, daß der Bart ihm bis zur Erde reichte, der nächste war zu kräftig und paßte nicht in den Mantel, ein anderer war zu jung und wieder ein anderer zu alt, so alt, daß er der Verkleidung gar nicht bedurft hätte.

Während der Leiter der Personalabteilung in den verschiedenen Abteilungen nach geeigneteren Kandidaten für das Amt des Weihnachtsmanns Ausschau hielt, machten sich seine Vorstandskollegen an die Ausarbeitung eines Konzepts. Die Mitarbeitermotivationsabteilung wollte die Geschenkaktion per Weihnachtsmann auch auf die eigene Belegschaft ausdehnen; die Vertriebsabteilung überlegte, ob der Nikolaus neben den Geschenken nicht auch neue Bestellungen ausliefern könne, und die Werbeabteilung machte sich Gedanken, wie man den Firmenschriftzug groß herausbringen könnte – vielleicht indem der Weihnachtsmann die Buchstaben S, B, A, V auf vier aneinandergereihten Ballons hinter sich herzog.

Alle waren sie von der eifrigen und herzlichen Atmosphäre, die sich in der festlich eingestellten Stadt verbreitete, angesteckt. Was war schöner, als um sich herum das frohe Treiben der Wirtschaft wahrzunehmen und dabei die Nächstenliebe zu spüren, die die Wurzel dieses Treibens war – natürlich zählte vor allem die Nächstenliebe, woran das fröhliche Pfeifen der Dudelsäcke, ›firulì, firulì‹, ja auch keinen Zweifel ließ.

Unten im Lager der Sbav stand der Lagerarbeiter Marcovaldo. Er packte fieberhaft Waren ein und aus und hatte auf diese Weise regen Anteil am materiellen und spirituellen Austausch der Sympathien. Aber nicht allein dieses Ein- und Auspacken stimmte ihn festlich, sondern das Wissen, daß irgendwo unter den Hunderttausenden von Paketen sein eigenes Päckchen, liebevoll verpackt von der Mitarbeitermotivationsabteilung, auf ihn wartete – ganz zu schweigen vom dreizehnten Monatsgehalt und dem Zusatzgeld für Überstunden am Ende dieses Monats. Mit diesem Geld konnte er dann ebenfalls in die Läden gehen und kaufen, kaufen, kaufen, dann schenken, schenken, schenken, wie es sein Familiensinn, seine Interessen und die Interessen der ganzen übrigen Wirtschaft ihm nahelegten.

Die Tür ging auf, und der Leiter der Personalabteilung trat ein, einen falschen Bart in der Hand.

»He, du!« wandte er sich an Marcovaldo, »probier mal bitte den Bart hier an. Paßt hervorragend! Also, hör zu, du bist ab sofort unser Weihnachtsmann. Komm nach oben, beeil dich! Wenn du's schaffst, fünfzig Adressen am Tag zu beliefern, kriegst du eine Extraprämie!«

So kam es, daß der Lagerarbeiter Marcovaldo als Weihnachtsmann verkleidet durch die Stadt fuhr –

in einem dreirädrigen Lieferwagen der Sbav, voll beladen mit bunt verpackten, mit Mistel- und Stechpalmenzweigen geschmückten Paketen mit eleganten Schleifen. Der weiße Wattebart juckte ein bißchen, aber dafür schützte er seinen Hals vor der Kälte.

Zuerst fuhr Marcovaldo zu sich nach Hause; er wollte zu gern sehen, ob seine Kinder nicht überrascht waren, wenn sie ihn in dem Aufzug sahen. ›Wahrscheinlich erkennen sie mich nicht mal‹, dachte er, ›macht nichts. Um so mehr freuen sie sich hinterher!‹

Die Kinder spielten im Treppenhaus. Sie drehten sich nur flüchtig nach ihm um.

»Ciao, Papa!«

Marcovaldo war verblüfft. »Aber... wundert ihr euch denn nicht über meine Verkleidung?«

»Du bist als Nikolaus verkleidet«, meinte der kleine Pietro. »Na und?«

»Habt ihr mich denn gleich erkannt?«

»Klar. Den Herrn Sigismondo haben wir schließlich auch gleich erkannt – obwohl der besser verkleidet war als du!«

»Und den Schwager der Pförtnerin!« rief ein anderer.

»Und den Vater der Zwillinge, die nach vorne raus wohnen!«

»Und den Onkel von Ernestina, dem Mädchen mit den Zöpfen!«

»Wie?« fragte Marcovaldo. »Die sind alle als Weihnachtsmänner unterwegs?«

Die Enttäuschung war eine doppelte: Nicht nur als Familienvater fühlte er sich in seinem Stolz getroffen, nein, die ganze Firma stand jetzt blöd da.

»Logo, alle als Weihnachtsmänner mit falschem Bart, so wie du«, antworteten die Kinder und wandten sich wieder ihrem Spiel zu.

In der Tat war es so, daß viele Werbeabteilungen gleichzeitig dieselbe Idee gehabt hatten. Sie hatten jede Menge Leute als Weihnachtsmänner auf Zeit rekrutiert, überwiegend Arbeitslose, Rentner und Obdachlose, und hatten ihnen allen rote Mäntel und Wattebärte verpaßt. Anfangs hatte es die Kinder amüsiert, unter den Verkleidungen Verwandte oder Nachbarn oder Bekannte wiederzuerkennen; aber bald hatten sie sich an die Maskerade gewöhnt und gar nicht mehr darauf reagiert.

Das Spiel, in das sie vertieft waren, schien sie sehr zu beschäftigen. Sie saßen im Kreis auf einem Treppenabsatz und steckten die Köpfe zusammen.

»Darf man fragen, was ihr da ausbrütet?« fragte Marcovaldo.

»Bitte stör uns nicht, Papa, wir müssen uns Geschenke ausdenken.«

»Geschenke? Für wen?«

»Für ein armes Kind. Wir sollen ein armes Kind suchen, dem wir dann was schenken.«

»Und wer hat euch das gesagt?«

»Es steht in unserer Lesefibel.«

Marcovaldo wollte schon sagen: »Eigentlich seid ihr ja auch arme Kinder!« Aber die Ereignisse der letzten Woche hatten ihn so sehr dazu verleitet, sich selbst für einen Bewohner des Schlaraffenlandes zu halten, in dem alle glücklich waren und kauften und schenkten, was das Zeug hielt, daß er es für nicht ratsam hielt, vor den Kindern von Armut zu sprechen. Statt dessen sagte er: »Arme Kinder gibt's nicht mehr!«

Der kleine Michele stand auf und fragte: »Ist das der Grund dafür, daß du uns nichts mitgebracht hast, Papa?«

Marcovaldo spürte einen kleinen Stich im Herzen. »Jetzt muß ich erst mal meine Prämie verdienen«, sagte er in Eile, »dann kann ich euch auch was mitbringen.«

»Und womit verdienst du deine Prämie?« wollte der kleine Filippo wissen.

»Ich fahre Geschenke aus«, erwiderte Marcovaldo.

»Für uns?«

»Nein, für andere Leute.«

»Warum nicht für uns? Mach das doch zuerst...«

Marcovaldo versuchte es den Kindern zu erklären. »Weil ich nicht der Nikolaus der Mitarbeitermotivationsabteilung, sondern der Nikolaus der Werbeabteilung bin. Klar?«

»Nee.«

»Also, seht mal, das ist so...«

Aber dann gab er es auf. Und da es ihm leid tat, daß er mit leeren Händen gekommen war, gedachte er es dadurch wiedergutzumachen, daß er seinen kleinen Michele mit auf Tour nahm.

»Wenn du brav bist«, bot er ihm an, »darfst du mitkommen und zusehen, wie dein Papa den Leuten die Geschenke bringt.«

Er schwang sich auf den Fahrersitz des Lieferwagens.

»Gut, vielleicht finde ich ja ein armes Kind«, meinte Michele. Er sprang auf und hielt sich an den Schultern seines Vaters fest.

Auf der Fahrt in die Stadt fielen Marcovaldo ausschließlich rot-weiße Nikoläuse auf. Sie sahen exakt genauso aus wie er; sie fuhren Motorroller und Lieferwagen, hielten bepackten Kunden die schweren Kaufhaustüren auf oder halfen ihnen, ihre Einkäufe in ihren eigenen Autos zu verstauen. Alle waren sie so konzentriert und so vielbeschäftigt, als wäre ihr einziger und höchster Daseinszweck, den festlichen Weihnachtsbetrieb aufrechtzuerhalten. Wie alle seine Kollegen raste Marcovaldo von einer Adresse zur nächsten; er kletterte von seinem Fahrersitz herunter, stieg auf den Lieferwagen, sortierte die Pakete, nahm eines aus dem Stapel, brachte es an die Haustür, leierte dort die Worte: »Die Sbav wünscht Ihnen frohe Weihnachten und ein glückliches Neues Jahr!«, erhielt sein Trinkgeld und fuhr weiter.

Das Trinkgeld war zuweilen recht beachtlich, und Marcovaldo hätte eigentlich mehr als zufrieden sein können, aber eins vermißte er: Jedesmal, wenn er an der Tür stand und läutete, hinter sich den kleinen Michele, freute er sich auf ein überraschtes, glückliches, dankbares Gesicht – aber die Leute beachteten ihn nicht mehr als den Briefträger, der ihnen jeden Tag die Zeitung brachte.

Das nächste Haus auf der Liste war eine luxuriöse Villa. Ein Kindermädchen öffnete die Tür. Sie sagte: »Oh, noch ein Paket! Darf ich fragen, von wem Sie kommen?«

»Die Sbav wünscht Ihnen …«

»Ist gut, folgen Sie mir«, unterbrach sie ihn und ging voraus. Der Flur, durch den sie gingen, war voll von edlen Teppichen, Gobelins und Majolika-Vasen. Der kleine Michele, der hinter seinem Vater herging, staunte nicht schlecht.

Das Kindermädchen öffnete eine Glastür. Sie traten in einen Saal mit hoher Decke, in dem ein großer Tannenbaum stand. Es war ein richtiger Weihnachtsbaum; an seinen Zweigen funkelten bunte Glaskugeln und alle möglichen Süßigkeiten und Geschenke. An der Decke hingen schwere kristallene Kronleuchter; sie ragten in die höchsten Spitzen des Tannenbaums hinein. Auf einem Tisch standen Karaffen und Vasen aus echtem Silber und Bergkristall, Dosen mit Süßigkeiten und Geschenkkassetten mit erlesenen Weinen. Unter dem Christbaum auf einem Teppich lagen Spielsachen aller Art – so viele, daß es für jedes gute Spielzeuggeschäft gereicht hätte. Besonders zahlreich vertreten waren komplizierte elektronische Geräte und Raumschiff-Modelle. Inmitten dieser Pracht, auf einer dunklen Ecke des Teppichs, lag ein Kind, ein Junge im Alter von etwa neun Jahren, auf dem Bauch. Er blätterte mürrisch und sichtlich gelangweilt in einem Bilderbuch, als ob ihn alles, was um ihn herum vorging, völlig kaltließe.

»Schau mal, Gianfranco«, sagte das Mädchen, »der Nikolaus ist nochmal zurückgekommen und hat dir noch ein Geschenk gebracht.«

»Nummer dreihundertzwölf«, seufzte das Kind, ohne von seinem Buch aufzusehen. »Legen Sie's bitte da hinten hin.«

»Das Kind hat recht«, sagte das Kindermädchen, »das ist sein dreihundertundzwölftes Geschenk. Gianfranco hat nicht eines ausgelassen; Zählen ist seine Stärke, müssen Sie wissen!«

Auf Zehenspitzen verließen Marcovaldo und der kleine Michele das Haus.

Draußen fragte Michele: »Papa, sag, war das ein armes Kind?« Marcovaldo, der mit dem Heraussuchen des nächsten Päckchens beschäftigt war, antwortete nicht gleich. Dann protestierte er: »Was sagst du da? Arm? Weißt du, wer sein Vater ist? Der Präsident der Nationalen Vereinigung zur Förderung des Weihnachtsgeschäfts, Träger des Ritterordens und...«

Er sah sich um. Wo war Michele? Marcovaldo rief: »Michelino! Michelino! Wo steckst du?« Nichts.

›Wahrscheinlich hat er einen anderen Weihnachtsmann vorbeilaufen sehen, hat ihn mit mir verwechselt und ist ihm nach‹, überlegte Marcovaldo. Gedankenverloren setzte er seine Reise fort und sah zu, daß er schnell wieder heimkam.

Zu Hause angekommen, fand er seinen vermißten Sohn Michele quietschvergnügt im Kreise der Geschwister.

Er fragte ihn: »Sag mal, wo warst du denn? Ich hab dich überall gesucht...«

»Ich bin nach Hause gelaufen, um die Geschenke für das arme Kind zu holen.«

»Für welches arme Kind?«

»Das, das so traurig aussah ... in der Villa mit dem Weihnachtsbaum ...«

»Was, das Kind meinst du? Was konntest du dem denn schenken?«

»Oh, wir haben uns was Schönes ausgedacht – drei Geschenke, in Stanniolpapier verpackt.«

Die Geschwister fielen ein: »Ja! Wir sind alle zusammen dort gewesen und haben sie ihm überreicht. Du hättest sehen sollen, wie er sich gefreut hat!«

»Na sowas!« spottete Marcovaldo. »Da hat er das ganze Haus voll Geschenke und freut sich ausgerechnet über die, die ihr ihm bringt?«

»Ja, ob du's glaubst oder nicht, genauso war es ... Er hat alle anderen Päckchen liegen lassen, aber unsere hat er gleich aufgemacht ...«

»Und was war drin?«

»Das erste Geschenk war ein Hammer – der große runde Holzhammer aus'm Keller ...«

»Und?«

»Er ist vor Freude in die Luft gesprungen. Dann hat er den Hammer genommen und ihn gleich ausprobiert!«

»Ausprobiert?«

»Ja, er hat alle Spielsachen zertrümmert, und danach die Sachen aus Glas! Dann hat er das zweite Geschenk ausgepackt...«

»Was war das?«

»Eine Steinschleuder. Du hättest sehen sollen, wie begeistert er war! Er hat alle Glaskugeln am Baum damit abgeschossen – eine nach der anderen. Dann waren die Kronleuchter dran...«

»O je, hör auf, ich kann's mir lebhaft vorstellen! Und... das dritte Geschenk...?«

»Wir hatten nichts anderes mehr, also haben wir ihm einfach ein paar Streichhölzer aus der Küche eingepackt. Über die hat er sich am allermeisten gefreut. Er hat gesagt: ›Super, echte Streichhölzer! Die geben sie mir hier nie!‹ Dann hat er eins angezündet und...«

»Und?«

»... hat das ganze Haus in Brand gesteckt!«

Marcovaldo schlug die Hände über dem Kopf zusammen. Er stöhnte: »Um Gottes willen! Ich bin ruiniert!«

Als er am nächsten Morgen zur Arbeit ging, machte er sich auf das Schlimmste gefaßt. In Windeseile zog er die Verkleidung an und lud seinen Lieferwagen voll. Er wunderte sich insgeheim, daß ihn noch niemand aufgehalten und angesprochen hatte – da aber rannten drei der Abteilungsleiter seines Kaufhauses auf ihn zu: die Leiter der Presse-, der Werbe- und der Vertriebsabteilung.

»Halt!« brüllten sie. »Alles abladen – aber dalli!«

›Da haben wir's!‹ dachte Marcovaldo und sah sich im Geiste bereits fristlos entlassen.

Aber es kam anders.

»Beeilung!« rief einer der drei Chefs. »Diese Pakete müssen sofort durch andere, neue ersetzt werden! Die Nationale Vereinigung zur Förderung des Weihnachtsgeschäfts hat eine neue Kampagne gestartet!«

»Das ist denen aber früh eingefallen!« knurrte der zweite Chef. »Hätten die das nicht rechtzeitig sagen können?«

»Nein. Es war ein plötzlicher Einfall des Präsidenten der Vereinigung«, erklärte der Angesprochene. »Sein Sohn soll ein paar völlig neuartige Geschenke, sogenannte Geschenkvernichtungsgeschenke, vermutlich aus Japan, bekommen haben. Man sagt, es waren die ersten Weihnachtsgeschenke, über die er sich wirklich gefreut hat...«

»Was noch mehr zählt«, fügte der dritte Abteilungsleiter hinzu, »ist die Tatsache, daß dieses Geschenkvernichtungsgeschenk Artikel jeder Art kaputtmacht. Durch dieses neuartige Geschenk wird der Warenverbrauch angekurbelt und die Nachfrage belebt, und das alles in ganz kurzer Zeit und sozusagen von Kinderhand ... Der Präsident der Nationalen Vereinigung zur Förderung des Weihnachtsgeschäfts sieht hierin ungeahnte Perspektiven für die gesamte Wirtschaft, er ist hellauf begeistert ...«

»Und sein Sohn«, fragte Marcovaldo leise, »hat er tatsächlich so großen Schaden angerichtet?«

»Nun, es ist schwierig, den Schaden auch nur grob zu schätzen; wenn man bedenkt, daß das ganze Haus bis auf die Grundmauern niedergebrannt ist ...«

Marcovaldo fuhr die hell erleuchtete Straße entlang; es wimmelte nur so von Müttern, Kindern, Onkeln und Tanten, Ballons und Paketen, Schaukelpferden, Weihnachtsbäumen, Weihnachtsmännern, Hühnern, Truthähnen, Panettoni, Flaschen, Dudelsackbläsern, Schornsteinfegern und Straßenverkäufern, die Pfannen voll heißer Maroni auf ihren runden schwarzen Öfen springen ließen.

Die Stadt sah kleiner aus, als sie war – eingeschlossen in eine leuchtende Flasche, begraben im dunklen Herzen des Waldes, zwischen hundertjährigen Kastanienstämmen und einem dicken Mantel aus Schnee. Zuweilen hörte man in der Dunkelheit einen Wolf heulen, und die Hasen zogen sich in ihre schneebedeckte Höhle in der warmen roten Erde unter den Kastanienschalen zurück.

Ein Hase, ein weißer, hoppelte hinaus in den Schnee, stellte die Lauscher auf und lief im Mondenschein umher. Er war so weiß, daß man ihn im Schnee nicht sah, nur seine Pfoten hinterließen leichte Abdrücke, die wie Kleeblätter aussahen. Auch der Wolf machte sich so gut es ging im schwarzen Schatten der Bäume unsichtbar; nur wenn er das Maul öffnete, sah man seine spitzen weißen Zähne.

Zwischen dem schwarzen Wald und dem weißen Schnee verlief eine natürliche Grenze. Auf der einen Seite lief der Hase entlang, auf der anderen der Wolf.

Der Wolf sah die Spuren des Hasen im Schnee und folgte ihm, hielt sich dabei aber immer auf seiner Seite, um nicht gesehen zu werden. Dort, wo die Spuren endeten, mußte der Hase sein; der Wolf verließ die schützende Deckung, sprang mit weit aufgerissenem Maul herbei und biß mit seinen scharfen Zähnen... ins Leere.

Der Hase saß ein paar Schritte entfernt, unsichtbar. Er kratzte sich mit einer Pfote am Ohr und hoppelte davon.

Wo ist er? Hier? Dort? Ein bißchen weiter da drüben? Alles, was man sah, war eine weiße Schneedecke – so weiß wie das Blatt Papier, auf dem diese Geschichte steht.

Nachweis

Italo Calvino (15. Oktober 1923, Santiago de las Vegas / Kuba – 19. September 1985, Siena / Italien)
Die Söhne des Weihnachtsmanns. Aus: Italo Calvino, Marcovaldo oder Die Jahreszeiten in der Stadt. Aus dem Italienischen von Heinz Riedt, Nino Erné u. a. Copyright © 1988 by Carl Hanser Verlag, München

Raymond Carver (25. Mai 1938, Clatskanie / Oregon – 2. August 1988, Port Angeles / Washington)
Ein ernstes Gespräch (A Serious Talk). Aus dem Amerikanischen von Helmut Frielinghaus. Aus: Raymond Carver, Wovon wir reden, wenn wir von der Liebe reden (What We Talk About When We Talk About Love). Erzählungen. Copyright © 1980 by Raymond Carver. All rights reserved. © 2000 by Berlin Verlag, Berlin

Anton Čechov (17. Januar 1860, Taganrog – 15. Juli 1904, Badenweiler)
Ein Traum. Aus dem Russischen von Peter Urban. Aus: Anton Čechov, Er und Sie. Frühe Erzählungen 1880–1883. Copyright © 2002 by Diogenes Verlag, Zürich

Doris Dörrie (* 26. Mai 1955, Hannover)
Die Weihnachtsgans. Aus: Doris Dörrie, Samsara. Copyright © 1996 by Diogenes Verlag, Zürich (detebe 23009)

Fjodor Dostojewskij (11. November 1821, Moskau – 9. Februar 1881, St. Petersburg)
Weihnacht und Hochzeit. Aus den Aufzeichnungen eines Unbekannten. Aus dem Russischen von Johannes von Guenther. Aus: Fjodor Dostojewskij, Meistererzählungen. Copyright © 1982 by Diogenes Verlag, Zürich (detebe 20951)

Friedrich Dürrenmatt (5. Januar 1921, Konolfingen bei Bern – 14. Dezember 1990, Neuchâtel)
Durcheinandertal. Ausschnitt aus dem Roman: Friedrich Dürrenmatt, Durcheinandertal. Copyright © 1989 by Diogenes Verlag, Zürich (detebe 23067)

Jonathan Franzen (* 17. August 1959, Western Springs / Illinois)
Im Kreis der Familie (Titel von den Herausgebern). Ins Deutsche übertragen von Bettina Abarbanell. Ausschnitt aus: Jonathan Franzen, Die Korrekturen. Copyright © 2002 by Rowohlt Verlag GmbH, Reinbek bei Hamburg

Robert Gernhardt (13. Dezember 1937, Reval, Estland – 30. Juni 2006, Frankfurt am Main)
Die Geburt. Aus: Robert Gernhardt, Gesammelte Gedichte 1954–2004. Copyright © 2005 by S. Fischer Verlag GmbH, Frankfurt am Main

Erich Kästner (23. Februar 1899, Dresden – 29. Juli 1974, München)
Verhinderte Weihnachten (Ein altes Kinderspiel, renoviert). Aus: Erich Kästner, Zeitgenossen, haufenweise. Gedichte. Copyright © 1998 Carl Hanser Verlag, München und Wien

Alfred Komarek (* 5. Oktober 1945, Bad Aussee)
Der gefallene Weihnachtsengel. Zuerst erschienen bei Edition Hilger, Wien 1979. Abdruck mit freundlicher Genehmigung des Autors

Siegfried Lenz (* 17. März 1926 in Lyck, Ostpreußen)
Risiko für Weihnachtsmänner. Aus: Siegfried Lenz, Das Feuerschiff. Erzählungen. Copyright © 1958 by Hoffmann und Campe Verlag, Hamburg

Loriot, eigentlich Bernhard-Viktor Christoph-Karl von Bülow (* 12. November 1923, Brandenburg an der Havel)
Weihnacht. Aus: Loriot, Das Frühstücksei. Copyright © 2003 by Diogenes Verlag, Zürich

Alice Munro (* 10. Juli 1931, Wingham / Ontario)
Putenzeit. Aus dem Englischen von Manfred Ohl und Hans Sartorius. Aus: Alice Munro, Die Jupitermonde. Erzählungen. Copyright © 1986 by Klett-Cotta Verlag (J. G. Cotta'sche Buchhandlung Nachfolger GmbH), Stuttgart

Ingrid Noll (* 29. September 1935, Schanghai)
Mariä Stallwirtschaft. Aus: Ingrid Noll, Falsche Zungen. Copyright © 2004 by Diogenes Verlag, Zürich

Flann O'Brien, eigentlich Brian O'Nolan (5. Oktober 1911, Strabane, Tyrone – 1. April 1966, Dublin)
Langweiler. Aus dem Englischen von Harry Rowohlt. Aus: Flann O'Brien, Trost und Rat. Die besten Kolumnen aus der *Irish Times*. Copyright © 2003 by KEIN & ABER AG, Zürich

Helmut Qualtinger (8. Oktober 1928, Wien – 29. September 1986, Wien)
Travniceks Weihnachtseinkäufe. Aus: Helmut Qualtinger, Werkausgabe. Herausgegeben von Traugott Krischke, Bd. 3, »Travniceks gesammelte Werke« und andere Texte für die Bühne. Copyright © 1996 by Deuticke im Paul Zsolnay Verlag, Wien

Joachim Ringelnatz, eigentlich Hans Bötticher (7. August 1883, Wurzen bei Leipzig – 16. November 1934, Berlin)
Die Weihnachtsfeier des Seemanns Kuttel Daddeldu. Aus: Joachim Ringelnatz, Sämtliche Gedichte. Copyright © 1994, 1997 by Diogenes Verlag, Zürich

Saki, eigentlich Hector Hugh Munro (18. Dezember 1870, Akyab / Burma – 13. November 1916, Beaumont-Hamel / Frankreich)
Reginalds weihnachtliche Lustbarkeit. Aus dem Englischen von Werner Schmitz. Aus: Saki, Sämtliche Erzählungen, Haffmans Verlag, Zürich 1998. Abdruck mit freundlicher Genehmigung des Übersetzers

David Sedaris (* 26. Dezember 1956, Johnson City / New York)
Erste Reihe Mitte oder: Der Kleinstadt-Großkritiker. Aus dem Amerikanischen von Harry Rowohlt. Aus: David Sedaris, Holiday on Ice, Diana Verlag, München, Zürich 2001. Copyright © 1999 by Wilhelm Heyne Verlag, München

Muriel Spark (1. Februar 1918, Edinburgh – 13. April 2006, Florenz)
Der Seraph und der Sambesi. Aus dem Englischen von Elisabeth Schnack. Aus: Muriel Spark, Meistererzählungen. Copyright © 1963 by Diogenes Verlag, Zürich (detebe 22879)

Martin Suter (* 29. Februar 1948, Zürich)
O du fröhliche. Aus: Tintenfaß Nr. 21. Copyright © 1997 by Diogenes Verlag, Zürich (detebe 22021)

Roland Topor (7. Januar 1938, Paris – 16. April 1997, Paris)
Zwölf Möglichkeiten, Weihnachten zu entgehen. Aus dem Französischen von Martina Schäfer. Aus: Roland Topor, Topor, Tod und Teufel. Copyright © 1985 by Diogenes Verlag, Zürich

Tomi Ungerer (* 28. November 1931, Straßburg)
Romantische Weihnacht (Titel von den Herausgebern). Aus: Tomi Ungerer, Heute hier, morgen fort. Aus dem Amerikanischen von Hans-Joachim Hartstein und Christa Hotz. Copyright © 1988 by Diogenes Verlag, Zürich (detebe 21632)

John Updike (18. März 1932, Reading / Pennsylvania – 27. Januar 2009, Beverly / Massachusetts)
Die zwölf Schrecken der Weihnacht. Ins Deutsche übertragen von Maria Carlsson. Aus: John Updike, Wenn ich schon gefragt werde. Copyright © 2001 by Rowohlt Taschenbuch Verlag GmbH, Reinbek bei Hamburg

Urs Widmer (* 21. Mai 1938, Basel)
Weihnachten bei 42°. Aus: Urs Widmer, Das Geld, die Arbeit, die Angst, das Glück. Copyright © 1988 by Diogenes Verlag, Zürich (detebe 23394)

Reiner Zimnik (* 13. Dezember 1930, Beuthen, Oberschlesien)
Gsangls Beitrag zur Betriebsweihnachtsfeier. Aus: Reiner Zimnik, Sebastian Gsangl. Copyright © 1975 by Diogenes Verlag, Zürich

Das Diogenes Hörbuch zum Buch

Früher war noch mehr Lametta
Hinterhältige Weihnachtsgeschichten

Enthält:
Ingrid Noll, *Der Schneeball*
Gelesen von Cordula Trantow

Martin Suter, *Die Woche 52*
Live-Autorenlesung

Doris Dörrie, *Die Weihnachtsgans*
Gelesen von Anna König

Martin Suter, *Zurbrügg im Weihnachtszauber*
Live-Autorenlesung

Guy de Maupassant, *Christnacht*
Gelesen von Hans Korte

1 CD, Spieldauer 65 Min.

Charles Dickens
Weihnachtslied

Eine Gespenstergeschichte
Aus dem Englischen von Richard Zoozmann. Mit Zeichnungen von Tatjana Hauptmann und einem Essay von John Irving
Halbleinenband in Fadenheftung
Die Taschenbuchausgabe bleibt weiterhin lieferbar

»Unbeeinflußt von der allgemeinen Weihnachtsstimmung, befindet sich der herzlose alte Geizhals Ebenezer Scrooge am Heiligen Abend in seinem Londoner Büro. Wie immer benimmt er sich seinem Schreiber gegenüber kleinlich und boshaft. Als er später allein in sein Haus zurückgekehrt ist, wird er von den Geistern der vergangenen, gegenwärtigen und zukünftigen Weihnachtsfeste heimgesucht. Sie zeigen ihm das Glück, das er durch seine Habgier und Selbstsucht versäumt hat, aber auch die Einsamkeit, in der er einst sterben wird, falls er nicht vorher sein Leben ändert. Er ist zutiefst betroffen, und von diesem Augenblick an wandelt er sich von Grund auf: Aus dem boshaftesten alten Mann Englands wird der Lieblingsgroßvater aller Kinder. *Weihnachtslied* wird als beliebte Weihnachtslektüre für Erwachsene und Kinder immer wieder neu aufgelegt.« *Kindlers Neues Literatur Lexikon*

»Daß Dickens ein Loblied auf Geister und Weihnachten singt, ist Bestandteil seines Glaubens an die Unschuld und die magische Kraft von Kindern. Dazu kommt die Fülle seines Herzens.« *John Irving in seinem Essay*

Bücher zur Weihnacht im Diogenes Verlag

»Dann und wann empfand er das Bedürfnis, tief aufzuatmen, denn jetzt, da der Gesang, dieser glockenreine A-cappella-Gesang die Luft erfüllte, zog sein Herz sich in einem fast schmerzhaften Glück zusammen. Weihnachten...«
Thomas Mann, Weihnacht bei den Buddenbrooks

Alle Jahre wieder
Romantische Weihnachtsgeschichten. Herausgegeben von Daniel Keel und Daniel Kampa

Früher war mehr Lametta
Hinterhältige Weihnachtsgeschichten. Herausgegeben von Daniel Keel und Daniel Kampa
Auch als Diogenes Hörbuch erschienen, gelesen von Ingrid Noll, Martin Suter und Anna König

Früher war noch mehr Lametta
Hinterhältige Weihnachtsgeschichten. Herausgegeben von Daniel Kampa
Auch als Diogenes Hörbuch erschienen, gelesen von Anna König, Hans Korte, Martin Suter und Cordula Trantow

Früher war noch viel mehr Lametta
Hinterhältige Weihnachtsgeschichten. Ausgewählt von Daniel Kampa
Ausgewählte Geschichten auch als Diogenes Hörbuch erschienen, gelesen von Anna König und Jochen Striebeck

Früher war mehr Bescherung
Hinterhältige Weihnachtsgeschichten. Ausgewählt von Daniel Kampa

Lieber Weihnachtsmann... Bitte nicht wie letztes Jahr!
Hundert Briefe italienischer Kinder. Zusammengestellt von Federica Lamberti Zanardi und Brunella Schisa. Aus dem Italienischen von Linde Birk

Weihnachtsmann, mach du das mal!
Neue Briefe italienischer Kinder. Zusammengestellt von Federica Lamberti Zanardi und Brunella Schisa. Aus dem Italienischen von Linde Birk

O du fröhliche, o du selige Weihnachtszeit
Die schönsten deutschen Weihnachtslieder und -gedichte von Walther von der Vogelweide bis Wilhelm Busch. Mit Illustrationen von Cranach, Dürer, Richter, Pocci u. a. Herausgegeben von Anne Schmucke

Weihnachts-Detektive
Weihnachten mit Sherlock Holmes, Pater Brown, Kommissar Maigret, Albert Campion, Miss Marple, Hercule Poirot und Nero Wolfe
Ausgewählte Geschichten auch als Diogenes Hörbuch erschienen, gelesen von Jochen Striebeck und Tommi Piper

O du schreckliche...
Kriminelle Weihnachtsgeschichten. Ausgewählt von Daniel Kampa

Ausgewählte Geschichten auch als Diogenes Hörbuch erschienen, gelesen von Uta Hallant, Hans Korte und Alice Schwarzer

O Galgenbaum
Kriminelle Weihnachtsgeschichten. Ausgewählt von Daniel Kampa

Kinder-Adventsbuch
Weihnachtsgeschichten für jeden Adventstag. Ausgewählt von Daniel Kampa

Nicht schon wieder Weihnachten
Hinterhältige Weihnachtsgeschichten. Ausgewählt von Daniel Kampa

Weihnachten mit Ringelnatz
Zusammengestellt von Daniel Kampa

Ray Bradbury
Das Weihnachtsgeschenk
und andere Weihnachtsgeschichten. Ausgewählt von Daniel Keel und Daniel Kampa. Aus dem Amerikanischen von Margarete Bormann, Otto Bayer, Peter Naujack und Christa Schuenke

Jean de Brunhoff
Babar und der Weihnachtsmann
Aus dem Französischen von Françoise Sérusciat Brütt

Charles Dickens
Weihnachtslied
Eine Gespenstergeschichte. Aus dem Englischen von Richard Zoozmann. Mit Zeichnungen von Tatjana Hauptmann und einem Essay von John Irving

Charles Dickens
Drei Weihnachtsgeschichten
Aus dem Englischen von Gustav Meyrink

Loriot
Weihnachten mit Loriot

Magdalen Nabb
Das Zauberpferd
Roman. Aus dem Englischen von Sybil Gräfin Schönfeldt

Georges Simenon
Weihnachten mit Maigret
Roman. Aus dem Französischen von Hans-Joachim Hartstein
Auch als Diogenes Hörbuch erschienen, gelesen von Hans Korte

Tomi Ungerer
Achtung Weihnachten
Hinterhältige Weihnachtsgeschichten und -gedichte. Ausgewählt von Jan Sidney. Mit vielen Bildern von Tomi Ungerer

Außerdem erschienen:

René Goscinny & Jean-Jacques Sempé
Der kleine Nick freut sich auf Weihnachten
Fünf Geschichten aus den Bänden *Neues vom kleinen Nick* und *Der kleine Nick ist wieder da!*
Diogenes Hörbuch, 1 CD, gelesen von Rufus Beck

Die Bibel
Neues Testament
Weihnachten. Geburt und Kindheit Jesu
Diogenes Hörbuch, 1 CD, gelesen von Sven Görtz

Loriots Werke im Diogenes Verlag

»Was ich an Loriot mag, ist seine Intelligenz. Was ich am meisten an seinem Werk bewundere, ist die Art, wie gut alles gemacht ist – wie gut es gearbeitet ist, hätte ich beinahe gesagt, als wäre er ein Handwerker, ein Goldschmied etwa –, und meine damit nicht einen Oberflächenglanz, sondern das Wohldurchdachte, das durch und durch Ausgetüftelte, das mit Raffinement und größter Sorgfalt Erzeugte seiner Produktion.«
Patrick Süskind

Loriots Gesammelte Werke
in vier Bänden in Kassette. Alle Bände auch als Einzelausgaben:

Loriots Großer Ratgeber
500 Abbildungen und erläuternde Texte geben Auskunft über alle Wechselfälle des Lebens

Loriots Heile Welt
Neue gesammelte Texte und Zeichnungen zu brennenden Fragen der Zeit, erstmals ›Loriots Telecabinet‹

Loriots Dramatische Werke
Texte und Bilder aus sämtlichen Fernsehsendungen seit ›Loriots Telecabinet‹

Möpse & Menschen
Eine Art Biographie

Außerdem liegen vor:

Fußballfieber
Ein Daumenkino

Sehr verehrte Damen und Herren...
Bewegende Worte zu freudigen Ereignissen, Kindern, Hunden, weißen Mäusen, Vögeln, Freunden, Prominenten und so weiter. Herausgegeben von Daniel Keel. Ausführlich erweiterte und vollständig überarbeitete Neuausgabe

Loriot
Katalog zu Loriots 70. Geburtstag. Mit einem Vorwort von Patrick Süskind und einem Nachwort von Loriot

Herren im Bad
und sechs andere dramatische Geschichten

Große Deutsche
Circa acht Portraits. 12 Einzelblätter in Mappe

Das Frühstücksei
Gesammelte dramatische Geschichten mit Doktor Klöbner und Herrn Müller-Lüdenscheidt, Herrn und Frau Hoppenstedt, Erwin Lindemann u.v.a.

Loriots Kleiner Opernführer
56 Opern fast vollständig erzählt sowie Texte rund um die Oper. Vom Autor ergänzte und überarbeitete Neuausgabe

Loriot und die Künste
Eine Chronik unerhörter Begebenheiten aus dem Leben des Vicco von Bülow zu seinem 80. Geburtstag. Herausgegeben und mit einem Vorwort von Daniel Keel

Männer & Frauen passen einfach nicht zusammen
Ausgewählt von Daniel Keel und Daniel Kampa

Loriot in Worten und Bildern
in zwei Bänden in Kassette. Beide Bände auch als Einzelausgaben:

Gesammelte Prosa
Alle Dramen, Geschichten, Festreden, Liebesbriefe, Kochrezepte, der legendäre Opernführer und etwa zehn Gedichte. Mit einem Vorwort von Joachim Kaiser und einem Nachwort von Christoph Stölzl

Gesammelte Bildergeschichten
Über das Rätsel der Liebe – Vater, Mutter, Kind – Menschen auf Reisen – Umgang mit Tieren – Autos – Herr und Hund – Beruf und Büro – Sport – Haus und Garten – Weihnachten und andere Feste – Manieren und Kultur und vieles andere in 1345 Zeichnungen

Weihnachten mit Loriot

Werkausgabe in Einzelbänden:

Loriots Kleine Prosa
Mit vielen Zeichnungen des Verfassers

Loriots Kleiner Ratgeber
Korrektes Verhalten in allen Lebenslagen

Herzliche Glückwünsche
Ein umweltfreundliches Erzeugnis

Der gute Ton
Das Handbuch feiner Lebensart in Wort und Bild

Für den Fall…
Der neuzeitliche Helfer in schwierigen Lebenslagen in Wort und Bild

Der Weg zum Erfolg
Ein erschöpfender Ratgeber in Wort und Bild

Auf den Hund gekommen
38 lieblose Zeichnungen. Eingeleitet von Wolfgang Hildesheimer

Umgang mit Tieren
Das einzige Nachschlagewerk seiner Art

Wahre Geschichten
erlogen von Loriot

Nimm's leicht!
Eine ebenso ernsthafte wie nützliche Betrachtung in Wort und Bild

Der gute Geschmack
Erlesene Rezepte für Küche und Karriere

Neue Lebenskunst
in Wort und Bild

Menschen, die man nicht vergißt
Achtzehn beispielhafte Bildergeschichten

Szenen einer Ehe
in Wort und Bild

Von Loriot illustriert:

Reinhart Lempp
Eltern für Anfänger

Kinder für Anfänger

Enkel für Anfänger

Kinder können nerven
Ein Handbuch für gestresste Eltern. Über Familie, Schule und Gesellschaft

Doris Dörrie im Diogenes Verlag

»Doris Dörrie ist als Erzählerin Spezialistin in diffizilen Angelegenheiten der kleinen Rache und gezielten Ohrfeigen zum Zwecke der Unterstützung des eigenen Selbstwertgefühles. Sie ist eine sehr gute Kurzgeschichten-Schreiberin mit der erforderlichen Prise Selbstironie und mit stilistischer Eleganz.«
Annemarie Stoltenberg/Die Zeit, Hamburg

»Es ist vollkommen gleichgültig, ob Sie Doris Dörrie in der Badewanne, im Intercity-Großraumwagen, im Lehnstuhl oder in der Straßenbahn lesen, nur: Lesen Sie sie!« *Deutschlandfunk, Köln*

Liebe, Schmerz und das ganze verdammte Zeug
Vier Geschichten
Daraus die Geschichte *Männer* auch als Diogenes Hörbuch erschienen, gelesen von Anna König

»Was wollen Sie von mir?«
Erzählungen. Mit Fotos von Helge Weindler

Der Mann meiner Träume
Erzählung
Auch als Diogenes Hörbuch erschienen, gelesen von Heike Makatsch

Für immer und ewig
Eine Art Reigen

Bin ich schön?
Erzählungen

Samsara
Erzählungen

Was machen wir jetzt?
Roman

Happy
Ein Drama

Das blaue Kleid
Roman

Mitten ins Herz
und andere Geschichten. Ausgewählt von Daniel Keel. Mit einem Nachwort der Autorin

Und was wird aus mir?
Roman
Auch als Diogenes Hörbuch erschienen, gelesen von Doris Dörrie

Kirschblüten – Hanami
Ein Filmbuch

Kinderbücher:

Mimi
Mit Bildern von Julia Kaergel

Mimi ist sauer
Mit Bildern von Julia Kaergel

Mimi entdeckt die Welt
Mit Bildern von Julia Kaergel

Mimi und Mozart
Mit Bildern von Julia Kaergel